ro
ro
ro

Carolina Conrad ist das Pseudonym der aus dem niedersächsischen Oldenburg stammenden Autorin Bettina Haskamp. Die gelernte Journalistin hat ihre Basis in Hamburg, lebt aber seit fast fünfzehn Jahren in Portugal. Anfangs auf einem selbstgebauten Segelboot, inzwischen in einem kleinen Holzhaus im Hinterland der Ostalgarve. In der zweiten Heimat entstanden Bestseller wie «Alles wegen Werner» und «Hart aber Hilde» sowie ihre Portugal-Krimireihe um die Journalistin Anabela Silva und Kommissar João Almeida. Der vorliegende Band ist der vierte Fall. Ein spannender Destinationskrimi mit viel Lokalkolorit – nicht nur für Liebhaber Portugals.

Die Presse über die Vorgängerbände:

«Carolina Conrad schreibt mit Herz und Hirn ... Ein echtes Lesevergnügen.» *Für Sie*

«Obwohl es um Mord geht, hat man während der Lektüre doch unbändige Lust, an die Algarve zu reisen und in einem Café mit Meerblick einen Espresso zu trinken – wie Chefinspektor Almeida – nur ohne Leichen.» *NDR 1*

«Spannend und unterhaltsam, locker und fesselnd geschrieben und ganz nebenbei mit Urlaubsfeeling und Lokalkolorit.» *Saarländischer Rundfunk*

«Kein reiner Krimi ... Unterhaltsam und fesselnd. Die ideale Strandlektüre!» *Entdecken Sie Algarve*

«Richtig spannend.» *Westfälische Nachrichten*

CAROLINA CONRAD

STÜRMISCHE ALGARVE

– Anabela Silva ermittelt –

KRIMINALROMAN

Rowohlt
Taschenbuch Verlag

Originalausgabe
Veröffentlicht im Rowohlt Taschenbuch Verlag,
Hamburg, Oktober 2021

Covergestaltung FAVORITBUERO, München
Coverabbildung Shutterstock; Adobe Stock
Satz aus der Apollo MT
bei CPI books GmbH, Leck, Germany
Druck und Bindung GGP Media GmbH, Pößneck, Germany
ISBN 978-3-499-00756-9

Die Rowohlt Verlage haben sich zu einer nachhaltigen Buchproduktion verpflichtet. Gemeinsam mit unseren Partnern und Lieferanten setzen wir uns für eine klimaneutrale Buchproduktion ein, die den Erwerb von Klimazertifikaten zur Kompensation des CO_2-Ausstoßes einschließt.
www.klimaneutralerverlag.de

FSC www.fsc.org MIX Papier aus verantwortungsvollen Quellen FSC® C014496

Für alle Fans der Ostalgarve –
und die, die es noch werden wollen

Portugal
Mira
Odemira
Cabo Sardão
Mira
Serra
da Mesquita
Seixe
Serra de Monchique
Pta.
da Atalaia
Aljezur
Praia de
Monte Clérigo
Ara
Costa
Vicentina
A L
Silves
Portimão
Boliqueime
Lagos
Pta.
da Piedade
Cabo
Carvoeiro
Albufeira
Sagres
Pta. de Sagres
Cabo de São Vicente
Atlantischer Ozean
0
10
km
20
30

Castro Verde
Mértola
Puebla de
Guzmán
Almodôvar
Vascão
Alcoutim
Martim Longo
Balurco
de Cima
Spanien
Vaqueiros
Guadiana
Serra do Caldeirão
Cumeada
Foupana
Odeleite
Castro Marim
Ayamonte
GARVE
Altura
Loulé
São Brás
de Alportel
Cacela Velha
Tavira
Vila Real
de Santo
António
Santa Luzia
Praia do Barril
Estói
Olhão
Faro
Ilha de Faro
Cabo de Sta. Maria
N
W
O
S

VORAB

O Algarve – der Algarve. So heißt es im Portugiesischen. Ich schreibe dennoch «die Algarve», weil sich diese Version unter deutschsprachigen Urlaubern und Auswanderern durchgesetzt hat.

Sollten Sie also in die Algarve kommen und die Schauplätze suchen, an denen dieser Roman spielt: Sie werden die meisten finden. Einige wenige, wie das hier beschriebene Golfresort, sind fiktiv – vergleichbare Anlagen gibt es an der Algarve aber reichlich. Genauso wie die Personen in dieser Geschichte meiner Phantasie entsprungen sind.

Übrigens finden Sie bei Interesse am Ende dieses Buches eine Liste der verwendeten Redewendungen und Ausdrücke.

PROLOG

Der Mann strich sich über seine Glatze und fühlte einen leichten Schweißfilm auf der rasierten Haut. Verdammter Stress. Zwei Jahre, so ruhig und entspannt wie ein Tag am Pool, und jetzt das. Im Badezimmer griff er nach einer Packung mit Hautpuder, bestäubte die Kopfhaut mit einer dünnen Schicht und ging zurück in sein Schlafzimmer im ersten Stock der Villa. Überall standen halb gepackte Koffer und Taschen. Er reiste gern und viel. Aber jetzt ging es nicht um eine Reise, sondern um eine Abreise. Eine Abreise, zu der er gezwungen war. Zu früh. Ungeplant. Er trat mit dem Fuß gegen eine der Taschen.

Sorgfältige Vorbereitung, genaue Planung, die Dinge im Griff haben – dafür stand er, so war er immer gewesen. *Er* bestimmte den Zeitpunkt, wann ein Lebensabschnitt endete und ein neuer begann. Nicht irgendwelche Idioten.

Als Nächstes leerte er die Schublade mit seinen Socken und packte die Strümpfe in einen Koffer. Über der Kommode war ein Safe in die Wand eingelassen. Er stand offen, darin lagen neben einem Stapel Bargeld die Pässe. Alle in Topqualität. Er hatte sich für den französischen entschieden. Der Name lautete Marc Dalmasso, ein Name, der an der Côte d'Azur häufig vorkam. Die französische Riviera war eine gute Gegend für ihn. Cannes oder vielleicht Nizza. Da gab es reichlich Leute mit Geld, mehr als hier. Und im Sommer nicht so eine Hitze.

Er trat auf den Balkon. Ein Windstoß fuhr in eine Palme, deren Krone er fast berühren konnte. Das Rascheln der Palmwedel klang, als riebe Pappe aneinander. Sonst war es still. In der Ferne lag der Atlantik, eine einzige blaue Fläche, die fast nahtlos in den Horizont überging. Die Ruhe und der Atlantik würden ihm fehlen.

War es wirklich nötig, jetzt zu gehen?

Sicherer, sagte er sich, es war einfach sicherer.

Adeus Portugal, bonjour la France.

Sein Flug ging am nächsten Tag.

Unten hämmerte jemand an die Haustür.

Wahrscheinlich der Hausmeister wegen der defekten Klimaanlage im Schlafzimmer.

Einen Tag später startete das Flugzeug. Ohne ihn.

1

Wie konnte Mãe nur? Fassungslos sah ich auf die blauen Flecken an Pais Oberarmen. Wellen der Wut stiegen in mir auf – so hoch, dass darin die Big-Wave-Surfer von Nazaré locker einen neuen Rekord hätten aufstellen können. Ja, meine Mutter war erschöpft und mit den Nerven am Ende. Das waren wir beide. Aber das durfte doch kein Grund sein … Unzählige Male hatte ich ihr erklärt, wie sie reagieren sollte, wenn mein Vater unruhig und anstrengend war. Er konnte nichts dafür, seine gelegentlichen Aggressionen entsprangen Verwirrung und Frustration. Mãe wusste das doch. Auch dass sie in solchen Momenten kurz den Raum verlassen oder tief durchatmen und bis drei zählen sollte.

Ich zog Pai einen frischen Schlafanzug an und half ihm, sich wieder hinzulegen. In diesem Moment kam Mãe ins Zimmer und Vaters Augen weiteten sich. Vor Schreck?

«Wieso hat Pai blaue Flecken? Was hast du getan? Wie kannst du ihn derart hart anfassen? Hast du ihn auch noch geschlagen? Bist du verrückt geworden?»

«Brüll mich nicht an», brüllte meine Mutter. «Gar nichts hab ich getan.»

Atmen, Anabela. Atmen. Einundzwanzig, zweiundzwanzig, dreiundzwanzig … Die Wellen stiegen und stiegen. Ich musste raus aus dem Haus, bevor ich mich vergaß. Weg von hier, weg von ihr.

Draußen war es noch dunkel.

Ich setzte mich also ins Auto und fuhr los, ohne Ziel, ohne Plan, meine Gefühle ein Gemisch aus Zorn, Hilflosigkeit und Selbstvorwürfen.

Ich war zu hart gewesen, keine Frage. Wahrscheinlich hatte Mãe ihn nur etwas zu stark festgehalten. Alte Menschen bekommen leicht blaue Flecken. Bloß weil ich gelesen hatte, dass es in der Betreuung von Demenzkranken sowohl durch Pflegepersonal als auch durch Angehörige zu Misshandlungen aus Ohnmacht kam, galt das noch lange nicht für Mãe. Ich würde mich bei ihr entschuldigen. Noch eine Weile schwirrte mir das Wort Ohnmacht durch den Kopf. Pais Krankheit bestimmte inzwischen völlig unser beider Leben, es blieb kaum Luft für anderes, kaum Luft zum Atmen. Ständig waren wir beide in Anspannung, voller Angst, was als Nächstes passieren würde.

Irgendwann fand ich mich oberhalb von Alcoutim bei der Jugendherberge wieder und hielt an. Eben stieg eine blasse Sonne über die Hügel, der Rio Guadiana lag noch in dichtem Nebel. Von hier oben glich der Flusslauf einer hellgrauen Schlange. Auf der spanischen Uferseite ragten in einiger Entfernung Windräder wie Kreuze dunkel aus dem silbrigen Dunst. Deus ajuda a quem muito madruga, Gott hilft dem Frühaufsteher, hörte ich die Stimme meiner Mutter in meinem Kopf. Auf Deutsch gesagt: Morgenstund hat Gold im Mund. Na dann. Ich beschloss, mir das heimische Drama wenigstens für eine Weile aus dem Kopf zu joggen.

Kälte und Feuchtigkeit krochen an meinen Beinen hoch,

als ich aus dem Wagen stieg. In den vergangenen Tagen war ein Tiefdruckgebiet mit Sturm und Regen über die Algarve gezogen und hatte die Temperatur in den Keller sinken lassen. Ich zog den Reißverschluss meiner Jacke hoch, machte ein paar Dehnübungen und lief langsam los. Der Weg, an dem ich geparkt hatte, führte weiter bergauf zu den Resten eines jahrhundertealten muslimischen Herrensitzes, dem Castelo Velho. Vor knapp zwei Jahren war ich im Frühling mit Pai hier oben gewesen, als es ihm noch besser ging. Verdammt, jetzt stiegen mir Tränen in die Augen. Ich blinzelte sie weg. Heulen hilft dir gar nichts, Anabela Silva. Lauf.

Die Steigung ging in die Beine und schon nach ein paar Minuten brannte meine Lunge. Es war eine ganze Weile her, dass ich gelaufen war. Der Bruch meines Sprunggelenks im Frühjahr war zwar gut verheilt und das Gelenk wieder voll belastbar, aber im Moment spielte sich mein Leben fast ausschließlich zwischen dem Haus meiner Eltern und dem Schreibtisch in meinem eigenen Häuschen gleich um die Ecke ab. Dort übersetzte ich Verträge vom Portugiesischen ins Deutsche. Ein Job, der mich leidlich ernährte und im Übermaß langweilte. Meine Gedanken sprangen zurück zu Pai. Was würde die Alzheimerkrankheit ihm und uns noch antun? Wie lange mochte es noch dauern, bis wir an seinem Grab stehen würden? Der Schlaganfall vor einigen Monaten hatte ihn zusätzlich geschwächt. Wenn ich ehrlich war, gab es Augenblicke, in denen ich mir diesen Tag sogar heimlich herbeiwünschte. Was bist du bloß für ein Mensch, Anabela? Und du regst dich über deine Mutter auf?

Auf einem Parkplatz kurz vor der Abzweigung zu den Ruinen des Castelo Velho lief ich an einem Wohnmobil vorbei, an dem drei Promenadenmischungen schnüffelten. Einer der Hunde war braun-weiß gefleckt und groß wie ein frisch geborenes Kalb. Er hob den Kopf und knurrte in meine Richtung. In dem Wagen schien sich nichts zu rühren. Kein Wunder, bei dieser Kälte und um diese Stunde schliefen die Bewohner garantiert noch. Ich machte, dass ich weiterkam, ehe das Riesenvieh und die beiden kleineren Tölen mich für interessanter hielten als das Wohnmobil.

Der Anblick des Campers erinnerte mich an mein letztes gemeinsames Wochenende mit João. Unwillkürlich musste ich seufzen. Nicht mal mein Liebesleben war im Moment einfach. Drei Wochen war es her, dass wir an der Westküste gewesen und im Streit auseinandergegangen waren. Seitdem hatten wir nur ein paarmal telefoniert und alle schwierigen Themen gemieden. Nicht auch noch daran denken, Anabela. Laufen. Einfach nur laufen, den Rhythmus deiner Schritte wahrnehmen, auf deinen Atem hören. Es dauerte lange, bis die Hormone ihre Arbeit taten, ich mich entspannte und mir meine Welt nicht mehr ganz so düster erschien.

Eine halbe Stunde später kam ich wieder zu dem Platz mit dem einsamen Wohnmobil. Die Hunde waren immer noch da, hatten mich aber noch nicht gewittert. Ich wurde langsamer und blieb schließlich schnaufend stehen. Inzwischen war die Sonne höher gestiegen und vom Nebel über dem Fluss waren nur noch ein paar Schwaden übrig. Ich schwitzte, öffnete meine Jacke, sog tief den Geruch von wildem Fenchel ein und beobachtete die Hunde.

Alle drei waren mager und ungepflegt, keiner trug ein Halsband. Die gehören wohl kaum zu den Wohnmobilisten, dachte ich und ging ein bisschen näher heran, bis ich das Kennzeichen des Wagens erkennen konnte. A für Österreich. Noch immer rührte sich nichts. Die Hunde hingen weiter mit den Nasen an der Tür.

Plötzlich stellte der größte von ihnen die Ohren auf und wandte den Kopf in Richtung Jugendherberge. Sekunden später frenetisches Gebell aus drei Hundekehlen. Ein alter Mann kam mit kleinen, vorsichtigen Schritten den Weg herauf. Er stützte sich auf einen Stock und hielt in der freien Hand einen Stein. Auf der Höhe des Wohnmobils warf er den Stein nach den Hunden und hob den Stock. Im nächsten Moment war das Rudel im Gebüsch verschwunden.

«Verdammte Mistviecher», murmelte der Alte.

«Bom dia.» Mehr als ein kurzes Nicken bekam ich nicht zur Antwort. Er trippelte weiter, den Blick auf den Weg vor seinen Füßen gerichtet. Ich glaubte, ihn vom Sehen zu kennen. Wahrscheinlich war er einer der Männer, die vormittags in der ersten Bar an der Praça von Alcoutim ihren Kaffee tranken.

«Ist es nicht seltsam, dass sich dort gar nichts rührt?», fragte ich, als er an mir vorbeikam. Nicht einmal, als die Hunde gebellt hatten, hatte sich etwas bewegt.

Der Alte blieb stehen, hob den Stock und deutete auf den Wagen. «Der steht hier schon ein paar Tage. Die sind aber nie da. Jedenfalls hab ich nie einen gesehen.»

«Da steht ein Fahrrad.»

Er zuckte mit den Schultern und ging seines Weges.

Ich nicht.

Ich ging zum Wohnmobil.

Hier stimmte was nicht.

Sicherheitshalber hob ich den Stein auf, den der Alte nach den Hunden geworfen hatte. Nur falls die Tiere plötzlich wieder zurückkamen.

Die Fenster an der Fahrerkabine waren mit dunklen Vorhängen verschlossen, die Motorhaube fühlte sich kalt an. Langsam ging ich um das Fahrzeug herum. Es war ein älteres Modell mittlerer Größe, keines von den großen, schicken Dingern, die João und ich zuhauf an der Westküste gesehen und bei deren Anblick wir uns gefragt hatten, was die wohl kosten mochten. Manche wahrscheinlich so viel wie ein Einfamilienhaus.

Dieses Wohnmobil hier war von einem schmuddeligen Beige, an der Beifahrerseite zog sich ein langer rostiger Kratzer durch den Lack. Im hinteren Teil gab es an jeder Seite ein Fenster. Zu weit oben, um hineinzusehen. Hm. Am Heck war ein Gepäckträger mit Platz für zwei Fahrräder angebracht. Er war leer. Besagtes Fahrrad lehnte an der hinteren linken Ecke des Mobils und war mit einem langen Drahtkabel an den Träger geschlossen. Auch nicht gerade gestern vom Fabrikband gelaufen, dachte ich, als ich mir das Mountainbike genauer anschaute. An den Speichen und am Lenker waren rostige Stellen. Ich sah wieder auf das Wohnmobil und entdeckte oberhalb des Fahrradträgers ein weiteres kleines Fenster. Wenn ich auf die Stoßstange und von dort auf den Träger ... der wirkte sehr stabil. Ich schaute mich um. Keine Menschenseele in Sicht.

Aber wenn doch jemand da drin war und dann plötzlich mein Gesicht im Fenster erschiene ... Nein. Wirklich nicht. Mach, dass du nach Hause kommst, Anabela. Was geht dich dieser Camper an? Aber warum hatten die Hunde die ganze Zeit …? Das Beste war wohl, schlicht und ergreifend zu klopfen. Ich musste einfach wissen, ob alles in Ordnung war. Sonst würde ich dieses dumme Gefühl nicht los.

Ich klopfte. Keine Reaktion. Noch einmal, lauter jetzt. Nichts. Und dann roch ich es. Ich hielt die Nase näher an die Ritze der Tür. Da war ein unangenehm süßlicher Geruch. Nur schwach, aber eindeutig vorhanden. Hatte dieser Geruch die Hunde angezogen? Und der kleine Fleck am Türgriff … War das Blut?

Fünf Minuten später stand ich auf dem Träger und spähte ins Innere. Als Erstes sah ich einen Fuß mit knallrosa lackierten Nägeln, der andere steckte unter einer dicken Decke. So wie der Rest des Körpers. Ruhig und entspannt, soweit ich das beurteilen konnte. Den Kopf konnte ich nicht sehen. Der musste direkt unter dem Fenster liegen. Das Wohnmobil war so aufgeteilt wie das, mit dem João und ich unterwegs gewesen waren: eine große Doppelkoje im Heckbereich, rechts davon ein schmaler Schrank und die Tür zu einem Mini-Bad; am Fuß des Bettes das Rückteil einer Sitzbank, den Tisch davor konnte ich wegen der Rückenlehne nicht sehen. Fahrer- und Beifahrersitz waren zum Innenraum gedreht und bildeten den Rest der Sitzecke.

Ich schaute wieder auf den Fuß. Da lag also eine Frau im Bett.

Ich dachte an den Geruch, den ich noch in der Nase hatte. Die Frage war: Lag die Frau dort tatsächlich ruhig und entspannt? Oder ruhig und tot?

2

Guarda Luís Silva reckte sich und ließ die Fingerknöchel knacken. Er sah auf die Uhr. Noch eine knappe Stunde, dann war seine Frühschicht zu Ende. Die Übergabe an die Kollegen würde keine zwei Minuten dauern. Es war nichts los gewesen, absolut nichts. In einer kleinen Gemeinde wie Alcoutim passierte sowieso nicht viel und schon gar nicht in den frühen Morgenstunden. Er griff nach seiner Torrada, dem Buttertoast, den er sich eben aus der Bar um die Ecke geholt hatte, zusammen mit einem Kaffee. Klein, schwarz und ungesüßt, so wie er ihn mochte. Guarda Silva mochte auch den Frühdienst. Eben wegen des großen Nichts.

In aller Ruhe hatte er den *Correio da Mãnha* von gestern gelesen, ein bisschen im Internet gesurft und einigen Frauen geschrieben. Seit ein paar Wochen war er bei Meetic.pt angemeldet und die Sache ließ sich nicht schlecht an. Im Moment gefiel ihm besonders eine fünfunddreißigjährige Krankenschwester aus Vila Nova de Cacela mit tiefschwarzem Haar und üppigen Kurven. Blöd war nur, dass sie bisher nicht auf seine Kontaktanfrage geantwortet hatte. Eben vertiefte er sich auf seinem Handy in ihr Bild, als das Telefon klingelte. Im selben Moment ging die Tür zur Straße auf und sein Chef, Primeiro-Sargento Quintal, kam die kurze Treppe herunter. Seine Stiefel klackten auf den Marmorstufen. Der Empfangsbereich, in dem Silva vor einer knallgrün gestrichenen Wand am Schreibtisch saß, lag im Souterrain. Quintal erschien immer vor den anderen Kollegen zum Dienst. Silva zog eilig den Ausdruck einer Dienstanweisung über sein Handy. Das Diensttelefon klingelte weiter.

«Bom dia, Chefe.»

«Bom dia. Wollen Sie nicht drangehen, Guarda Silva?» Er deutete auf die Telefonanlage und ging weiter zu seinem Büro im hinteren Bereich des Gebäudes.

«GNR Alcoutim, Guarda Silva. Sim?»

«Luís, bist du das?»

Porra! Musste von den knapp dreitausend Einwohnern des Bezirks ausgerechnet seine lästige Cousine anrufen, die ihm immer nur eins einbrachte, nämlich Ärger?

«Anabela, was willst du?»

«Ihr müsst zum Castelo Velho kommen. Hier steht ein Wohnmobil und darin liegt eine Frau und bewegt sich nicht. Und da ist ein komischer Geruch.»

«Woher weißt du, dass da eine bewegungslose Frau drin ist?»

«Ich habe reingeguckt. Wegen der Hunde.»

«Wegen der Hunde, so, so. Was für Hunde?»

«Das ist doch jetzt völlig egal. Schick jemanden her!»

«Anabela Silva. Es ist gerade mal acht Uhr. Da schlafen viele Leute noch. Ganz besonders Touristen in Wohnmobilen.»

«Luís, verdammt noch mal. Ich habe ein ganz schlechtes Gefühl. Vielleicht ist der Frau was passiert.»

«Ruf doch deinen Kommissar an, wenn du mal wieder ein Verbrechen witterst.»

«Luís!»

«Was ist denn los, Silva?» Die Stimme seines Chefs, der plötzlich neben ihm stand.

Silva legte die Hand auf die Sprechmuschel. «Da ist eine Frau dran, die von einer reglosen Person in einem Wohnmobil redet, oben beim Castelo Velho. Aber das ist nur meine Cousine Anabela Silva, die bildet sich sonst was ein, seit sie mit einem von der Kripo liiert ist und ein paarmal für die Polícia Judiciária übersetzt hat.»

Ohne ein weiteres Wort und mit düsterer Miene nahm der Chef ihm den Hörer aus der Hand. «Bom dia, Dona Anabela. Hier spricht Primeiro-Sargento Quintal. Was genau haben Sie beobachtet?»

Während er sprach, durchbohrte sein Chef ihn mit giftigen Blicken. Sollte er doch. Der kannte Anabela schließlich nicht so gut wie er. Die Tür zur Wache ging erneut auf, sein Kollege Henrique Dias kam zum Dienst.

«Bleiben Sie bitte vor Ort», hörte er Quintal sagen, «wir sind unterwegs.» Der Chef legte auf. «Sie bewegen jetzt Ihren faulen Arsch, Silva, und zwar sofort. In spätestens einer halben Stunde habe ich Ihren Bericht! Guarda Dias, Sie fahren mit Silva.»

Er hatte es gewusst. Nichts als Ärger.

Luís Silva würdigte seine Cousine keines Blickes, als er ankam. Stattdessen donnerte er mit der Faust an die Tür des Wohnmobils. Sein Kollege wartete im Dienstwagen.

«GNR. Ist alles in Ordnung da drinnen?»

«Ich hab dir doch gesagt ...»

«Halt einfach den Mund, Anabela.»

Wieder wummerte er an die Tür. Dann schnüffelte er. Da war wirklich ein Geruch. Ein Geruch, der sich von allen anderen Gerüchen unterschied. Er hatte ihn bereits oft genug in der Nase gehabt, um ihn sofort zu erkennen. Verwesungsgeruch. Noch nicht sehr stark, aber eindeutig.

Er drückte die kleine Klinke der Tür herunter.

«Ich komme jetzt herein!»

Ein Blick reichte, um zu ahnen, was passiert war. Der Holzkohlegrill im Gang vor dem Bett sprach Bände.

Rückwärts zog er sich aus dem Wagen zurück und stieß mit seiner Cousine zusammen. Dieses neugierige Weib musste direkt hinter ihm gestanden haben.

«Und?», fragte sie.

«Zurück, verdammt noch mal!»

«Henrique», rief er seinem Kollegen zu, «im Kofferraum muss noch der Kuhfuß liegen.» Das Werkzeug hatten sie am Vortag kurz vor Dienstschluss im Innenraum eines Autos gefunden, dessen Scheibe eingeschlagen worden war. Luís hatte angeboten, sich während der Frühschicht um das Protokoll zu kümmern, hatte es dann aber vergessen. Genauso wie den Kuhfuß. «Und bring die Frau hier weg.»

Ohne Umschweife zertrümmerte Silva mit dem Brecheisen von außen die Scheiben in der Fahrerkabine, um möglichst viel frische Luft in den Wagen zu lassen, bevor er mit angehaltenem Atem wieder hinein und um den kalten Grill herum ging. Darauf lagen noch Reste von Kohle.

Die Frau unter der Decke war tot, das stand fest. Im Schlaf gestorben, da würde er wetten. Ganz friedlich sah sie aus, die Gesichtszüge entspannt. Aber an Hals und Gesicht hatte sie verräterische Flecken in der Farbe unreifer Kirschen. Er sah das nicht zum ersten Mal. Solche Flecken entstanden bei Tod durch Kohlenmonoxid. Bloß wieder raus hier.

Vor dem Wagen holte er tief Luft, dann griff er zum Telefon.

«Chef, wir haben tatsächlich eine Leiche. Kohlenmonoxidvergiftung, darauf verwette ich meine Uniform. So ähnlich wie der Schweizer in Foz de Odeleite vor ein paar Jahren. Alle Fenster zu und mit einem Grill geheizt. Ja, ich warte auf die Feuerwehr.»

Dann wandte er sich seiner Cousine zu, die ziemlich blass und angenehm schweigsam war.

«Hier hat es einen Unfall gegeben. Fahr nach Hause, Anabela.»

3

Nova vítima do assassino silencioso
Mulher austríaca morre em Alcoutim

Was war der *Correio da Mãnha* doch für ein Käseblatt. «Neues Opfer des stillen Mörders – Österreicherin stirbt in Alcoutim.» Übler konnte man einen Unfall kaum aufbauschen. Der Artikel selbst war zum Glück sachlicher. Barbara L., 43, hieß es dort, sei in ihrem Wohnmobil an einer Kohlenmonoxidvergiftung (CO) gestorben, als sie einen Holzgrill im Inneren des Fahrzeugs betrieben habe. Die Polizei gehe von einem Unglück aus. Hinweise auf einen Selbstmord gebe es nicht. CO sei ein farb-, geruch- und geschmackloses, aber hochgiftiges Gas und werde deshalb auch als «Silent Killer» bezeichnet. Jährlich stürben in Portugal mindestens dreißig Menschen an einer Kohlenmonoxidvergiftung, beispielsweise weil sie mit dem Backofen heizten oder Gasthermen nicht korrekt funktionierten.

Ich schrieb *CO-Melder* auf meine Einkaufsliste. Im Haus meiner Eltern gab es jede Menge Gasfallen, einschließlich des Backofens, den Mãe an besonders kalten Wintertagen tatsächlich zum Heizen der Küche nutzte. Also hatte Luís recht gehabt. Ein schrecklicher Unfall. Die arme Frau, dachte ich. Barbara L. aus Österreich. Moment. Vor gar nicht langer Zeit hatte ich mit einer österreichischen Barbara gesprochen. Und zwar mit einer österreichischen Barbara um die vierzig, die in einem Wohnmobil unterwegs war.

Es war am letzten Abend des Camping-Wochenendes mit João. Ich war mit einem Buch aus der Enge des Wohnmobils auf die Terrasse einer Bar geflohen, während João für uns kochte. Froh, wieder an der frischen Luft zu sein, hatte ich mich in meinen Roman vertieft und meine Umgebung nicht weiter beachtet.

«Entschuldigen Sie bitte, ich sehe gerade, dass Sie ein deutschsprachiges Buch lesen. Darf ich fragen, ob Sie Deutsche sind?»

Die Stimme der Frau, die mich störte, war tief, leicht kratzig und sie sprach mit einem Hauch von Dialekt. Irgendwas aus dem Süden. Aus Bayern?

«Dürfen Sie nicht», hätte ich am liebsten geantwortet, aber ich bin zur Höflichkeit erzogen. Deshalb sagte ich laut: «Ich bin als Tochter portugiesischer Gastarbeiter in Hannover geboren und aufgewachsen.»

«Das ist ja interessant! Sie sehen auch gar nicht aus wie eine Deutsche.»

Und schon hatte sie ihr Glas Weißwein vom Nebentisch auf meinen Tisch umgestellt. «Ich bin die Barbara», sagte sie und hob ihr Glas. Ich hob nur die Augenbrauen. Sie redete einfach weiter. «Mein Mann und ich sind mit unserem Wohnmobil unterwegs. Und ich muss Ihnen sagen: Portugal ist einfach unglaublich schön! Diese Sonne, diese Strände! Einfach phantastisch! Österreich ist ja auch schön, wenn man Berge mag. Aber kein Vergleich, wirklich, gar kein Vergleich. Allein das Wetter! Hier scheint ja einfach immer die Sonne! Herrlich, diese Wärme – und dabei haben wir fast Oktober! Wir sind jetzt seit vier Wochen hier.»

Dabei sah sie aus, als hätte sie die Sonne noch nicht besonders oft gesehen. Blass, Ringe unter den graublauen Augen, steile Falten um die Mundwinkel. Nur das trockene blonde Haar schien reichlich Sonne abbekommen zu haben. Oder billige Haarfarbe.

Selbst ich wirkte vermutlich erholter, obwohl mein Wochenende mit João bisher eher unerfreulich verlief. Gelinde gesagt. Ich hasse Camping. In jeder Form.

Die Frau merkte nicht einmal, dass ich mit meinen Gedanken woanders war. «Und die Portugiesen! So höflich und freundlich und dabei so ruhig. Ganz anders als die Spanier. Finden Sie nicht auch?»

Stimmt, dachte ich. Und ganz anders als Österreicherinnen, die sich ungefragt an fremder Leute Tische setzen, um sie mit Klischees zuzutexten. Mir lag die Frage «Was wissen Sie denn schon über Portugal?» auf der Zunge. Und dort blieb sie auch. Mehr als ein Nicken bekam diese Frau von mir nicht. Wenn ich einfach nichts sagte, würde sie mich vielleicht in Ruhe lassen.

Von wegen.

«Und was machen Sie so? Arbeiten Sie in der Gastronomie? Außer Tourismus gibt es hier ja nichts.»

Ja, genau, ganz Portugal ein Land von Kellnerinnen und Kellnern. Die Zimmermädchen nicht zu vergessen. So langsam wurde ich sauer. Ich holte gerade Luft, um eine spitze Bemerkung von mir zu geben, als eine harte Männerstimme bellte: «Barbara!» Ein Wort wie ein Schuss.

Die Frau schrak zusammen und warf einen Blick über die Schulter in Richtung der Toiletten. Ich drehte den Kopf und sah einen mittelgroßen Blonden, der von den Klos auf den Ausgang zusteuerte. Schlank, schütteres Haar, karierte Shorts, kräftige braun gebrannte Waden. Irgendwo hatte ich den Mann schon mal gesehen. Die Frau an meinem Tisch kippte ihren restlichen Wein hinunter, sagte knapp: «War nett, mit Ihnen zu plaudern», und schon lief sie hinter ihm her. Ich weiß noch, dass ich dachte: wie ein abgerichtetes Hündchen.

Aber es würde ja wohl nicht ausgerechnet diese Barbara sein, die ich tot gefunden hatte. Auch wenn das Alter passen könnte. Bestimmt gab es in Portugal jede Menge mobile Barbaras aus Österreich im richtigen Alter.

Ich legte die Zeitung weg und machte mich auf zum Haus meiner Eltern. Zwischen mir und Mãe herrschte trotz meiner Entschuldigung angespannte Stimmung. Im Moment kümmerten wir uns in einem Zwei-Schichten-System um Pai, ich hatte die Abende übernommen. Abends war er am unruhigsten und wollte oft weglaufen. Für die Nacht stand ein Babyphon mit Kamera an meinem Bett.

Es war fast zweiundzwanzig Uhr, als ich endlich auf meinem eigenen Sofa saß und eine DVD in den Rekorder schob, die heute in der Post gewesen war. Kurz darauf sah ich einer Katzenfamilie zu, die sich in aller Ausführlichkeit gegenseitig putzte. Und putzte. Und putzte. Das Video war auf einer Alzheimer-Beratungsseite empfohlen worden. Demenzkranke, hatte es da geheißen, kämen wegen der schnellen Schnittfolgen mit normalen Filmen nicht zurecht. Die Katzen dagegen putzten sich ungeschnitten und sollten deshalb gerade bei Patienten mit dem sogenannten Sundowner-Syndrom für Beruhigung sorgen. Mich machten die Tierchen so ruhig, dass ich nach wenigen Minuten eindöste.

Ein ungewohntes Klingelgeräusch ließ mich aufschrecken. Das Babyphon? Schnell lief ich ins Schlafzimmer, sah auf die Kamera. Pai lag friedlich schlafend im Bett. Wieder klingelte es und erst jetzt kapierte ich, dass es meine Türklingel war. Ich glaube, seit ich hier wohnte, hörte ich dieses Klingeln erst zum zweiten Mal. Meine Tür steht meist offen, wenn ich zu Hause bin. Und wer mich besuchen will, der klopft kurz an oder ruft nach mir. Ich bin die Einzige im Dorf, die überhaupt eine Klingel besitzt.

Noch mehr als das Klingeln überraschte mich der Mann vor meiner Tür.

«Was machst du denn hier, Mário?»

«Kann ich reinkommen?»

«Natürlich.»

Mário ist Bibliothekar in Alcoutim und ein Freund von mir, aber hier bei mir zu Hause war er noch nie gewesen. Anfangs, in meinen ersten Monaten in Portugal, hatte es mich irritiert, dass man sich in meiner neuen Heimat eher in Bars und Restaurants als privat verabredete, inzwischen war ich daran gewöhnt. Umso überraschter war ich, zumal wir in letzter Zeit nicht allzu viel Kontakt hatten. Nun aber stand er mit tief gerunzelter Stirn und ohne das allerkleinste Lächeln auf meiner Schwelle. Wenn Mário lächelt, erscheint auf seiner linken Wange ein Grübchen. Es hatte mal eine Zeit gegeben, in der mich der Gedanke an dieses Grübchen beim Einschlafen begleitet hatte.

«Ist etwas passiert?»

«Das weißt du doch.»

Was meinte er? Aber eins nach dem anderen. Ich ging voraus in mein Wohn- und Arbeitszimmer.

«Möchtest du etwas trinken?»

Mário antwortete nicht, sah sich nur um und trat an meinen Schreibtisch. Darauf stand mein aufgeklappter Laptop, daneben lag die Zeitung.

«Die tote Frau, die du gefunden hast – ich hab sie gekannt.»

«Was? Woher willst du das wissen? Ich meine, woher weißt du überhaupt, dass ich …?»

Ich hatte niemandem davon erzählt, nicht einmal Mãe. Schon gar nicht Mãe. Sonst hätte inzwischen jeder Mensch zwischen Alcoutim und Martim Longo auch das kleinste Detail gewusst. Inklusive der Details, die es gar nicht gab.

«Luís hatte gestern Abend auf der Terrasse am Quiosque ein paar Bier zu viel», erzählte Mário. «Und jeder, der dort saß, durfte sich anhören, wie der Held unserer Guarda Nacional Republicana die Leiche entdeckt, sofort Bescheid gewusst und die Fenster des Wohnmobils zertrümmert hat.»

Mário verzog das Gesicht. «Es war widerlich. Jedenfalls fiel auch dein Name, der ist ihm aber nur rausgerutscht. Er hat gesagt … Ach, egal. Und dann stand heute ihr Name in der Zeitung und …»

Mein Cousin war zweifelsfrei die größtmögliche Fehlbesetzung in der Geschichte der GNR. Keine ganz neue Erkenntnis. Aber ich verstand noch immer nicht, warum Mário in meinem Wohnzimmer stand.

«Können wir deinen Computer hochfahren? Ich will dir was zeigen.» So langsam erschien mir sein Verhalten wirklich merkwürdig.

«Ja, natürlich. Was denn?» Ich drückte den Knopf und der Laptop erwachte aus seinem Schlafmodus.

«Darf ich?», fragte Mário und saß auch schon auf dem Schreibtischstuhl. Ich sah ihm über die Schulter. Er öffnete den Browser, dann Facebook, gab seine Anmeldedaten ein.

«Du bist bei Facebook?» Ich selbst hatte dort erst ein Profil, seit ich als Übersetzerin arbeitete und mich mit einer Gruppe von Kolleginnen und Kollegen austauschte. Privat nutzte ich die Plattform kaum. Doch Mário hörte mir nicht zu, sondern gab einen Namen in die Suchleiste ein: Barbara Leitner.

«Da, lies das!», sagte er einen Moment später und zeigte auf den Bildschirm. Doch ich starrte auf das Foto, das im Querformat die Seite krönte und ein Wohnmobil im Abendlicht an einem See zeigte. Ein Wohnmobil in schmuddeligem Beige mit einem langen, rostigen Kratzer. Kein Zweifel, das war der Wagen, vor dem ich gestern gestanden hatte. Der Kreis, der unten in das Bild eingebettet war und in dem die meisten Nutzer ein Foto von sich hochluden, zeigte eine Hibiskusblüte. Dennoch war ich mir sicher: Mário war nicht der Einzige im Raum, der diese Frau gekannt hatte. Wobei *gekannt* natürlich ein großes Wort für eine kleine Begegnung war.

«Seit wann verstehst du Deutsch?», fragte ich Mário, als ich von den Bildern weiter nach unten zu den Texteinträgen sah.

«Verstehe ich nicht, ich hab das mit einer App übersetzt. Und ich hoffe, da steht nicht wirklich, was dieses Übersetzungsprogramm behauptet.»

Er zeigte mit dem Finger auf zwei Textzeilen.

«Wenn ihr mich tot findet, denkt daran: Selbstmord kommt für mich nicht in Frage. Niemals! Ihr wisst, was dann passiert ist.»

Ich las den kurzen Text noch einmal und fand ihn mehr als seltsam. Für Mário übersetzte ich ihn wörtlich ins Portugiesische.

«Also steht das da tatsächlich. Mein Gott.» Er wurde auf einmal sehr blass und die Augen hinter der Brille schimmerten feucht.

«Was, denkst du, hat sie damit gemeint?»

«Ist doch klar: Er hat sie umgebracht.»

«Was? Wer? Was redest du denn da?»

«Ihr Mann. Ihr Mann hat sie umgebracht.»

«Jetzt mal ganz langsam, Mário. Woher kennst du die Frau überhaupt?»

«Das ist doch überhaupt nicht wichtig!» Er schlug mit der flachen Hand auf den Schreibtisch. Es war das erste Mal, dass ich Mário aufbrausend erlebte.

«Ich glaub, ich hole uns doch etwas zu trinken.»

Während ich in der Küche eine Flasche Wein entkorkte und Gläser aus dem Schrank nahm, dachte ich über das nach, was diese Barbara geschrieben hatte. Okay, auf Facebook waren eine Menge seltsamer Menschen unterwegs, selbst in meiner Gruppe, in der es nicht immer um Berufliches ging, aber einen so eigenartigen Eintrag hatte ich noch nie gelesen. Ganz abgesehen davon: Laut Polizei handelte es sich bei dem Tod dieser Frau nicht um Selbstmord, sondern um einen Unfall. Ich konnte mir Mários Reaktion nicht erklären.

Als ich ins Wohnzimmer zurückkam, stand er am Fenster und starrte auf meine Wiese, die von einer einzelnen Straßenlaterne beleuchtet wurde.

«Komm», sagte ich und setzte mich aufs Sofa. «Trink einen Schluck Wein und erzähl mir, was du meinst.»

Er blieb stehen, wo er war.

«Diese Barbara hat sich doch gar nicht umgebracht, Mário. Es war ein Unglück, das steht jedenfalls in der Zeitung. Und von einem Mann ist dort überhaupt nicht die Rede.» Was, wenn ich jetzt darüber nachdachte, tatsächlich merkwürdig war. Wieso war der Blonde mit dem schütteren Haar und dem Befehlston, an den ich mich erinnerte, nicht auch im Wohnmobil gewesen? Mein nächster Gedanke war: Was für eine Ironie – nun ist die Frau in der ach so sonnigen, warmen Algarve ausgerechnet deshalb gestorben, weil ihr kalt war.

«Sie hatte Angst vor ihrem Mann», unterbrach Mário meine Gedanken. «Und genau deshalb hat sie das geschrieben. Weil sie befürchtete, dass er sie eines Tages umbringt.»

«Hat sie dir das gesagt? Dass sie Angst vor ihrem Mann hatte?»

«Indirekt. Also: Rufst du ihn an?»

«Was? Wen?»

«Deinen Kommissar.»

Wie bitte? Das konnte er doch nicht ernst meinen. João würde mich für verrückt erklären, wenn ich ihm mit dieser seltsamen Geschichte käme. Er ist Chefinspektor und Mordermittler bei der PJ, der portugiesischen Kripo, in Faro.

«Sei mir nicht böse, Mário, aber ich glaube kaum, dass sich die Polícia Judiciária dafür interessiert, ob diese Barbara zu Lebzeiten Angst vor ihrem Mann hatte, wenn es keinen Hinweis auf ein Verbrechen gibt.»

«Habe ich dir nicht immer geholfen? Auch wenn es noch so unsinnig klang, was du erzählt hast?»

Ein gleichzeitig vorwurfsvoller und flehender Blick traf mich aus kaffeebraunen Augen.

Porra! So etwas nennt man emotionale Erpressung. Ich wusste noch sehr genau, dass er damals der erste Mensch gewesen war, dem ich von meinem Verdacht erzählt hatte, in Alcoutim ginge womöglich ein Todesengel um, der alte Leute umbrachte. Wie dankbar ich ihm gewesen war, weil er mich nicht ausgelacht hatte. Ja, er hatte mir geholfen. Mehr als einmal. Ohne ihn, ohne seine Recherchen und Verbindungen – und später ohne die von João – hätte ich vielleicht niemals von der tragischen Geschichte meiner Tante und meines Cousins Ricardo erfahren.

«Ich werde es mir überlegen, Mário. Aber am einfachsten und logischsten wäre es doch, erst einmal hier zum Polizeichef zu gehen, wenn du dir so sicher bist, dass da was nicht stimmt. Meinst du nicht?»

«Das will ich nicht.»

«Warum nicht?»

«Das ist meine Sache.»

«Aber …»

«Kein Aber, Anabela. Sprich mit dem Inspektor, ich bitte dich darum.»

«Also gut. Weil du es bist. Ich erzähle ihm davon, wenn wir uns am Wochenende sehen. Aber ich würde mir nicht zu viel davon versprechen.»

Er ging, ohne sein Weinglas auch nur angerührt zu haben, und ließ mich mit einem Stapel Fragen zurück.

4

Kopfschüttelnd schaute ich ihm hinterher. Warum war ihm diese Frau so wichtig? Woher kannte er sie überhaupt? Warum wollte er nicht bei uns zur Polizei gehen? Und wo war überhaupt der Ehemann der Toten? In Österreich? Hatte sie sich von ihm getrennt? Das schien mir am wahrscheinlichsten, wenn ich an meine kurze Begegnung mit diesem Paar dachte. Und es hätte auch zu dem gepasst, was Mário erzählt hatte. Wieso sollte eine Frau bei einem Mann bleiben, vor dem sie Angst hatte? Weshalb hatte Mário diese Möglichkeit gar nicht erst ins Auge gefasst? Und wieso zum Teufel war er nicht offen zu mir?

Noch etwas anderes ging mir durch den Kopf. Ich hatte diese Barbara als nervig, aber auch als ein bisschen verhuscht empfunden, jedenfalls sobald der Mann aufgetaucht war. Dass eine Frau wie sie ganz allein in der Einsamkeit am Castelo Velho campte, konnte ich mir nur schwerlich vorstellen. Also doch ein Selbstmord? Kohlenmonoxid war unter Selbstmördern beliebt, das hatte ich inzwischen nachgelesen. Aber nein, dann hätte die Polizei doch ermittelt. Ob sie den Ehemann schon erreicht hatte? Der musste doch informiert werden.

Ich setzte mich an meinen Laptop, auf dem noch die Facebook-Seite von Barbara Leitner zu sehen war, las noch mal, was sie geschrieben hatte. Echt schräg. Der Eintrag war keine vier Wochen alt und keiner ihrer sechs FB-Freunde hatte darauf reagiert. Jedenfalls nicht durch einen Kommentar. Ich scrollte weiter, sah mir ein paar Fotos an – ausschließlich Landschaften – und ihre wenigen Posts. Mit Ausnahme dieses einen, der Mário so in Aufregung versetzt hatte, fand ich nicht einen einzigen persönlichen Text. Sie hatte nur Beiträge anderer Nutzer geteilt. Mal ging es um Politik, mal um Kunst. Ich sah mir die Daten der Posts an. Auch Barbara Leitner war noch nicht lange auf Facebook gewesen. Vielleicht erklärte das die wenigen Freunde. Hätte Mário sie nicht persönlich gekannt, ich hätte auf ein Fake-Profil getippt. Keine Ahnung, warum, aber ich notierte den Text des bizarren Eintrags und die wenigen Namen. Ein Mann namens Leitner war nicht darunter. Und – seltsam genug – auch Mários Name fehlte. Dann klickte ich die Seite weg.

Okay, ich würde João von der Geschichte erzählen. Aber nicht in seiner Eigenschaft als Kommissar. Sondern so, wie man sich in Beziehungen erzählt, was man erlebt hat. «Stell dir vor», würde ich sagen, «ich habe eine Tote gefunden und die hat vor ihrem Tod einen seltsamen Text auf Facebook veröffentlicht. Und Mário – erinnerst du dich an Mário von der Bibliothek? –, also Mário glaubt, ihr Mann hat sie ermordet. Verrückt, oder?»

João würde so etwas antworten wie: «Das muss ja schrecklich für dich gewesen sein», und mich in die Arme nehmen. Er würde fragen, wie sie gestorben war, und damit wäre das Thema erledigt. Hoffte ich jedenfalls. Also, dass er mich umarmen würde.

Wenn er überhaupt kam.

Ich sah mir die kurze Namensliste auf meinem Zettel noch einmal an. Wieso war Mários Name nicht dabei, wenn er Barbara Leitners Posts las? Okay, die waren öffentlich, jeder konnte sie lesen. Trotzdem ... Schließlich rief ich meine Freundin Marlis in Hannover an, die im Gegensatz zu mir der reinste Facebook-Junkie war. Und ein Nachtmensch.

«Das ist doch klar», sagte sie ohne langes Überlegen. «Wahrscheinlich hatte er was mit ihr. Kein Mensch mit ein bisschen Verstand nimmt seinen Lover auf die Freundschaftsliste. Schon gar nicht, wenn es einen eifersüchtigen Partner oder eine eifersüchtige Partnerin gibt.»

Mário? Ein Verhältnis mit der Österreicherin? Aber er war doch mit der schönen Mónica ...? Und wo und wann? Das konnte doch nicht ... Natürlich kann das wahr sein, Bela Silva. Ausgerechnet dir muss ja wohl niemand beibringen, dass Treue nicht für jeden ein hohes Gut ist. Denk an deinen Ex. Denk an Luís. Und an deinen Vater. Der hat deine Mutter auch ziemlich lange mit der Nachbarin betrogen, damals in Deutschland. Diese Affäre ist nicht zuletzt der Grund für die Rückkehr deiner Eltern nach Portugal gewesen. Wie auch immer: Wenn Marlis mit ihrer Vermutung recht hatte, erklärte das auch, warum Mário bei der GNR in Alcoutim nicht über Barbara Leitner sprechen und mir nicht sagen wollte, woher er sie kannte. Dass Mário gerade mächtig in meiner Achtung sank, muss ich wohl nicht eigens erwähnen. Untreue geht für mich gar nicht. Wenn João je ... Schnell schob ich den Gedanken weg. Nein, das würde er mir nicht antun. Nicht mein João.

Schon im Bett und trotz der späten Stunde, schrieb

ich ihm eine Nachricht: «Bleibt es dabei, dass du Samstag kommst? Du fehlst mir. Kuss, Bela.»

Und das stimmte. Er fehlte mir – sein Lächeln, seine Zärtlichkeit, seine ruhige Art. Aber vor allem fehlte mir die Leichtigkeit, die es bis vor diesem vermaledeiten Camping-Wochenende zwischen uns gegeben hatte. Meine Gedanken wanderten zurück. Zurück zu Tagen der Vorfreude und Tagen der Ernüchterung.

«Du musst dringend mal raus, Bela», hatte João vor ein paar Wochen gesagt. «Lass uns an die Costa Vicentina fahren.»

«Und Pai?»

«Deine Mutter schafft das auch mal allein. Und ihr habt doch diese Nachbarin, ihre Freundin. Die hilft euch doch sonst auch manchmal.»

Schon der Gedanke an eine Auszeit tat gut. Ich schloss die Augen und sah mich an einem der Strände der Westküste in der Sonne liegen und mit jedem Atemzug neue Energie schöpfen, spürte die Hände einer fähigen Masseurin im Wellnessbereich eines feinen Hotels auf meinem Körper und dann die von João. Hach. Vielleicht, dachte ich, vielleicht könnte ich mir auch eine Gesichtsbehandlung gönnen und … Er hatte recht. Eine Pause würde mir guttun. Glücklich und dankbar hatte ich ihn umarmt und war am Freitagnachmittag des letzten Wochenendes im September mit meinem Köfferchen bei seinem Haus in Estói angekommen.

Vor dem Haus parkte ein Wohnmobil. An sich nichts Besonderes. Wohnmobile sieht man an der Algarve dauernd. Böse Zungen sprechen auch von der weißen Pest. Wie auch immer. Das Problem: Vor diesem Exemplar stand kein anderer als João – in Jeans und T-Shirt, mit einem Lächeln im Gesicht und einem kreisenden Autoschlüssel am Zeigefinger. «Voilà, meine Angebetete: unser Zuhause für die nächsten drei Tage! Was sagst du? Hat mir mein Freund Nelson geliehen. Toll, oder?» Er war die Glückseligkeit in Person.

Mein Glücksgefühl fiel dagegen schneller in sich zusammen als ein misslungenes Soufflé. Da ging er hin, der Traum von der Wellnessmassage in einem feinen Hotel. Ich quälte mir ein Lächeln ins Gesicht und ein «Na, so was» auf die Lippen. Wie gesagt, ich hasse Camping. Aber das konnte er nicht wissen. Ich hatte ihm nie von den grässlichen Urlauben mit meinen Eltern an der Nordsee erzählt. Warum auch?

Und jetzt? Jetzt hatte ich nicht das Herz, João zu sagen, wie wenig ein paar Tage in einem Wohnmobil meinen Vorstellungen von Entspannung entsprachen. Das ging einfach nicht. Sei keine Zicke, Anabela, sagte ich mir, bestimmt wird es schön. Du bist schließlich nicht bei Schietwetter in Dangast, sondern bei strahlendem Sonnenschein am Atlantik.

Bis ich das Meer zu sehen bekam, sollte es allerdings dauern. Während wir auf der Landstraße N125 langsam gen Westen fuhren, vorbei an immer größer werdenden Gartencentern, Dekorationsläden, Yachtanbietern und Supermärkten, erhaschte ich am Horizont gelegentlich den Blick auf ein Häusermeer, aber nicht aufs Wasser. Die Straße verlief nicht direkt an der Küste. Ich sah Golfplätze, Apartmenthäuser, Tankstellen und grauen Asphalt in flacher Landschaft. Eine Abzweigung nach der anderen zu den beliebtesten Ferienorten der Westalgarve blieb links liegen. Vilamoura, Albufeira, Armação de Pêra – João fuhr geradeaus.

«Wo willst du eigentlich hin?»

«Lass dich überraschen, meine Schöne.» Der große Junge am Steuer grinste und drehte das Radio lauter.

Als wir Portimão passierten, dachte ich: Hier würde ich nicht leben wollen. Viel zu groß und verbaut. Und musste über mich selbst schmunzeln. Da lebte ich gerade mal drei Jahre im Hinterland und schon war aus der ehemaligen Großstadtpflanze ein Landei geworden, das sich mit viel Verkehr und Hochhäusern schwertat.

Erst bei Lagos öffnete sich zum ersten Mal der Blick aufs Meer – wenn auch nur für einen kurzen Moment. Lagos! Mein Herz schlug höher. Dort war ich ewig nicht gewesen, hatte aber schönste Erinnerungen an die malerische Altstadt und die Felsküste mit ihren versteckten Buchten. Vor mehr als zwei Jahrzehnten hatte ich mit einer Freundin ein paar Tage dort verbracht. In meiner Wohnung in Hannover hing jahrelang ein Foto von der Ponta da Piedade, einer nach einer Heiligen benannten Felsspitze. Diese von der Natur in Tausenden von Jahren geformte Landzunge mit ihren Grotten und bizarren Felsentoren aus gelbrotem Kalkstein hatte mich bei einer Bootsfahrt und einer anschließenden Wanderung tief beeindruckt.

Ich hatte diesen Tag auch deshalb nicht vergessen, weil wir einen Fischer getroffen hatten, dessen von Sonne, Salz und Wind gezeichnetes Gesicht mir nach all den Jahren noch immer vor Augen stand. Seit Jahrhunderten, so erzählte er uns, pilgerten Küstenfischer zur Namensgeberin, zur Ermida de Nossa Senhora da Piedade, und baten in einem Ritual um einen guten Fang.

Eine Ermida ist eine kleine Wallfahrtskapelle. Meine Freundin und ich schauten uns verwirrt um. Da war keine Kapelle, nur ein Leuchtturm. Der Fischer lachte. Nein, sagte er, die Ermida de Nossa Senhora da Piedade gebe es schon lange nicht mehr. Trotz ihrer bewegten Geschichte – sie sei nach Beginn der portugiesischen Entdeckungsfahrten im sechzehnten Jahrhundert gebaut, beim großen Erdbeben 1755 zerstört und anschließend wieder aufgebaut worden – habe man sie 1913 schließlich abgerissen, um Platz für den Leuchtturm zu schaffen. Sein Großvater, Fischer wie er selbst, hätte damals wie viele andere gegen den Abriss protestiert. Vergeblich. Aber das Ritual für den guten Fang gebe es immer noch, auch ohne Kapelle.

Ich tauchte aus meiner Erinnerung auf, als João den Blinker setzte. Und abbog. Nach rechts. Weg vom Meer. Ich grummelte lautlos vor mich hin. Warum ich nichts sagte? Weil João zur Musik im Radio summte. Weil dies sein Tag war und ich ihm seine Freude und seine Überraschung nicht verderben wollte. Weil ich auch nett sein kann. Die Straße wurde schmaler, die Landschaft hügelig. Er steuerte erst eine Weile gen Norden, dann wieder nach Westen, Richtung Aljezur. Der nächste Hügel, die nächste Kuppe. Und dann war aller Groll, den ich an diesem Tag empfunden haben mochte, restlos vergessen. Vor uns lag der Atlantik in seiner ganzen glitzernden Pracht unter einem azurblauen Himmel, der mit ein paar verwehten Wolken aussah wie gemalt.

«Halt an, João, ist das schön!»

«Gleich. Noch ein bisschen Geduld.»

Oberhalb eines winzigen Ortes stellte er das Wohnmobil auf einem Parkstreifen mit Blick aufs Meer. Ich konnte gar nicht schnell genug aussteigen, lief sofort an den Rand des Parkplatzes und atmete, so tief ich konnte. Unter mir lag eine Strandbucht mit fast weißem Sand, die sich bis an den Ort zog. Breite Dünungswellen rollten heran, brachen weiß über flachem Wasser. Links schmiegten sich die Häuser des Ortes an einen kargen Felsen, ein frischer Wind wehte uns den Geruch von Meer und Algen in die Nase. Ein Traum.

«Gefällt es dir? Die Praia de Monte Clérigo ist mein Lieblingsstrand.»

«Gefallen ist gar kein Ausdruck! Lass uns runtergehen.»

Minuten später hatte ich ebenso wie João meine Schuhe ausgezogen, die Jeans hochgekrempelt und ließ das kalte Wasser meine Waden umspielen. «Dieser Strand ist fast perfekt.» Ich schmiegte mich an João.

«Nur fast?»

Ich zeigte auf ein paar Surfer, die in der Brandung auf höhere Wellen warteten.

«Perfekt wäre er, wenn wir ihn für uns allein hätten. Falls du verstehst, was ich meine.» Wir grienten uns an.

Dann schaute ich nach rechts und sah das Wohnmobil mit der Nase zum Meer auf dem Parkstreifen stehen. Morgen früh musste ich nur die Tür aufmachen, um als Erstes den Atlantik zu sehen. Toll. Ich wollte noch vor dem Frühstück eine Runde am Strand laufen. Ehrlich, ich war willens, das Thema Camping ganz neu zu bewerten.

Leider sah ich am nächsten Morgen als Erstes die verbrannte Wampe eines Engländers, als ich die Tür aufmachte. Warum? Weil Wildcampen in Portugal verboten ist, deshalb. Das hatte ich nicht gewusst. Bei uns im Hinterland standen immer wieder Wohnmobile mitten in der Landschaft und niemand schien sich daran zu stören.

Aber gerade hier an der Costa Vicentina hatten die Einheimischen die Nase voll von Klopapier in Büschen und Dünen, wie João mir erklärte, ehe wir den Ort nach einem spektakulären Sonnenuntergang und einem Abendessen im Restaurant verließen, um zu einem offiziellen Stellplatz ein paar Kilometer weiter im Inland zu fahren.

Die Nacht verbrachten wir eingeklemmt zwischen zwei anderen Wohnmobilen. Zu unserer Rechten kläfften zwei Chihuahuas und ein Terrier um die Wette, zur Linken stritt der dicke Engländer mit seinen niederländischen Nachbarn über die Lautstärke ihres Fernsehgeräts – und João grinste schief angesichts meines Gesichtsausdrucks.

«Ist das nicht romantisch? Hey, Bela, wo ist denn dein Humor geblieben?»

Gute Frage, hier in dem blöden Wohnmobil war er jedenfalls nicht.

João verging das Grinsen nicht viel später. So dicht an den Nachbarn, nur getrennt durch zwei Meter Luft und die dünnen Verkleidungen der Wohnmobile, konnte ich mich beim besten Willen nicht entspannen. Allein die Vorstellung, dass die Nachbarn womöglich mithörten, wie wir … Er verstand mich nicht. Zum Glück fanden wir am zweiten Abend einen weniger vollen Platz.

Aber das Schlimmste an diesem vertrackten Wochenende war der schreckliche Streit am Ende, da waren wir schon zurück in seiner Wohnung. João hatte unbedingt über unsere gemeinsame Zukunft reden wollen.

«Wie soll es weitergehen mit uns, Bela? Ich sehe dich kaum noch. Muss ich warten, bis dein Vater stirbt, ehe ich mit dir zusammenleben kann? Ich liebe dich, verdammt noch mal!»

Nein, ich erwarte nicht, dass ein Mann vor mir auf die Knie fällt, wenn er mir seine Liebe erklärt. Keinen Kerzenschein, keine Poesie und keine Blumen. Ehrlich nicht. Aber so? Das ging gar nicht. Und als er dann noch meinte: «Dein Vater gehört in ein Heim», war das Gespräch für mich zu Ende. Wütend war ich abgerauscht.

Bockig wie ein Kleinkind, ich weiß. So bin ich eigentlich gar nicht. Hoffe ich jedenfalls. Heute denke ich, meine Reaktion war der unseligen Kombination aus Enttäuschung und Überforderung geschuldet. Dazu kam, dass ich mir nicht sicher war, ob ich je wieder mit einem Mann zusammenleben und meine Unabhängigkeit aufgeben wollte. Oder riskieren wollte, noch einmal verlassen zu werden.

Immerhin war mir klar, dass ich aufhören musste, wie ein wütender Stier zu reagieren, wenn mir jemand das rote Tuch «Heim» vor die Nase hielt. Auch wenn es mir noch so schwerfiel, Pai in fremde Hände zu geben – auf Dauer gab es keine Alternative. Niemandem war damit gedient, wenn Mãe oder ich zusammenklappten. Dies einzusehen, war eine Sache. Es auszusprechen, eine andere.

Vielleicht hätte ich es João gesagt. Wenn wir uns denn seit meinem unseligen Abgang aus seiner Wohnung gesehen hätten. Aber er hatte an den folgenden beiden Wochenenden arbeiten müssen. So hatte ich mich am Telefon nur kurz entschuldigt. Unsere Gespräche hatten sich um Alltagserlebnisse gedreht. Das Thema Pai hatten wir genauso umschifft wie jegliche Form von Zukunftsplänen.

Pling. João hatte geantwortet. «Ich vermisse dich auch. Bin um elf Uhr bei dir. Sonhos cor de rosa.»

Rosarote Träume wären in der Tat schön gewesen. Aber in dieser Nacht stürzten Wohnmobile von Klippen, versuchte ich verzweifelt, eine blonde Frau vor einem gesichtslosen Mann mit erhobener Axt zu retten, und zog meinen toten Vater aus Mães Küche. Als ich aufwachte, war meine Bettwäsche ein feuchter Klumpen.

5

João Almeida stand mit seiner Espressotasse an einem der Fenster seiner Altbauwohnung und sah hinunter auf den Largo Ossónoba, den kleinen Platz neben dem Haus. Auf einer Bank zwischen zwei Olivenbäumen saß ein hochbetagtes Ehepaar in der Morgensonne. Wie alt mochten die beiden sein? Mindestens achtzig, wenn nicht neunzig. Und wahrscheinlich länger zusammen, als er selbst auf der Welt war. Er sah sie oft dort unten sitzen und jedes Mal fuhr ihm ein Stich ins Fleisch wie eine giftige Injektion. Was war das? Neid, Sehnsucht? Wahrscheinlich eine Mischung aus beidem.

Seine Ehe hatte ganze vier Jahre gedauert. Und jetzt? Jetzt gab es Anabela und schon wieder war er dabei, alles kaputtzumachen. Wollte mehr von ihr, als sie zu geben bereit war. Er lachte bitter auf. Das immerhin war etwas Neues. Bisher hatten die Frauen in seinem Leben sich stets beklagt, dass er ihnen nicht genug zu geben bereit wäre. Anabela war anders.

«Warum suchst du dir nicht eine Portugiesin? Da weißt du, woran du bist. Nichts gegen Anabela, die ist ja ganz in Ordnung, aber sie ist eben nicht von hier.» Als ob man Gefühle einfach so ausschalten konnte. Ausgerechnet sein

Freund und Kollege Paulo Pinto musste das sagen. Großklappe. Wer hatte denn jahrelang seiner Luísa hinterhergetrauert, bis sie endlich zu ihm zurückgekehrt war? Und gegen «die Deutsche» hatte Paulo von Anfang an was gehabt. Erst seit die beiden im vergangenen Jahr direkt zusammengearbeitet hatten und Paulo Anabela aus der Gewalt eines Mörders befreien konnte, war ihr Verhältnis deutlich entspannter.

Unten auf dem Platz half der Alte seiner Frau beim Aufstehen. Almeida seufzte. Er wollte keine andere Frau. Er wollte Anabela Silva. Punkt. Selbst wenn er sie nur in homöopathischen Dosen bekommen konnte. Finde dich damit ab, João. Setz sie nie wieder unter Druck, wenn du sie nicht verlieren willst. Und das nächste Mal lädst du sie in ein Hotel ein. Er brachte seine Tasse zum Küchentresen. Wenn es ein nächstes Mal gab.

Zeit zu fahren.

Die Tür zu Anabelas Häuschen stand offen. Almeida rief nach ihr, aber nichts rührte sich. Er sah auf seine Armbanduhr, zwanzig nach elf. Nach kurzem Zögern ging er hinein. «Bela?»

«Ich bin draußen!»

Der Weg zur Terrasse führte durch die Küche, in der noch immer die Messingtöpfe ihrer Großmutter über dem Kaminabzug hingen. Es duftete nach Kaffee und Frischgebackenem. Und nach Anabela. Unsinn, João Almeida, das ist reine Einbildung. Reiß dich zusammen, wie alt bist du?

Sie stand in einem cremeweißen Kleid vor der niedrigen

Brüstung, die die Terrasse von der Wiese trennte, sah ihm entgegen und … lächelte. Sie lächelte! Erst jetzt gestand er sich ein, dass er nicht sicher gewesen war, ob sie sich tatsächlich auf ihn freute, trotz ihrer Nachricht. Ob sie nicht doch noch sauer war. Bei Anabela wusste man nie. Sie war für ihn wie eines dieser Überraschungseier für Kinder. Allerdings eines mit sehr viel schönerer Form. Erleichtert nahm er sie in die Arme.

Zum ersten Mal seit Tagen schien die Sonne mit voller Kraft, der Himmel war wolkenlos und von einem klaren und tiefen Blau.

«Schön, nicht?» Anabela zeigte auf die Wiese vor ihnen, die einen ersten Schimmer von Grün und knospenden Wildblumen zeigte.

«Ja, das ist es», sagte er und dachte: Wie erschöpft sie aussieht. Jetzt, aus der Nähe, nahm er graue Schatten unter ihren Augen wahr und feine Falten, die er nicht kannte. Sie löste sich aus seinen Armen.

«Ich hole den Kaffee.»

Kurze Zeit später saßen sie sich am Tisch gegenüber, der auch noch von ihren Großeltern stammte. Anabela hatte ein geblümtes Tuch über die rissige Holzplatte gelegt. Schweigend tranken sie den Kaffee und aßen von den Bolos de Arroz, die Bela aus Reismehl gebacken hatte und deren Zitronengeschmack wunderbar zu dem Hauch von Frühling in der Luft passte.

Als hätte sie seinen Gedanken gelesen, sagte Anabela: «In Deutschland fallen jetzt die Blätter von den Bäumen und hier sprießt frisches Grün. Wer hat das schon, zweimal im Jahr Frühling?»

Er nickte und räusperte sich. «Anabela, wegen neulich, was ich da gesagt habe ...»

«Noch einen Kaffee?»

«Nein.» Er nahm ihre Hand in seine. «Hör zu, Anabela, bitte. Ich kann damit leben, wenn du nicht zu mir ziehen willst. Und wegen deines Vaters ...»

Sie unterbrach ihn. «Du hattest recht, João. Mãe und ich, wir schaffen das nicht mehr lange. Über kurz oder lang müssen wir einen Platz für ihn finden, auch wenn es das Letzte ist, was ich möchte. Ich habe ihn in Alcoutim und Balurcos auf die Warteliste setzen lassen.»

Erstaunt sah er die Frau an, die vor kurzem wütend aus seiner Wohnung gestürmt war, weil er dieses Thema angesprochen hatte, und deren große dunkle Augen jetzt feucht schimmerten. «Was ist passiert?»

Sie erzählte von einer schlimmen Auseinandersetzung mit ihrer Mutter. «Daran waren nur die Nerven schuld, João. Das macht mir Angst. Ständig sind wir in Sorge um Pai und es wird immer anstrengender mit ihm. Letzte Nacht war er dreimal wach und wollte weg. Ich bin dauernd müde und kann mich kaum noch auf die Arbeit konzentrieren. Und für uns», sie brach ab und sah ihm direkt in die Augen, «für uns beide ist die Situation Gift. Ich will dich nicht verlieren, João.»

Er brauchte einen Moment, bis er antworten konnte. Die Wärme, die ihn durchströmte, kam nicht von der Sonne. Er schluckte. «Das wirst du nicht, Anabela. Nicht, wenn es nach mir geht.»

Eine lange Weile saßen sie einfach nur da und sahen sich an, ihre Hand noch immer in seiner. Almeida fragte sich, ob sie gerade einen Schritt in eine gemeinsame Zukunft gemacht hatten, hütete sich aber, die Frage laut zu stellen. Bloß nicht zu viel auf einmal.

«Da ist noch etwas, das ich dir sagen möchte.»

Er hielt die Luft an.

«Ich hab vor ein paar Tagen eine Tote entdeckt. In einem Wohnmobil.»

«Was?» Es dauerte einen Augenblick, bis bei ihm ankam, was er gehört hatte. Im nächsten Moment dachte er: Überraschungsei ist maßlos untertrieben. Erst dann konzentrierte er sich wieder auf Anabela.

«Die Kohlenmonoxid-Sache? Ich habe davon gelesen. Wie meinst du das, du hast die Frau gefunden?»

Als sie ihm schilderte, wie sie auf den Fahrradträger geklettert war, um in den Wagen zu sehen, musste er sich trotz des tragischen Themas ein Lachen verkneifen. Er sah es vor sich, wie sie auf dem Ding balancierte und die Augen mit den Händen abschirmte, um etwas zu erkennen. Neugier war ein viel zu schwaches Wort für Anabelas Neigung, ihre Nase in Dinge zu stecken, die sie eigentlich nichts angingen.

«Und das Verrückte ist, dass ich die Frau gekannt habe, João. Von unserem Wochenende in Aljezur. Und Mário – du kennst doch Mário von der Bibliothek? –, also Mário war vorgestern bei mir. Er kannte sie auch, besser als ich. Und er glaubt, dass sie von ihrem Mann umgebracht worden sein könnte. Warte mal kurz.» Sie ging ins Haus, kam mit einem Zettel zurück. «Wegen dieser Nachricht hier. Mário interpretiert sie als eine Art Hilferuf. Und dazu passt, dass die Polizei den Mann nicht finden kann.»

«Jetzt mal ganz langsam, Anabela.»

Ein paar Minuten später sah er die Frau seines Lebens entgeistert an und zweifelte an ihrem Verstand. «Du bist allen Ernstes zu Primeiro-Sargento Quintal gegangen und hast mit ihm über diese absurde Theorie gesprochen?»

«Nein, wo denkst du hin? Aber lass mich doch erst einmal zu Ende erzählen. Ich habe dem Primeiro-Sargento nur gesagt, dass mich die Sache nicht loslässt, weil ich die Frau gefunden habe und deshalb gern wüsste, ob sie bei uns oder in Österreich beigesetzt wird. Und er hat gesagt, ihre Schwägerin sei auf dem Weg nach Portugal, um sich um die Bestattung in Alcoutim zu kümmern.»

«Ja und?»

«Verstehst du nicht? Eine Schwägerin – nicht ihr Mann! Den konnten sie, wie gesagt, bisher nicht erreichen.»

Almeida fragte sich kurz, wie Anabela es geschafft hatte, diese Information aus dem GNR-Chef herauszubekommen, den er als besonnenen Mann und integren Beamten kannte. Aber irgendwie schaffte sie es ja immer, dass ihr die Leute erzählten, was sie erfahren wollte. Ganz sicher war sie eine verdammt gute Journalistin gewesen, als sie noch in ihrem eigentlichen Beruf gearbeitet hatte.

«Das ist aber noch nicht alles. Die Leitners haben nicht einfach so in Portugal überwintern wollen. Die haben in ihrem Wohnmobil gelebt, weil sie nichts anderes mehr hatten. Die waren pleite. Und der Mann hat ihr die Schuld gegeben.»

«Sagt wer?»

«Sagt ihre beste Freundin. Monika Böhm.»

«Und woher weißt du, was die beste Freundin sagt?»

«Ich bin auf Facebook mit ihr befreundet.»

Almeida konnte nur ungläubig den Kopf schütteln. «Du bist rein zufällig auf Facebook mit der Freundin der Frau befreundet, die hier gestorben ist und die du selbst nur einmal gesprochen hast?»

Er beobachtete, wie ihr blasses Gesicht einen zarten Rotton annahm, und ahnte Böses.

«Zufällig nicht. Ich hab alle Facebook-Freunde von Barbara Leitner angeschrieben, das sind nicht viele. Und Monika Böhm hat geantwortet. Wir haben dann telefoniert.»

«Bela, das ist doch verrückt. Wieso lässt du dich überhaupt da reinziehen?»

Plötzlich kam ihm ein Bild vor Augen. Ein Bild aus der Zeit, in der er sie kennengelernt hatte. Anabela auf einer Wiese, händchenhaltend mit eben diesem Bibliothekar. Dem hochgewachsenen, gutaussehenden Bibliothekar, der im selben Alter war wie sie. Im Gegensatz zu ihm. Er wurde im nächsten Jahr fünfzig, war fast sieben Jahre älter als Anabela.

«Ist es wegen Mário? Gibt es etwas, das ich wissen sollte?»

«Was? Nein, wo denkst du hin?» Anabela runzelte die Stirn. «Mit Mário hat das nur insoweit zu tun, als er diese Mord-Theorie hat. Er weiß überhaupt nichts von meinem Besuch beim Primeiro-Sargento oder meinem Kontakt zu Monika Böhm. Nein, es ist nur … Ich hab so ein Gefühl. Und ich hab Mário versprochen, dir davon zu erzählen. Deshalb ist er ja überhaupt zu mir gekommen.»

Der kurze Anflug von Eifersucht verflog, während Anabela schon weiterredete.

«Ich finde es so merkwürdig, dass sie ganz allein da oben war. Was, wenn die Nachricht wirklich etwas zu bedeuten hat? Monika Böhm hat gesagt, die Ehe war ziemlich zerrüttet. Und wenn es doch kein Unfall war? Wie damals bei dem Fall mit der Dänin, weißt du noch? Da warst du derjenige, der nicht an den Schein geglaubt hat.»

«Anabela, das kannst du nicht vergleichen.»

«Wieso nicht? Du hattest auch nicht mehr als ein Gefühl, dass da was nicht stimmte.»

Almeida beschloss, ihre Bemerkung zu ignorieren. «Wenn wir jedes Mal ermitteln würden, sobald jemand irgendeinen Unsinn postet, wären wir vierundzwanzig Stunden am Tag beschäftigt.»

«Aber dass die GNR den Ehemann bisher nicht ausfindig machen konnte, ist doch wirklich seltsam, findest du nicht?»

«Ich finde, wir haben genug davon geredet. Jetzt würde ich gern deinen Eltern Guten Tag sagen und danach eine gewisse, sehr schöne Frau in ein gutes Restaurant einladen.» Er stand auf und streckte sich. «Auch ein Mordermittler hat gelegentlich ein Wochenende verdient, an dem er nicht über Tote nachdenkt oder reden muss.»

Während Anabela die Kaffeetassen in die Küche brachte, nahm João Almeida seinen kleinen Notizblock aus der Gesäßtasche der Jeans und schrieb: *Obduktionsprotokoll Barbara Leitner anfordern.* Ein Blick in den Bericht konnte ja nicht schaden.

6

«Paulo? Hast du mal zehn Minuten? Und bring Soares mit.»

Almeida saß im Hemd bei offenem Fenster in seinem Büro im ersten Stock des Dienstgebäudes der PJ in der Altstadt von Faro. Sein Jackett hing auf einem Bügel am Kleiderständer neben der Tür. Nach der Morgenbesprechung hatte er sich mehr als zwei Stunden lang durch Dienstanweisungen, Mails und Protokolle gearbeitet. Montagmorgenroutine. Er streckte den Rücken und nahm den Bericht zur Hand, den er zuletzt gelesen und in drei Ausfertigungen ausgedruckt hatte. Aus der Gasse vor dem altehrwürdigen Gebäude drangen Stimmen herauf. Tag für Tag liefen unter seinem Fenster Touristen entlang, waren auf dem Weg vom Arco da Vila, dem Eingang zum historischen Zentrum, zur Kathedrale Sé de Faro oder zu den Bars und Restaurants der Altstadt. Almeida nahm die Stimmen kaum noch wahr, sie waren für ihn nicht mehr als ein Rauschen. In der offenen Tür seines Büros erschien die muskulöse Gestalt von Paulo Pinto, hinter der die schmalere von Samanta Soares fast verschwand.

«Setzt euch bitte.» Almeida wies auf die Stühle vor seinem Schreibtisch. Soares setzte sich, Pinto blieb mit gerunzelter Stirn stehen. «Was ist denn noch, João? Ich hab höllisch viel auf dem Tisch. Und wie du weißt, muss ich in einer halben Stunde zum Untersuchungsgefängnis.»

«Es dauert nicht lange, Paulo. Nun setz dich schon hin. Guckt euch das mal an.»

Er drückte jedem der beiden eine Kopie des Berichts in die Hand. Soares zog sofort einen Kugelschreiber aus der Brusttasche ihrer blauen Leinenjacke.

«Das ist der abschließende Obduktionsbericht einer weiblichen Leiche, die vor kurzem in Alcoutim gefunden wurde. Ihr habt vielleicht davon gelesen.»

Paulo ließ ein Grinsen aufblitzen. «Ach, da war wohl jemand am Wochenende im Hinterland … Wieder alles im Lot mit Anabela? Geht's ihr gut?»

«Sagtest du nicht, du seist in Eile? Dann lies.»

Pinto zog eine Grimasse, überflog die erste Seite, blätterte sofort zur zweiten. Almeida konnte sehen, wie sein Blick zur letzten Zeile sprang.

«Kohlenmonoxidvergiftung. Na und? Passiert doch immer wieder. Hier steht Unfall.»

Almeida wartete auf Soares' Reaktion. Die junge Kollegin nahm sich mehr Zeit.

«Aber merkwürdig sind die Blutwerte. Reichlich Alkohol und Xanax. Alkohol okay, dass passt. Aber Xanax?» Sie tippte mit ihrem Stift auf das Papier.

«Xanax?», fragte Pinto. «Das ist doch dieses Beruhigungsmittel.»

«Genau», sagte Soares, «und es wirkt auch angstlösend. Der Wirkstoff ist Alprazolam, gehört zur Gruppe der Benzodiazepine. Genau wie Rohypnol, das für K.-o.-Tropfen verwendet wird. Zusammen mit Alkohol ist das so gut wie eine Vollnarkose.»

Pinto warf ihr einen giftigen Blick zu. Almeida sah, wie er das Wort «Streberin» mit den Lippen bildete und hätte beinah gelächelt.

«Suizid?», überlegte Soares laut weiter.

«Wenn sie Alkohol mit einem Tranquilizer gemixt hat, kann das auch ein Unfall gewesen sein, genau wie es da steht. Warum zeigst du uns den Bericht überhaupt?», fragte Pinto.

«Ich habe erfahren, dass der Ehemann der Frau anscheinend nicht auffindbar ist. Obwohl er bis vor kurzem gemeinsam mit ihr in dem Wohnmobil gelebt hat.»

«Du meinst ...?» Soares formulierte ihre Frage nicht zu Ende, sah Almeida nur gespannt an.

«Ich meine noch gar nichts. Außer dass Letícia den Fall nicht so ohne Weiteres als Unfall eingeschätzt hätte.»

Doutora Letícia Pestana war die Rechtsmedizinerin, der er am meisten vertraute. Aber nicht sie war hier am Werk gewesen, sondern ein Mediziner, den er nicht kannte.

«Xanax ist verschreibungspflichtig.» Soares ließ den Stift zwischen ihren Fingern wippen. «Wie lange war die Frau schon in Portugal?»

«Seit Anfang September, soweit ich weiß.»

«Also noch nicht so lange. Dann hat sie wahrscheinlich einen Vorrat an Tabletten oder zumindest ein Rezept aus Österreich mitgebracht. Immer vorausgesetzt, sie hat das Mittel tatsächlich verschrieben bekommen.»

«Zu diesem Schluss bin ich auch gekommen. Ich denke, man müsste sich das Wohnmobil mal anschauen.»

«Um was zu finden?», fragte Paulo. «Ein paar Tabletten? Und was heißt bitte anschauen? Die Spusi hinschicken? Nur weil die Frau ihren Grill angemacht und sich dann mit 'ner netten Mischung weggeknallt hat?»

«Paulo, was ist denn heute mit dir los? Schlechtes Wochenende gehabt?»

Erst jetzt sah er den Freund genauer an. Sein Haar lag nicht wie sonst akkurat am Kopf, sondern sah aus, als habe er darin gewühlt. Auch wenn er inzwischen kein Haargel mehr benutzte, legte er großen Wert auf eine gepflegte Frisur.

«Alles bestens.»

Patziger Ton, trotziger Blick. Almeida und Soares sahen sich verwundert an.

«Wie du meinst, Paulo.» Almeida beschloss, nach Feierabend mit dem Freund zu reden. Am besten bei *Zeca's*, seiner Stammkneipe, in der sie sich öfter auf das eine oder andere Bier trafen. Falls Paulo wollte.

«Wie willst du den Einsatz der Spurensicherer begründen? Der Mönch lacht dich aus, wenn du ihm damit kommst.»

Der Mönch war der für sie zuständige Staatsanwalt, Dr. César Fernandes Frade. Den Spitznamen verdankte der seinem Nachnamen, Frades heißen in Portugal die Ordensbrüder. Ansprechen ließ er sich mit Doutor Fernandes. Almeida und er waren ziemlich beste Feinde und gerieten bei fast jedem Fall aneinander.

«Das ist mir klar, Paulo, ich habe auch keineswegs vor, den verehrten Herrn Doktor Staatsanwalt mit dieser Sache zu belästigen. Ich werde mir den Wagen eventuell selbst ansehen, auf dem kleinen Dienstweg. Und interessant wäre eher, was ich möglicherweise *nicht* finde. Wenn kein Xanax im Wagen liegt, sehe ich weiter. Sonst noch irgendwelche Anmerkungen, gern hilfreiche? Soares?»

Die junge Inspektorin hörte auf, mit ihrem Stift zu spielen, straffte die Schultern und setzte sich noch aufrechter hin, als sie ohnehin schon saß. Ihr Selbstbewusstsein war in den vergangenen Monaten deutlich gewachsen – nicht zuletzt, seit Almeida der Verkürzung ihres einjährigen Praktikums und ihrer vorzeitigen Aufnahme in den vollen Dienst zugestimmt hatte –, aber noch immer erinnerte sie gelegentlich an eine besonders ehrgeizige Schülerin, die an die Tafel gerufen wurde.

«Ich würde mich nach dem Ehemann erkundigen. Wo kann er stecken? Es gibt doch sicher Verwandte, die man fragen kann. Wahrscheinlich hat die GNR das schon gemacht. Wir könnten ihn auch auf die Vermisstenliste setzen. Dafür brauchen wir den Staatsanwalt nicht. Ich denke auch, dass man der Sache nachgehen sollte.»

Almeida nickte. «Paulo?»

«Noch mal: Wir haben einen Haufen Arbeit, Leute. Macht, was ihr wollt, ich bin nicht dabei. Falls du mal wieder eines deiner *Gefühle* hast, lass mich da raus. Oder ist das auf Anabelas Mist gewachsen? Egal. Ich jedenfalls mache gleich weiter mit der Vernehmung des Scheißkerls, der seine Frau erstochen hat. Sie war die Mutter seiner Zwillinge, falls du dich erinnerst. Für Hirngespinste hab ich keine Zeit. Es sei denn, du gibst mir eine ausdrückliche Anweisung.»

Almeida konnte nur verwundert den Kopf schütteln.

Was immer Paulo über die Leber gelaufen war, musste deutlich größer gewesen sein als eine Laus.

«Red keinen Unsinn, okay? Für den Moment wollte ich nur eure Einschätzung. Ich spreche gleich noch mit der GNR in Alcoutim. Das war's erst mal.»

Als die beiden gegangen waren, stand Almeida auf und sah hinunter in die Gasse, durch die zwei Familien schlenderten. Er hörte englische Wortfetzen und Gelächter. Glückliche Touristen. Für sie bestand die Algarve aus Altstadtbummel, Strand, Meer und Sonne. Von den Schattenseiten wie häuslicher Gewalt, mit denen seine Kollegen und er sich immer häufiger befassen mussten, bekamen sie nichts mit.

Er dachte an das, was Anabela von ihrem Gespräch mit der Österreicherin erzählt hatte. Auch Barbara Leitner war vielleicht häuslicher Gewalt ausgesetzt gewesen. Und auch sie hatte von Sonne und Stränden geschwärmt. Jetzt würde für sie nie mehr die Sonne scheinen.

«An der Sache ist was faul, darauf verwette ich meinen Kopf», murmelte er und schloss das Fenster, «da kann Paulo sagen, was er will.» Er ging zurück zum Schreibtisch, griff nach seinem Handy und schrieb Paulo eine Nachricht: *19:00 Uhr im Zeca's?* Dann wählte er die Nummer der GNR in Alcoutim und ließ sich mit Primeiro-Sargento Quintal verbinden.

«Warum beschäftigt sich die PJ mit der Geschichte, Chefinspektor?»

«Das ist ein bisschen viel gesagt. Ich habe mir interessehalber den Obduktionsbericht angesehen. Die Frau hatte viel Alkohol und ein starkes Beruhigungsmittel im Blut.

Und wie ich hörte, ist der Ehemann bisher nicht erreichbar. Erscheint Ihnen das nicht seltsam?»

«Wir haben mit der Schwester des Mannes gesprochen, einer gewissen ... Moment.» Almeida hörte Papier rascheln. «Annemarie Moser. Sie meint, er sei wahrscheinlich mit dem Rennrad unterwegs. Er macht wohl gern längere Touren allein.»

«Ohne je sein Telefon einzuschalten?»

«Des Menschen Wille ist sein Himmelreich, Chefinspektor. Hören Sie, für uns hier ist die Sache abgeschlossen. Das Ergebnis der Obduktion haben Sie selbst gelesen. Die Familie ist informiert, Annemarie Moser hat ein Bestattungsunternehmen mit der Beisetzung ihrer Schwägerin beauftragt. Ich wüsste nicht, was wir sonst noch tun sollten. Oder warum.»

«Und das Wohnmobil?»

«Was soll damit sein?»

«Wo steht es jetzt?»

«Das haben wir zu den Kollegen in Castro Marim gebracht, die haben auf ihrem Hinterhof mehr Platz als wir hier. Es bleibt so lange dort, bis die Familie beziehungsweise Andreas Leitner es abholt.»

«Verstehe. Vielen Dank, Primeiro-Sargento. Ach, seien Sie doch so gut und geben Sie mir die Nummer von Andreas Leitner. Und die seiner Schwester.»

«Von mir aus.»

Almeida notierte die Nummern und bedankte sich.

«Jederzeit, Inspector-Chefe. Und grüßen Sie Anabela Silva von mir.»

Almeida hörte den Mann leise lachen und legte auf.

7

«Und?»

Mário war mir zwischen Frischtheke und Gemüseregal vor die Füße gelaufen. Das meine ich wörtlich. Der Supermercado in Alcoutim ist so klein und eng, dass man sich eigentlich ständig vor die Füße läuft. Klein ist natürlich relativ. In dem zweiten Laden des Ortes haben nicht einmal drei Kunden gleichzeitig Platz. Jedenfalls hatte ich keine Chance, ihm aus dem Weg zu gehen.

«Wie wäre es mit bom dia, Mário?»

«Entschuldige. Bom dia. Hast du gleich Zeit für einen Kaffee?»

«Tut mir leid, aber ich muss noch zur Post und zur Apotheke und Mãe wartet auf die Einkäufe.» Außerdem hatte ich keine große Lust, ihm von Joãos Desinteresse an der toten Österreicherin zu erzählen. Mário rückte mir noch näher. Da war ein Mitesser neben seinem linken Auge. Er beugte sich vor und flüsterte mir ins Ohr. «Hast du mit ihm geredet?»

«Ja», flüsterte ich zurück und kam mir ziemlich albern vor.

«Was wird er unternehmen?»

«Nichts, fürchte ich.»

Ich sah in ein enttäuschtes Gesicht. João und ich hatten am Wochenende nicht mehr über Barbara Leitner gesprochen. Um ehrlich zu sein, hatte ich nach dem Mittagessen und einer halben Flasche Wein nicht mal mehr an sie gedacht, war viel zu glücklich gewesen, dass wir endlich wieder entspannt miteinander umgingen. Liebe kann so schön sein …

«Aber warum denn nicht?»

«Hör auf zu tuscheln, Mário, die Leute gucken schon.» Ich nahm einen Apfel in die Hand und griff nach einer Plastiktüte. Laut sagte ich: «Die sehen gut aus, die Äpfel.»

«Ich ruf dich an», sagte Mário.

«Ja, mach das.»

Sollte ich ihm von meinem Gespräch mit Monika Böhm erzählen, wenn er anrief? Nein, wozu? Wozu ihn in seiner Vermutung noch bestätigen, wenn João sowieso nichts unternehmen konnte oder wollte? Ich nahm noch ein paar Äpfel und ging mit meinem prallvollen Einkaufskorb zur Kasse.

Als ich aus dem Supermercado trat, hatte sich an dem Multibanco-Automaten gleich neben der Tür eine kleine Schlange gebildet. Geduldig warteten die Leute, während ein alter Mann in aller Ruhe diverse Bezahlvorgänge erledigte. Ich selbst wollte hier die Steuer für mein Auto begleichen. An diesen Automaten kann man so ziemlich alles bezahlen, Telefone aufladen und natürlich Geld abheben. Sehr praktisch. Aber wenn jemand gleich mehrere Dinge zu erledigen hat, kann das dauern.

Dem Alten fiel ein Papier aus den knotigen Händen und flatterte zu Boden. Ich hob es auf und wollte es ihm zurückgeben, da erkannte ich ihn wieder. Es war der wortkarge Alte, den ich an jenem Tag beim Wohnmobil getroffen hatte. Auf der Wasserrechnung in meiner Hand stand der Name António Silvestre. Senhor Silvestre nahm sie mir mit einem Knurren ab. Anscheinend war das seine universelle Entsprechung für etwaige Freundlichkeiten wie «Guten Tag» oder «Danke».

Nachdem ich die Steuer bezahlt, die Einkäufe in meinem Twingo verstaut hatte und bei der Post gewesen war, fehlte nur noch die Apotheke. Auf dem Weg dorthin kam ich an der Bar *Soeiro* vorbei. An dem Tisch direkt vor der Tür, an dem sich vormittags vor allem Männer treffen, um die Zeitung zu lesen und Kaffee oder Stärkeres zu trinken, saß António Silvestre mit einem kleinen Glas Rotwein. Der Mann daneben sah ihm ziemlich ähnlich. Er trank einen Espresso. Der Sohn? Ich schätzte ihn auf etwa sechzig. Die beiden waren die Einzigen am Tisch.

Mir kam der Gedanke, den Alten noch einmal auf das Wohnmobil anzusprechen. An dem Morgen hatte er gesagt, er hätte dort nie jemanden gesehen. Ob das wirklich stimmte? War er jeden Tag oben beim Castelo Velho? Vielleicht wusste er mehr, als ihm bewusst war. Zum Beispiel über den fehlenden Gatten. Natürlich war die Begegnung mit Mário schuld daran, dass ich überhaupt wieder an die Sache dachte. Lass es, Anabela. Dein Versprechen Mário gegenüber hast du gehalten, mehr kannst und musst du nicht tun. Schluss. Wirklich, ich hatte die allerbeste Absicht, Barbara Leitner endgültig aus meinem Denken zu verbannen. Andererseits ... Wie lautet das portugiesische Sprichwort? De boas intenções está o inferno cheio. Von guten Absichten ist die Hölle voll. Ich hatte Lust auf einen Kaffee.

«Ist hier frei?» Diesmal interpretierte ich das Knurren als ein Ja. Ich stellte den Café cheio, den ich mir in der Bar geholt hatte, auf den Tisch und setzte mich. Nach einem Wochenende mit João muss ich meinen Espresso verdünnt trinken. João trinkt unentwegt Kaffee. Wie sein Magen das aushält, ist mir ein Rätsel. Meiner nimmt mir übel, wenn ich zu viel Kaffee trinke.

Nach dem ersten Schluck wandte ich mich an den Alten. «Senhor Silvestre, nicht wahr? Ich bin Anabela Silva. Wir sind uns kürzlich oben beim Castelo Velho begegnet.» Natürlich war die Antwort ein weiteres Knurren. Ich habe in meinem Leben auch schon freundlichere Blicke gesehen.

«Pai, sei doch nicht so unhöflich, die junge Dame hat dich etwas gefragt.»

Junge Dame? Ich lächelte ihn an.

«Erinnern Sie sich noch?», wandte ich mich wieder an den Vater. «Da stand ein Wohnmobil und Sie haben gesagt, dass Sie da oben nie jemanden gesehen hätten. Sind Sie oft dort?»

«Wir haben in der Nähe ein Gartengrundstück», erklärte Silvestre junior.

«Die war tot. Stand in der Zeitung», grummelte der Alte und verstummte wieder.

«Ja, das stimmt leider. Ich habe an dem Tag die Polizei geholt.»

«Und?»

«Und ich muss immer noch daran denken. Zufällig kannte ich die Frau und auch ihren Ehemann. Nur flüchtig, aber … Die Familie macht sich Sorgen, weil er nicht bei seiner Frau im Wohnwagen war und sie nicht wissen, wo er ist.»

Das war vermutlich nicht mal gelogen.

«Vielleicht haben Sie ihn doch mal getroffen? An einem der Tage vorher? Oder danach? Er ist mittelgroß und blond, das Haar schon ziemlich dünn. So ein schlanker, sportlicher Typ.»

«Nie gesehen.» Er trank einen kräftigen Schluck Wein und starrte dann an mir vorbei auf den Fluss.

«Da hat neulich ein SUV gestanden», schaltete der Sohn sich ein, «nicht weit von dem Wohnmobil. Der war nicht von hier. Das wüsste ich, wenn einer bei uns einen solchen Wagen hätte. Ganz neu, ein Japaner. Hier kann sich so was keiner leisten, bei den Jobs, die wir haben.» Ein Satz mit dem Geschmack von Bitterschokolade.

«Es sei denn, man ist der Bürgermeister», ließ der Alte hören.

Schau an, ein ganzer Satz. Er konnte, wenn er wollte. Ich wusste, wovon der Sohn sprach, und verstand seine Bitterkeit. Die meisten Leute im Concelho bezogen knappe Renten oder arbeiteten für den Mindestlohn von nicht einmal siebenhundert Euro im Monat. Auch wenn es vierzehn Gehälter gab, es war immer zu wenig. Viele hatten mehrere Jobs, um mit ihren Familien über die Runden zu kommen. Natürlich gab es auch Ausnahmen.

«Wann haben Sie den Wagen gesehen?»

«Das muss ein paar Tage vorher gewesen sein.»

«Ein ausländisches Kennzeichen?»

«Nein, das Kennzeichen war portugiesisch. Sonst hätte

ich ja nicht darüber nachgedacht, wem der gehören kann. War bestimmt nur ein Zufall, dass der da geparkt hat. Wahrscheinlich irgendein reicher Typ aus Lissabon mit Interesse an Ruinen. Zum Castelo muss man ja das letzte Stück zu Fuß hoch.»

«Ja, wahrscheinlich. Gesehen haben Sie niemanden?»

«Nein. Tut mir übrigens leid, das mit Ihrer Bekannten.»

«Danke.» Ich wartete, ob der Alte noch etwas von sich geben würde. Aber er schwieg und nahm den nächsten Schluck Rotwein.

«Ja dann, ich muss weiter. Schönen Tag noch.»

Wenigstens der Sohn schenkte mir ein Nicken.

Zeitverschwendung, dachte ich, als ich die Stufen zur Kirche hinaufging, neben der die Apotheke liegt. Das kommt davon, wenn man sich auf Kopfgeburten einlässt. Und den Kaffee hätte ich besser auch nicht getrunken. In der Apotheke kaufte ich als Erstes ein Mittel gegen Sodbrennen und schluckte die Flüssigkeit gleich vor der Tür.

«Stell dir vor, Filha, die alte Genilda ist gestorben.»

Ich kann gar nicht aufzählen, wie oft meine Mutter mich schon mit einer Nachricht wie dieser empfangen hat. In einer überalterten Gemeinde wie der unseren gehört das Sterben zum Alltag. Filha ist übrigens nicht etwa mein zweiter Vorname, sondern bedeutet Tochter. Meine Eltern nennen mich so gut wie nie Anabela.

«Genilda?» Ich war mir ziemlich sicher, dass ich den Namen noch nie gehört hatte.

«Die Ilda aus Álamo, die Mutter von José, dem die Frau weggelaufen ist.» Den kannte ich meines Wissens auch nicht. «Sein Bruder Octávio war einer von den beiden, die dein Bad eingebaut haben, weißt du nicht mehr?»

Ich erinnerte mich aus der Zeit des Umbaus an diverse Handwerker im Baustaub, aber nicht an Namen oder Gesichter. «Wie alt ist sie geworden?», fragte ich und begann die Einkäufe in die Schränke zu räumen.

«Zweiundsiebzig. Sie ist abends ins Bett gegangen und nicht mehr aufgewacht. Ein bisschen früh, aber ein schöner Tod. War wohl das Herz. Die Nudeln kommen in den anderen Schrank, Filha, das solltest du langsam wissen.»

Ergeben packte ich die Nudeln um.

«Und weißt du, was? Daran sind nur die Jungs schuld. Die haben ihr Haus verkauft, an Schweizer, glaube ich. Ilda hat sich von ihnen überreden lassen und sollte nächste Woche zu Octávio ziehen. In dem Haus wurde sie geboren. Ich sag dir, das hat ihr das Herz gebrochen.»

«Ist das Haus denn so besonders?»

«Ach was. Klein und alt, das hat nicht mal ein Badezimmer. Und die Küche ist gegenüber, so wie bei deiner Tante Maria Conceição. Land haben sie auch keins. Aber Flussblick von der Terrasse, das wollen die Ausländer natürlich. Bestimmt setzen die da ein zweites Stockwerk drauf. Viel werden die dafür trotzdem nicht gezahlt haben. Unser Haus ist mehr wert, da kannst du dir sicher sein. Wenn wir mal nicht mehr sind, bekommst du bestimmt gutes Geld.»

«Mãe, nun rede nicht so.»

«Warum denn nicht? Wenn es doch stimmt. Du musst nur den richtigen Ausländer finden. Die zahlen ja jeden Preis. Jedenfalls braucht die Familie jetzt jemanden für den Papierkram, hat Maria gesagt.»

Ich schenkte mir die Frage, von welcher der zahlreichen Marias in Mães Informationsnetzwerk diese Information stammte.

«Das ist doch was für dich, wenn das Schweizer sind.»

«Kommt drauf an, woher sie kommen, Mãe. Sie können genauso gut Französisch sprechen.»

«Auf jeden Fall habe ich deinen Namen schon mal ins Spiel gebracht.»

«Na dann.»

«Fährst du mich nachher zum Velório? Maria Glória bleibt so lange bei Pai.»

Das Velório ist die Totenwache. Freunde, Familie, Nachbarn verabschieden sich am offenen Sarg von dem Verstorbenen, die engste Familie bleibt oft die ganze Nacht. Ich erinnerte mich noch gut an mein erstes Velório, die Totenwache für meine Tante, die in der winzigen Igreja da Misericórdia am Ortsrand aufgebahrt worden war. Dieses Kirchlein enthielt nicht viel mehr als einen Altar und ein paar Stuhlreihen. Nicht zu vergessen die Kaffeemaschine in der Ecke neben der Kirchenpforte. Nach ein paar Stunden auf meinem Stuhl hatte ich begriffen, warum die Maschine dort stand.

Zwei Stunden später hielt ich am Ortseingang von Alcoutim gegenüber der Igreja da Misericórdia, um Mãe aussteigen zu lassen. Zwei Männer standen rauchend auf der obersten Stufe der Sandsteintreppe, die in einem breiten Halbrund zur Kirchenpforte hinaufführte. Ein Stück über dem Kopf des Größten von ihnen hing das Schild, das an das verheerende Hochwasser von 1876 erinnerte, die Cheia grande. Bis zur Höhe dieses Schildes war damals das Wasser des Guadiana gestiegen, hatte Menschen und Häuser mit sich gerissen. Auf den unteren Stufen der Treppe hockten ein paar Kinder. Das Tor zur Kirche stand offen, gerade kam eine junge Frau heraus. Bei jedem Velório gibt es ein stetes Kommen und Gehen.

Während Mãe in ihrer Handtasche nach etwas suchte und dabei «Wo hab ich denn bloß?» vor sich hin murmelte, dachte ich an Barbara Leitner. Für sie würde mit Sicherheit niemand Totenwache halten. Was für ein trauriger Gedanke. Vielleicht sollte ich wenigstens zu ihrer Beerdigung gehen. Den Termin konnte ich bestimmt bei der Gemeinde erfragen. Mãe hatte offenbar gefunden, was sie gesucht hatte, und stieg aus. Bevor sie zur Kirche ging, kam sie noch mal an mein Fenster.

«Siehst du sie?»

«Wen?»

«José und Octávio. Stehen beide gleichzeitig draußen und rauchen. Eine Schande ist das.»

«Mãe», setzte ich an und wollte gerade anmerken: «Jeder trauert anders», dann aber sagte ich doch nur: «Ich hole dich in zwei Stunden ab.» Ich sah zu, wie sie mit einem kurzen Kopfnicken in Richtung der Männer in die Kirche ging.

Einer von ihnen kam mir tatsächlich bekannt vor. Das musste der Bruder sein, der in meinem Haus gearbeitet hatte. Ich überlegte, ob ich ihn ansprechen sollte. In meiner Dusche floss das Wasser nicht mehr richtig ab und aus dem Abfluss drang ein unangenehmer Geruch. Wahrscheinlich mussten die Bodenfliesen hochgenommen werden. Aber natürlich war heute nicht der richtige Tag, um mit dem Mann über meinen Abfluss zu reden. Wahrscheinlich stand seine Telefonnummer in dem Notizbuch neben Mutters Telefon. Ich ließ den Wagen wieder an und fuhr zur Gemeindeverwaltung.

Wenig später wusste ich: Barbara Leitner sollte in drei Tagen bestattet werden.

8

Statt mit einem Bier bei *Zeca's* endete der Tag für João Almeida mit dem Anblick einer Leiche.

Der Anruf eines Beamten aus der Zentrale erreichte ihn auf den Stufen des Gerichts an der Avenida 5 de Outubro. Er hatte als Zeuge im Prozess gegen einen Einundsiebzigjährigen ausgesagt, der wegen schwerer Körperverletzung an seiner zehn Jahre jüngeren Partnerin vor Gericht stand.

«Wasserleiche an der Praia de Cacela Velha. Angespült, Todesart unklar. Das Gebiet ist abgesperrt, die Polícia Marítima vor Ort.»

«Gut. Wie komme ich am besten dorthin?»

Nach dem Gespräch überlegte er einen Moment, ob er einen Kollegen mitnehmen sollte, und entschied sich dagegen. Wenn die Leiche angespült worden war – und wer sollte das besser beurteilen können als Kollegen der Wasserschutzpolizei? –, reichte es, wenn er sich den Toten und den Fundort allein ansah. Er schrieb Paulo eine kurze Nachricht und fuhr los.

Die Sonne stand schon tief, als er nach knapp fünfzig Minuten Fahrt den kleinen Ort Cacela Velha erreichte. Bevor er die sich steil zwischen Büschen und Kakteen zum Wasser windende Treppe hinunterstieg, blieb er einen Augenblick stehen und genoss den Blick auf die Ria Formosa, die hier ihren östlichen Anfang nahm und sich mit unzähligen Lagunen, Sandbänken und Inseln bis nach Faro zog. Jetzt, bei Hochwasser, trennte ein Wasserarm die Península de Cacela Velha in zwei Teile. Wie bleiche Sicheln schieden die Sandflächen die Lagune vom Meer.

Unten am Wasser erwartete ihn ein Polizeiboot mit drei Beamten in den dunkelblauen Uniformen der Polícia Marítima. Der größte von ihnen kam auf ihn zu. «Inspector-Chefe Almeida? Boa tarde. Agente Sócrates.» Er setzte die Schirmmütze auf, die er unter den Arm geklemmt hatte. «Können wir?»

Kurz darauf beschrieb das lange Schlauchboot eine Kurve und hielt auf den Wasserarm zu. Fischerboote tanzten an ihren Ankern in den Wellen, die ihr Boot hinterließ, kreischend flogen Möwen von den Stränden auf und der Geruch von Salz und Algen war für Almeida schöner als jedes Parfüm. Sobald sie die Durchfahrt erreichten, lag der offene Atlantik vor ihnen.

Nach nur wenigen Minuten umrundete der Bootsführer die Spitze der Sichel zu ihrer Rechten, hielt noch ein kurzes Stück weiter nach Westen, nahm dann Fahrt aus dem Boot und ließ den Bug im flachen Wasser auf den Strand gleiten. Agente Sócrates sprang in den festen Sand, Almeida tat es ihm nach. Gemeinsam gingen sie zum Fundort der Leiche. Die beiden anderen Beamten blieben beim Boot.

«Wir mussten den Körper sichern, damit das Wasser ihn nicht wieder mitnimmt.»

Almeida nickte. Schon im Vorbeifahren war die im Wind flatternde Abriegelung aus Plastikband zu sehen gewesen.

Zwei Uniformierte standen mit hinter den Rücken gekreuzten Armen neben der Absperrung. Der Leichnam lag unter einer Plane. Agente Sócrates hob das Flatterband an und sagte: «Männlich und schon ein paar Tage tot, hat der Arzt gesagt.»

Almeida zog Schutzhandschuhe an und duckte sich unter dem Absperrband durch. «Wer hat ihn gefunden?»

«Ein Mariscador. Er wartet da drüben.» Der Agente zeigte auf einen Mann mit hüfthohen Gummistiefeln, der ein Stück abseits auf einer Düne saß. Neben ihm stand ein Eimer für die Muscheln, daneben lag eine kurze Hacke.

«Er sagt, er ist nicht nah rangegangen. Wir haben die Personalien aufgenommen. Als er vor vier Stunden angekommen ist, hat er keinen Körper gesehen. Da lief das Wasser gerade erst auf.»

«Weitere Zeugen?»

«Nicht, soweit wir feststellen konnten.»

«Gut, danke, Agente.» Almeida ging in die Knie, zog die Plane zurück und betrachtete den Toten. Helle Haut, blondes, vielleicht auch hellbraunes Haar. Schwer zu sagen. Spuren von Fischfraß, die Haut an Kopf und Händen fing an sich abzulösen. Sócrates war ein Stück abseits stehen geblieben.

«Hat der Arzt noch mehr gesagt?»

«Nein. Er hat nur den Tod festgestellt, sein Formular ausgefüllt und ist wieder weg.»

Der aufgedunsene Tote lag in leicht gekrümmter Haltung auf der Seite, hatte schütteres Haar und trug eine eng anliegende, kurze Hose, dazu ein Trikot und am Handgelenk eine Sportuhr. Almeida versuchte vergeblich, den Arm anzuheben. Der Rigor Mortis, die Totenstarre, hielt also noch an. Er beugte sich tiefer, um sich die Uhr genauer anzusehen. Ein Modell mit GPS-Funktion und Pulskontrolle, wie es Radsportler benutzten. Wasserdicht, die Uhr lief noch. Kein besonders teures Modell. Damit kannte er sich aus. Vorsichtig tastete er die Hosentaschen des Mannes ab, fand aber nichts als ein feuchtes Taschentuch. Rings um den Körper war nichts anderes zu entdecken als Algen, Holzstücke, Muschelschalen und Sand.

Almeida stand auf. «Er muss in die Rechtsmedizin. Ich kümmere mich um die Anordnung. Organisieren Sie den Transport?»

«Kein Problem. Wollen Sie mit dem Muschelsammler sprechen?»

«Nicht nötig. Der Mann kann gehen.»

Agente Sócrates lachte und zeigte auf den hohen Wasserstand in der Lagune. «Gehen wohl kaum. Es sei denn, er will noch ein paar Stunden hier warten. Wir nehmen ihn mit rüber. Sie auch, nehme ich an? Dann aber bitte bald. Das Wasser fängt gleich an abzulaufen, lange kommen wir nicht mehr durch die Lagune, dann wird es zu flach.»

«Ja gut, ich bin hier fertig.»

Während sie zurück zum Boot liefen, fragte Almeida: «Was denken Sie aufgrund Ihrer Erfahrung? Von wo ist er angespült worden?»

«Bei der seit ein paar Tagen vorherrschenden Strömung mit Sicherheit aus östlicher Richtung.»

Almeida begrüßte den Muschelsucher und hörte sich während der Rückfahrt doch noch an, wie der Mann die Leiche entdeckt hatte, und redete dann mit ihm über Muscheln. Der Kommissar liebte Meeresfrüchte, vor allem Conquilhas, kleine Dreiecksmuscheln in einem Sud aus Weißwein, Knoblauch und Koriander. Der Eimer des Sammlers war zur Hälfte mit Amêijoas gefüllt, den größeren Venusmuscheln, die es in der Nähe der Viveiros – der privaten Zuchtanlagen der Ria – gab. Bei ihrem Anblick dachte Almeida sofort an seine Kindertage im Alentejo, an das Carne de porco à Alentejana, das Schweinefleisch mit Muscheln, das seine Großmutter oft zubereitet hatte. Auch in der Algarve hatten viele Restaurants dieses Gericht auf der Karte. Sein Magen knurrte. Er fragte den Mariscador, einen Mann mit verwittertem Gesicht und lebhaften Augen, ob er seine Muscheln auf dem Markt verkaufe.

«Nicht mehr, ich bin nicht mehr registriert und sammle nur noch für meine Familie. Der Rücken, wissen Sie, bin ja nicht mehr der Jüngste.»

Wieder im Ort angekommen, sah Almeida noch einmal zurück. Der Himmel hatte ein leuchtendes Rot angenommen, vor dem sich die Silhouette des Polizeiboots wie ein Scherenschnitt abhob. Das Wasser schimmerte in einem satten Goldton. Doch der Chefinspektor nahm das Bild kaum wahr. Seine Gedanken galten dem Toten am Strand.

Er konnte sich natürlich täuschen. Aber er war sich fast sicher, dass er gerade neben der Leiche von Andreas Leitner gekniet hatte. Die Radler-Ausstattung konnte kaum Zufall sein.

Vamos ver, dachte er, wir werden sehen. Er schaute auf seine Armbanduhr. Kurz vor sieben. Wenn er heute noch zu Anabela fuhr, konnte er morgen früh auf dem Rückweg nach Faro auf dem Hof der GNR in Castro Marim einen Blick in das Wohnmobil werfen. Jetzt ging es nicht mehr nur darum, ob in dem Wagen Medikamente lagen. Jetzt brauchte er Vergleichsproben für eine DNA-Analyse. Er schrieb eine zweite Nachricht an Pinto und sagte die Verabredung mit ihm ab.

9

Da erwartet man einen ruhigen Abend vor dem Fernseher und dann das. Zuerst taucht der Geliebte wie aus dem Nichts auf – ich aß gerade mit Mãe und Pai zu Abend und vor Überraschung fiel mir das Fleisch von der Gabel, als João plötzlich in der Tür stand – und keine zwei Stunden später, bei mir auf dem Sofa, die nächste Überraschung.

Xanax und Alkohol im Blut von Barbara Leitner. Andreas Leitner tot. Also jedenfalls vielleicht.

«Du glaubst, er hat seine Frau umgebracht und dann Selbstmord begangen?»

«Anabela, das habe ich mit keiner Silbe gesagt. Ich denke lediglich, dass der Tote nach deiner Beschreibung und aufgrund der Tatsache, dass er Radsportler war, Andreas Leitner sein könnte. Mehr nicht.»

«Ja, aber wieso sollte er denn sonst so plötzlich tot sein?»

«Dafür gibt es jede Menge möglicher Erklärungen. Und ich kann mich natürlich täuschen.»

«Zwei. Nenn mir zwei.»

«Zwei was?»

«Erklärungen.»

«Er kann verunglückt sein.»

«Ach ja? Wie denn? Ist er mit dem Rad ins Wasser gefahren?»

«Ich wünschte mir, ich hätte dir nichts gesagt. Vergiss es einfach.»

Witzig. In meinem Kopf drehten sich lauter kleine Rädchen. Ich sah vor mir, wie der böse Gatte der armen Frau das Beruhigungsmittel in das abendliche Glas Rotwein schüttete und ganz fürsorglich tat: «Dir ist doch sicher kalt? Ich werde es uns schön warm machen.» Ich sah ihn draußen vor dem Caravan den Grill anheizen und abwarten, bis die Glut kräftig war. Sah den Blick, mit dem er sich vergewisserte, dass sie tief schlief, ehe er den Grill in den Wagen schob, prüfte, ob auch alle Fenster fest geschlossen waren. Wie er die Tür hinter sich zuzog und sich auf sein Rad schwang.

Danach allerdings wurde das Bild milchig. Den reuigen Mörder, der sich anschließend von der Guadiana-Brücke stürzte, konnte ich beim besten Willen nicht erkennen. Genauso wenig wie einen Unfall, bei dem Andreas Leitner im Atlantik landete. All diese Gedanken behielt ich angesichts von Joãos Gesichtsausdruck für mich. Er saß mir gegenüber auf dem Sofa, meine Füße auf seinem Schoß, sah aber nicht mich an, sondern den Spruch, den meine Oma einst gestickt und den ich gerahmt an meine Wand gehängt hatte. Deus me dê paciência e um pano para a embrulhar, stand da in roten Buchstaben auf weißem Leinen. Gott gebe mir Geduld und ein Tuch, um sie einzuwickeln.

Plötzlich fiel mir etwas anderes ein. «Da war Blut an der Tür des Wohnmobils, João. Glaube ich jedenfalls. Und da ist noch etwas: In der Zeit, in der das Wohnmobil am alten

Castelo stand, hat ein funkelnagelneuer SUV daneben geparkt.»

João starrte weiter auf den Spruch.

«Das muss natürlich nichts zu bedeuten haben.»

«Anabela ...»

«Schon gut, ich hör ja auf. Aber ich finde es richtig, dass du der Sache nachgehst, wirklich.»

Er seufzte.

«Mário wird sich auch freuen, wenn ich ihm das erzähle.»

«Untersteh dich! Kein Wort, hörst du?» Blitze aus dunklen Augen. «Mit Mário spreche ich selbst, wenn es nötig ist.»

«Okay, okay, reg dich nicht auf.»

Das nächste Mal hörte ich den Namen Leitner zwei Tage später. Allerdings nicht von João. Der hüllte sich in Schweigen. Weder erfuhr ich, was seine Untersuchung des Wohnmobils ergeben hatte, noch, ob der Tote tatsächlich der verschwundene Gatte oder wie er gestorben war.

Nein, es war Monika Böhm, die mich anrief, um über ihre verstorbene Freundin Barbara zu sprechen, nachdem ich ihr das Datum für die Beisetzung geschrieben hatte. Die Familie Leitner hatte sich für eine Erdbestattung entschieden, die am nächsten Tag stattfinden sollte.

Als mein Telefon klingelte, übersetzte ich gerade gähnend den Kaufvorvertrag für ein Grundstück bei Monte Gordo. Danach musste ich noch drei Anträge auf Pflegegeld bei deutschen Krankenkassen für alte Leute beantragen, die in Deutschland gearbeitet und deshalb dort Ansprüche hatten. So wie Pai. Ich hoffte, dass wir mit dem Pflegegeld einen Teil der Heimkosten würden decken können, wenn es so weit war.

Monika Böhm hielt sich nicht mit langen Vorreden auf. «Wissen Sie etwas Neues? Ist Andreas inzwischen aufgetaucht?»

Musste sie ausgerechnet das Wort auftauchen benutzen?

«Ich weiß es nicht», sagte ich wahrheitsgemäß. «Und ich kann Ihnen auch nichts Neues sagen.»

«Ich – ich habe noch einmal über alles nachgedacht. Auch über die Nachricht, die Barbara ins Netz gestellt hat. Wissen Sie, ich war so geschockt von ihrem Tod, da wollte ich neulich nicht, also als wir telefoniert haben, da mochte ich nicht ...»

«Ja?»

«Sie hatte ein Alkoholproblem. Inzwischen glaube ich, dass sie betrunken war, als sie das geschrieben hat. Eigentlich habe ich das sofort gedacht. Und deshalb habe ich auch gar nicht auf die Nachricht reagiert.»

«Meinen Sie denn, dass sie Angst vor ihrem Mann hatte?»

«Ich weiß nicht. Angst? Sie haben viel gestritten, das ja. Seit dieser Sache. Danach hat sie angefangen zu trinken, da kam eins zum anderen.»

Plötzlich fing sie an zu weinen.

«Ich weiß gar nicht, warum ich Ihnen das alles erzähle», schniefte sie. «Einer Fremden. Aber ich hab doch sonst niemanden, mit dem ich darüber sprechen kann. Wissen Sie, wir hatten keinen gemeinsamen Bekanntenkreis. Ich war die Einzige, zu der sie noch Kontakt hatte, aus Schulzeiten.

Mehr als zwanzig Jahre! Und morgen kann ich nicht einmal bei ihrer Beerdigung sein, ich kann mir nicht freinehmen und nach Portugal fliegen, das geht einfach nicht.»

Eine Weile drang nur noch ihr Schluchzen aus dem Telefon.

«Könnten Sie … Könnten Sie vielleicht für mich einen Kranz …? Ich überweise Ihnen selbstverständlich das Geld.»

«Ja, natürlich. Das mache ich gerne.»

Sie beruhigte sich ein bisschen.

«Darf ich Sie noch etwas fragen, Frau Böhm?»

«Was denn?»

«Diese Sache, von der Sie gesprochen haben. Was haben Sie damit gemeint? Weshalb hat Barbara angefangen zu trinken? Sie haben neulich gesagt, ihr Mann habe ihr die Schuld an finanziellen Problemen gegeben. War es das?»

«An allem war dieser Betrüger schuld. Dieses Schwein.»

«Ja?»

«Wissen Sie, erst hat der was mit Barbara angefangen und dann hat er sie dazu gebracht, dass sie Andreas von seinen tollen, supersicheren Anlagen erzählt. Sie sind beide drauf reingefallen. Andreas hat ihr gesamtes Erspartes investiert. Als dann tatsächlich gutes Geld floss, anfangs, da hat er eine Hypothek auf das Haus aufgenommen, um noch mehr investieren zu können. Und er hat noch andere mit reingerissen, denen er von der super Anlage erzählt hat. Dann ist die Blase geplatzt und Andreas ist auch noch dahintergekommen, dass Barbara mit dem Mistkerl geschlafen hatte.»

Meine Güte, dachte ich. Da hätte ich wahrscheinlich auch zur Flasche gegriffen.

«Das hat sie mir aber alles erst später erzählt. Manchmal hat sie mich spätabends angerufen, meistens schon ziemlich betrunken.»

«Wissen Sie mehr über diesen Betrüger?»

«Das stand alles in den Zeitungen. Barbara und Andreas waren nicht die Einzigen. Riesiger Anlagebetrug. Als das aufgeflogen ist, war dieser Sven Binder längst über alle Berge. Können Sie googeln.»

«Eine schreckliche Geschichte», sagte ich und meinte es auch. «Aber ich verstehe nicht, wieso sie dann bei ihrem Mann geblieben ist.»

«Sie hat sich natürlich schuldig gefühlt. Andreas hat versucht, sich umzubringen, und war danach lange in der Psychiatrie. Seitdem ist er arbeitsunfähig und sie hat das Geld verdient. Und er hat ihr zum Dank das Leben zur Hölle gemacht.»

Dann war das Xanax wahrscheinlich seins, dachte ich.

«Wie hat sie denn ihr Geld verdient?»

«Mit Graphikdesign, das konnte sie online machen. Webseiten und solche Sachen. Damit sind sie gerade so über die Runden gekommen. Und jetzt dieses Ende, es ist einfach entsetzlich.» Sie schnäuzte sich lautstark. «Entschuldigung. Auch dafür, dass ich Sie vollgeheult habe. Sie schicken mir dann die Rechnung und Ihre Kontoverbindung, ja?»

«Natürlich.»

Als sie aufgelegt hatte, saß ich eine Weile ganz still an meinem Schreibtisch und grübelte über das nach, was ich gehört hatte. Zwei zerstörte Leben. Aus Geldgier. Warum konnten die Menschen nicht zufrieden sein mit dem, was sie hatten? Einem Haus, guter Arbeit, Gesundheit? Warum reichte es, wenn jemand wie dieser Sven Binder ihnen das Versprechen einer fetten Rendite vor die Nase hielt, um sie um den Verstand zu bringen? Mehr, immer mehr, das Konto noch voller, das Auto noch dicker?

Der Alte und sein Sohn kamen mir in den Kopf. Ich erinnerte mich an die Bitterkeit in der Stimme des Sohnes, als er von dem SUV sprach und von den kleinen Einkommen bei uns. Ja klar, jeder träumte von einem Leben ohne finanzielle Sorgen. Ich auch. Aber dieser Tanz ums Goldene Kalb, den Leute wie Binder ausnutzten, war mir fremd. Wahrscheinlich auch deshalb, weil ich von einer Mutter erzogen worden war, deren Sparsamkeit schon hart an Geiz grenzte.

Plötzlich musste ich über mich selbst grinsen. Mal nicht so überheblich, Anabela Silva. Wer hat sich denn gestern ein Los für die Euromilhões gekauft? Und deine Erziehung schlägt ja wohl auch erst durch, seitdem du nicht mehr mit Herrn Professor Justus Arschloch und seinen fünftausend Euro netto verheiratet bist. Immer schön bei der Wahrheit bleiben.

10

Wieder saßen sie außer der Reihe zu dritt zusammen, diesmal in einem der Besprechungsräume des Präsidiums. Der Raum war kahl, nur ein großer runder Tisch mit sieben grau gepolsterten Stühlen. Das Whiteboard an der Wand neben der Tür reflektierte die Sonnenstrahlen, die durch das Fenster gegenüber fielen. Das Board füllte die gesamte Mitte der Wand. Noch stand dort kein Wort. Aber in ein paar Minuten würde Soares in ihrer klaren Schrift zwei Namen darauf schreiben, wie Almeida bereits wusste. Sobald Doutora Letícia Pestana und der Chef der Kriminaltechnik, Lourenço de Castro e Sousa, zu ihnen gestoßen waren und ihnen allen von ihren Erkenntnissen berichtet hatten. Almeida sah auf die Uhr. Kurz nach vier. Die beiden mussten gleich kommen.

«Ihr erinnert euch an die tote Österreicherin, von der ich vor drei Tagen erzählt habe», begann er die Besprechung zunächst ohne die Pathologin und den Kriminaltechniker, «und deren Mann von der Bildfläche verschwunden ist. Ich habe inzwischen größte Zweifel daran, dass es sich bei ihrem Tod um einen Unfall handelt.»

«Hört, hört!»

Almeida runzelte die Stirn, ließ sich aber von Pintos Einwurf nicht stören.

«Barbara und Andreas Leitner hatten offenbar Eheprobleme, möglicherweise fürchtete sich die Frau vor ihrem Mann.»

«Sagt wer?»

«Ein Zeuge, Paulo. Es gibt außerdem eine Nachricht von ihr in einem sozialen Netzwerk, die darauf hindeutet.»

«Na und? Eine schlechte Ehe macht aus einem Mann noch keinen Mörder. Hoffe ich jedenfalls.»

«Lässt du mich bitte ausreden?»

«Nur zu, Inspector-Chefe.»

«Ich habe mich inzwischen in dem Wohnmobil umgesehen, in dem sie gestorben ist. Und tatsächlich ist dort kein stärkeres Medikament als Aspirin zu finden. Ich habe außerdem zwei Haarbürsten für einen DNA-Abgleich und das Handy der Frau mitgebracht. Grund dafür ist meine Vermutung, dass es sich bei der Wasserleiche, die vor zwei Tagen an der Praia de Cacela Velha gefunden wurde, um Andreas Leitner handelt. Wir werden gleich von den Kollegen hören, dass ich damit richtig lag. Letícia hat den Mann inzwischen obduziert.»

Samanta Soares, die ihm genau gegenübersaß und still zuhörte, machte große Augen.

«An der Tür des Caravans ist außerdem ein Fleck, bei dem es sich um eine Blutanhaftung handeln könnte», ergänzte Almeida, «davon habe ich ebenfalls eine Probe genommen.»

«Weil?»

«Weil ich meinem Gefühl gefolgt bin, Paulo.»

«Nem tudo o que vem à rede é peixe», murmelte Pinto. Nicht alles, was ins Netz geht, ist Fisch.

«Wenn du damit sagen willst, dass ein bisschen Blut an der Wohnwagentür nichts mit dem Tod dieser Barbara zu tun haben muss, gebe ich dir recht. Trotzdem möchte ich, dass sich die Spurensicherung den Wagen vornimmt.»

«Was soll der Aufwand? Selbst wenn der Gatte sie auf dem Gewissen hat, ist der jetzt selbst tot, wenn ich dich richtig verstehe. Hört sich für mich nach erweitertem Suizid an. Wen schert's?»

«Rede keinen Unsinn, Paulo», sagte Samanta Soares. «Wir sind auch bei Suizid verpflichtet zu ermitteln. So langsam gehst du mir auf den Geist.»

Ehe Almeida noch etwas sagen konnte, ging die Tür auf und Doutora Letícia Pestana kam mit energischem Schritt in den Besprechungsraum, gefolgt von Lourenço de Castro e Sousa. Der Kriminaltechniker überragte die Ärztin um fast zwei Köpfe. Auch sonst hätten die beiden unterschiedlicher kaum sein können. Almeida dachte es jedes Mal, wenn er sie zusammen sah. Ein schmales Energiebündel die eine, ein wohlgenährter Bär der andere.

Pestana blieb stehen, Castro e Sousa ließ sich auf einen der Stühle fallen. Wenn Almeida sich nicht täuschte, hatte er seit ihrer letzten Begegnung schon wieder ein paar Kilos zugelegt.

«Boa tarde, Kollegen», begrüßte er die Neuankömmlinge. «Dann lasst mal hören.»

Letícia Pestana ergriff das Wort. «Wir haben eine achtundneunzigprozentige Übereinstimmung zwischen der Leiche vom Strand und den Proben aus einer der beiden Haarbürsten, die du uns gebracht hast.»

«Andreas Leitner», sagte Almeida. «Es kann kein anderer sein. Ich bin sicher, seine Schwester wird es bestätigen. Nach dem, was der Kollege von der GNR in Alcoutim gesagt hat, müsste Annemarie Moser inzwischen im Lande sein. Ich habe ihre Nummer.»

Soares ging zum Whiteboard. «Wie schreibt man Leitner?» Neben den Namen des Mannes schrieb sie den seiner Frau.

«Woran ist er gestorben?», fragte Pinto.

«Er ist ertrunken, im Meer.»

«Na also.»

«Na also?» Der Gesichtsausdruck der Rechtsmedizinerin zeigte eine Mischung aus Ärger und Verwunderung.

«Vergiss es, Letícia», schaltete Almeida sich ein. «Paulo steht zurzeit anscheinend etwas neben sich.»

Sie räusperte sich und sprach weiter. «Interessant sind seine Verletzungen. Hämatome am Oberkörper und am Kopf, und zwar nicht wenige. Dazu im Gesicht eine offene Wunde, die von etwas Scharfkantigem verursacht wurde.»

«Vielleicht von Steinen?», fragte Soares, die noch an der Wandtafel stand. «Die Blutergüsse, meine ich. Also, dass der Körper auf Steine geprallt ist, als er angespült wurde. Und die Wunde im Gesicht kann zum Beispiel von einer Muschel stammen.»

«Im Prinzip richtig. Aber mal abgesehen davon, dass es im Bereich der Península de Cacela herzlich wenig Steine gibt, sind die meisten der Hämatome eindeutig ante mortem, genauso wie die Gesichtsverletzung. Ich würde sagen: Der Mann ist zusammengeschlagen worden, *bevor* er ins Wasser kam, und war möglicherweise bewusstlos, als er ertrank.»

«Das passt doch nicht zusammen», meinte Pinto.

«Womit, wenn ich fragen darf? Worum geht es hier eigentlich?»

«Erkläre ich gleich, Letícia», antwortete Almeida. «Kannst du den Todeszeitpunkt eingrenzen?»

«Eingrenzen ja, mehr aber auch nicht. Mit aller gegebenen Vorsicht: vor etwa zehn Tagen, vielleicht auch nur neun. Das Wasser ist kühl, deshalb dürfte der Rigor Mortis länger angehalten haben als normalerweise. Der Bericht müsste in deinem Maileingang sein.»

«Okay. Was du nicht weißt: Es gab vor kurzem in Alcoutim einen Todesfall durch Kohlenmonoxid, an dem mir einiges merkwürdig erscheint. Die Tote ist die Ehefrau des Mannes, von dessen Obduktion du gerade berichtet hast. Die Frau hattest du nicht auf dem Tisch. Einer deiner Kollegen geht von einem Unfall aus, aber daran habe ich meine Zweifel. Lourenço, machst du bitte weiter?»

«Das Blut auf dem Stück Kunststoff, das du mir gebracht hast, ist menschlich. Allerdings stammt es nicht von dem Toten am Strand.» Er sah zum Whiteboard. «Also von diesem Andreas Leitner.»

«Was ist mit der zweiten DNA-Vergleichsprobe?»

«Auch negativ.»

«Jetzt komme ich nicht mehr mit.» Samanta Soares schaute in die Runde. «Das Blut stammt von keinem der beiden? Von wem denn dann?»

«Das ist in der Tat die Frage. Ich möchte, dass sich die Kriminaltechnik das Wohnmobil genauer vornimmt. Vielleicht finden die Kollegen noch mehr Spuren. Und, Paulo, bevor du fragst, mit Fernandes spreche ich heute noch. Lourenço, konntet ihr das Telefon entsperren?»

«Nichts leichter als das.»

«Und, irgendwas Bemerkenswertes?»

«Nein. Alles normal, würde ich sagen. Ein paar Telefonate, Urlaubsfotos, das Übliche.»

«Samanta, kümmere dich bitte um die Verbindungsnachweise.»

«Geht klar, João.»

«Gut, Leute, wir reden weiter, wenn wir Lourenços Bericht haben. Ich versuche inzwischen, Annemarie Moser zu erreichen.»

Die Mailbox der Frau sprang an und Almeida verstand kein Wort der Ansage. Beinah hätte er sich mit der Hand vor die Stirn geschlagen. Er hatte komplett verdrängt, dass er sich mit Annemarie Moser bestenfalls auf Englisch würde verständigen können. Merda! Eine Todesnachricht überbringen zu müssen, war ohnehin schon eine grauenvolle Aufgabe. Und er würde ihr auch noch sagen müssen, dass beide, ihre Schwägerin und ihr Bruder, aller Wahrscheinlichkeit nach Gewaltverbrechen zum Opfer gefallen waren. Nicht zu vergessen die Möglichkeit, dass der eigene Bruder seine Frau umgebracht hatte. Noch war diese These nicht vom Tisch. Und das alles am Telefon in einer Sprache, die auch für die arme Frau eine Fremdsprache war? Gekrönt davon, ihr per WhatsApp ein Foto der Leiche ihres Bruders mit der Bitte um eine Bestätigung der Identifizierung zu schicken?

Er beendete die Verbindung, noch ehe der Ton ertönte, der ihn zum Sprechen aufforderte.

Nein, ein Anruf kam nicht in Frage. Er würde warten,

bis er persönlich mit ihr sprechen konnte. Und: Dafür brauchte er Anabela. Natürlich gab es andere Dolmetscherinnen und Dolmetscher im Pool der Justizbehörden. Aber sie war die Beste, mit der er je zusammengearbeitet hatte. Klug. Selbstbewusst. Perfekt in beiden Sprachen, soweit er das beurteilen konnte. Und sensibel genug für ein derart schwieriges Gespräch. Ihm kam ein anderer Dolmetscher in den Sinn, mit dem er bereits einige Mal gearbeitet hatte. Sensibel wie ein Sack Kartoffeln. Er hoffte, nie wieder mit dem Mann zusammenarbeiten zu müssen.

Nein, Anabela war die Beste. Und das hatte nichts mit seinen Gefühlen für sie zu tun.

Okay, im Gespräch mit Zeugen stellte sie gern mal Fragen, die sie selbst wichtig fand. Bei diesem Gedanken lachte João Almeida leise auf. Das ging natürlich gar nicht. Aber ein paarmal waren es genau diese Fragen gewesen, die seine Ermittlung vorangebracht hatten. Vielleicht war sie auch gerade deshalb so gut, weil sie mitdachte. Was er ihr selbstredend niemals sagen würde. Das Lachen verging ihm und er seufzte.

Wenn er Annemarie Moser, die inzwischen wegen der geplanten Bestattung ihrer Schwägerin schon an der Algarve sein musste, nach Faro kommen ließ, würde er Anabela nicht einsetzen können. Sie konnte zu Hause nicht weg. Abgesehen davon war er sich gar nicht so sicher, ob sie nach ihren Erlebnissen während der letzten Ermittlung, an der sie beteiligt gewesen war, überhaupt noch einmal für die PJ arbeiten wollte. Was tun?

Er malte ein paar Strichmännchen auf seine Schreibtischunterlage. Angenommen, Bela hätte doch Interesse und würde den Job machen wollen. Vielleicht könnte er das Gespräch mit Annemarie Moser in Alcoutim …?

Kaffee. Er brauchte jetzt dringend einen Espresso für einen klaren Kopf. Besser zwei. Und zwar in der frischen Luft am Yachthafen, mit Blick auf das Wasser. Zwar zog das einzige Restaurant dort mit Pizza und Pasta eher touristisches Publikum an, aber der Kaffee war in Ordnung. Er zog sein Jackett über und war nach ein paar Minuten zu Fuß am Ziel. Kleinere Motorboote dümpelten an den Stegen im Hafenbecken. Große Yachten und Segelboote konnten nicht in die Marina von Faro einfahren. Schuld war die Eisenbahnlinie zwischen der Algarve und Lissabon, die den Hafen von den Wasserarmen der Ria Formosa trennte. Die Einfahrt führte unter einer niedrigen Eisenbahnbrücke hindurch, Almeida konnte sie von seinem Platz aus sehen. Zu seinen Füßen pickten Tauben, stets auf der Suche nach einem Krümel. Während er auf seinen Espresso wartete und zusah, wie auf der anderen Seite des Hafenbeckens ein Boot gekrant wurde, zog er seinen Notizblock aus der Tasche.

Sie würden nicht nur mit Leitners Schwester sprechen müssen, sondern auch mit dem Bibliothekar von Alcoutim. Ein weiterer Punkt, der dafür sprach, zumindest anfangs die Ermittlungen von dort aus zu führen. Almeida begann eine Liste, setzte auch die Freundin von Barbara Leitner darauf, zu der Anabela Kontakt hatte. Das Wichtigste bei einer Mordermittlung war noch immer das persönliche Umfeld. Verdammt, es musste einfach möglich sein, dass Anabela den Job übernahm. Videobefragungen konnte er von überall aus machen, notfalls von ihrem Wohnzimmer aus. Erst jetzt fiel ihm ein, dass sie von den neuen Entwicklungen noch gar nichts wusste. Er rief bei ihr an, aber sie ging nicht ans Telefon. Er würde es später noch einmal versuchen. Er wollte sie unbedingt heute noch sprechen. Auch damit sie nicht aus der Zeitung erfuhr, dass der Tote tatsächlich der verschwundene Gatte war.

Almeida bestellte einen zweiten Espresso und dachte über das tote Ehepaar nach. Mit Freunden und Verwandten reden, gut und schön. Aber Leitners waren seit Wochen, vielleicht Monaten nicht in Österreich gewesen. Wie zum Teufel sollte man das Umfeld von Leuten untersuchen, die in einem Wohnmobil durch die Gegend gefahren waren? Da hatte er doch gar keine Chance.

Obwohl ... es war nur eine Idee und wahrscheinlich komplett nutzlos, aber ... das Wohnmobil hatte widerrechtlich oberhalb von Alcoutim gestanden. Also hatten Leitners zu denen gehört, die offizielle Stellplätze gar nicht oder selten nutzten. Er konnte eine Abfrage in der Datenbank der zuständigen Stelle der GNR starten. Mit ein bisschen Glück waren sie in eine der Kontrollen geraten, die inzwischen immer häufiger durchgeführt wurden. Wenn ja, dann würden sie auf diesem Weg vielleicht auf andere Wohnmobilisten stoßen, die die Leitners gekannt hatten. Erst neulich hatte Almeida gelesen, dass bei einer nächtlichen Aktion gegen Freisteher an drei Orten sechzig Anzeigen aufgenommen worden waren.

Die schönsten Plätze an der Küste hatte kaum ein Wohnmobilist für sich allein. Während seines Wochenendes mit Anabela hatte er zudem den Eindruck gewonnen, dass manch anderer Camper auch gar nicht allein sein wollte. Im Gegenteil, mehrmals waren ihnen andere Wohnmobile auch dann extrem nah gekommen, wenn es dafür keinen ersichtlichen Grund gab. *Kuschelcamper* nannte sein Freund Nelson solche Leute.

Doch, dachte Almeida, es gab durchaus eine kleine Hoffnung, dass sie auf diesem Wege Leute finden würden, die Kontakt zu den Leitners gehabt hatten. Soares sollte das übernehmen. Sie konnte auch herausfinden, wo Annemarie Moser sich jetzt genau aufhielt. Er machte sich eine Notiz.

Was noch? Die persönlichen Sachen von Andreas Leitner fehlten ebenso wie das Fahrrad. Danach musste gesucht werden. Aber ein Schritt nach dem anderen. Erst einmal musste er mit dem Mönch sprechen. Und dringend mit Pinto. Heute Abend. Diesmal würde ihm nichts dazwischenkommen.

11

Eine knappe Stunde später saß Almeida dem Staatsanwalt gegenüber.

«Sie haben seit Tagen Anhaltspunkte für einen Mord, noch dazu an einer Touristin, und hielten es nicht für nötig, mich zu informieren?»

An der rechten Schläfe von Dr. César Fernandes Frade pochte gut sichtbar eine Ader, sein blasses Gesicht war gerötet. So wie fast immer, wenn Almeida ihn in seinem Büro aufsuchte. Und wie üblich war der Schreibtisch zwischen ihnen makellos aufgeräumt. Es gab kaum etwas, an dem der Chefinspektor seinen Blick festmachen konnte, wenn er dem Staatsanwalt nicht direkt ins Gesicht sehen wollte. Er konzentrierte sich auf das Pochen der Ader.

«Es war zunächst nur ein vager Verdacht, dem ich nachgegangen bin und der sich jetzt im Zusammenhang mit der zweiten Leiche erhärtet hat.»

«Noch ein Tourist. Ich hasse das.»

Almeida schenkte sich einen Kommentar. «Ich brauche für morgen ein Spurensicherungsteam. Außerdem wäre eine Pressekonferenz sinnvoll. Wir müssen nach Zeugen suchen, die Andreas Leitner lebend gesehen haben.»

«Aber der ist ertrunken, oder?»

«Und vorher zusammengeschlagen worden, ja. Ob dieser Gewaltakt ursächlich für den Tod war, werden wir versuchen zu ermitteln. Er war möglicherweise bewusstlos, als er ins Meer fiel.»

«Wie schaffen Sie das bloß immer?»

«Was bitte?»

«Lesen Sie gelegentlich Statistiken?»

Almeida schüttelte irritiert den Kopf.

«Portugal ist das drittfriedlichste Land der Welt, unsere Mordrate liegt bei unter einem Prozent und hier an der Algarve, insbesondere in der Ostalgarve, sind die Zahlen sogar noch besser. Touristen kommen zu uns, weil sie sich zu Recht sicher fühlen können. Aber Sie» – der Staatsanwalt zeigte tatsächlich mit dem Finger auf ihn – «Aber Sie kommen mir mit einem Ausländermord nach dem nächsten!»

Was wollte dieser Knallkopf ihm damit sagen? Er brachte die Leute schließlich nicht selbst um.

«Ich bin diese Schlagzeilen leid!»

«Verstehe.» Das Einzige, was Almeida tatsächlich verstand, war, dass er sich in Geduld üben und diesen Schwachsinn über sich ergehen lassen musste, wenn er heute noch eine Entscheidung haben wollte.

«Also gut», lenkte Fernandes überraschend schnell ein, «das Spurensicherungsteam ist genehmigt. Aber eine Pressekonferenz? Ich denke, vorerst reicht ein schriftlicher Aufruf zur Mithilfe an die Bevölkerung.»

Letzteres überraschte Almeida nicht. Zwar präsentierte sich der Herr Staatsanwalt ausgesprochen gern in der Öffentlichkeit – bevorzugt dann, wenn ein Fall geklärt war, und dann am liebsten allein –, doch er schätzte es gar nicht, gemeinsam mit dem Chefinspektor vor die Presse zu treten. Almeida war sicher, dass der Mönch ihn auch aufgrund ihrer unterschiedlichen Körpergröße nicht leiden konnte. Im Fernsehen wirkte der Staatsanwalt neben ihm stets wie ein Zwerg, der zu viel Zeit in einem fensterlosen Keller verbracht hatte.

«Wie Sie meinen. Dann setze ich mich mit der Pressestelle in Verbindung.»

Fernandes entließ ihn mit einem gnädigen Nicken.

Zurück im Dienstgebäude ging Almeida auf direktem Weg in das Büro von Paulo Pinto, der, über eine Akte gebeugt, an seinem Schreibtisch saß. Er hielt sich nicht mit langen Vorreden auf. «Paulo, mach Schluss für heute. Wir müssen reden.»

«Aber ...»

«Kein Aber. In einer halben Stunde bei *Zeca's*.»

Wie immer durchzog eine Duftwolke von Gebratenem und Frittiertem die Bar. Auf dem riesigen Flachbildschirm lief der Sportkanal mit der Wiederholung eines Fußballspiels und Zeca selbst polierte hinter der Theke Gläser. Almeida mochte alles hier: den Wirt, die schlichten Tische und Stühle, den vergilbten Wandanstrich, die Kalender an den Wänden. Der älteste mit Jagdmotiven stammte aus dem Jahr 2002. Natürlich waren auch reichlich Madonnendarstellungen auf anderen Kalendern vertreten. *Zeca's*, fand Almeida, atmete Tradition und Beständigkeit. Außerdem lag die Bar nah, aber nicht zu nah am Kommissariat. Hierher verirrten sich außer ihm und Pinto selten Kollegen.

Pinto saß ihm an ihrem Stammtisch am Fenster gegenüber, so weit weg wie möglich vom Fernsehgerät. Er zog ein mürrisches Gesicht. Jeder von ihnen hatte eine Flasche Sagres und ein Schälchen mit Lupinenkernen vor sich.

«Also, Paulo, was ist los mit dir? Warum hast du so eine Saulaune?»

Der Freund antwortete nicht und knibbelte mit gesenktem Blick am Etikett seiner Bierflasche.

«Paulo? Ich hab dich was gefragt.»

«Mit meiner Laune ist alles bestens. Du hattest recht und ich hatte unrecht. Zufrieden?» Er sah kurz auf, Trotz im Blick.

«Wie lange kennen wir uns schon?»

Wieder keine Antwort. Almeida trank von seinem Bier, knabberte ein paar der gelben Kerne, die in Salzlake konserviert werden, und meinte schließlich: «Ich hab Zeit, Paulo. Und ich gehe hier nicht weg, ehe du mir nicht gesagt hast, was dir auf der Leber liegt.»

Endlich sah Paulo auf: «Luísa ist schwanger.»

«Was? Aber das, das ist doch …»

«Na, was? Eine tolle Nachricht? Findest du?»

«Nicht?»

«Nein, nicht.» Pinto trank einen langen Schluck von seinem Bier. «Ich kann das nicht», sagte er schließlich. «Vater werden. Das pack ich nicht.»

12

João hatte angerufen. Wahrscheinlich gerade in der Zeit, in der ich Pai gebadet hatte. Ein bisschen früher als sonst, weil der Handwerker wegen meiner Dusche kommen sollte. Jetzt war es kurz vor fünf. Wenn der Mann pünktlich war, würde er jeden Moment erscheinen. Besser, ich rief João später zurück. Plötzlich musste ich über mich lachen. Wie lange lebst du jetzt hier, Anabela? Seit wann ist in Portugal jemand pünktlich? Gerade wollte ich auf Rückruf drücken, als ich einen Wagen hörte. Ich ging zur Haustür und sah hinaus. Die Gasse, an deren Ende mein Häuschen liegt, ist zu schmal für ein Auto. Deshalb stand mein Twingo vor dem Haus meiner Eltern und dahinter hielt tatsächlich ein Kastenwagen an. Die Welt ist doch voller Wunder.

«Boa tarde, Senhor Octávio», begrüßte ich den Mann kurz darauf.

«Nur Octávio», antwortete er und rückte den schweren Werkzeugkoffer zurecht, den er an einem Riemen über der Schulter trug. «Der Abfluss, sagten Sie?»

«Ja, genau. Sie wissen noch, wo es langgeht?»

«Sicher.»

Jetzt, wo ich mit ihm gesprochen und ihn von Nahem gesehen hatte, konnte ich mich wieder an den Mann erinnern. An ihn und an ein Gespräch, das ich seinerzeit ungewollt mitgehört und das mich ziemlich erschüttert hatte. Octávio hatte im Bad mit seinem Kollegen gesprochen, die beiden wussten nicht, dass ich im Flur die Wandfliesen für das Bad auf größere Macken kontrollierte – Mãe hatte sie gekauft, natürlich zweite Wahl. Die Erinnerung kam so klar zurück, als wäre es gestern gewesen.

«Ich hab heute Josélia getroffen, die von der Gemeinde, du weißt schon. Ich kann die Frau immer noch nicht ansehen, ohne dran zu denken.» Octávios Stimme klang rau.

«Kann ich bestens verstehen, geht mir ähnlich.»

«In meinem ganzen Leben hab ich mich nicht so geschämt wie damals, als ich sie wegen der Lebensmittelspenden anrufen musste.»

Ich weiß noch, dass ich im ersten Moment dachte: Schau mal an und da heißt es immer, Männer sprechen nicht über ihre Gefühle.

«Echt Mann, meine Hand hat so gezittert, dass mir fast der Hörer aus der Hand gefallen wäre.»

«Scheiß Zeiten waren das.»

«Kann man wohl laut sagen. Eins sage ich dir: Das passiert mir nicht noch mal. Wenn ich wieder arbeitslos werde, gehe ich lieber ins Ausland, als noch mal *bedürftig* zu sein. Oder ich bring mich um.»

Im nächsten Moment hatte der Lärm einer Bohrmaschine jedes weitere Wort verschluckt.

«War nur verdreckt.» Ich schrak zusammen. «Es hat gereicht, das Sieb rauszunehmen und das Rohr zu reinigen.» Octávio sah mich mit diesem mitleidigen Blick an, den Männer für Frauen parat haben, die ihrer Meinung nach unfähig sind, auch nur einen Nagel gerade in die Wand zu schlagen. In meinem Fall – ich muss es leider sagen – war der Blick völlig berechtigt.

«Was bekommen Sie?»

«Lassen Sie mal stecken.»

«Aber ...»

«Sie sind doch die, die Übersetzungen und so was macht, oder? Auf Deutsch.»

«Ja, wieso?»

«Wir haben das Haus meiner verstorbenen Mutter verkauft, mein Bruder und ich. An Schweizer. Und jetzt brauchen wir jemanden für den Notartermin.» Siedend heiß fiel mir ein, dass ich ihm nicht mein Beileid zum Tod seiner Mutter ausgesprochen hatte. «Os meus sentidos pêsames», beeilte ich mich zu sagen.

Er nickte nur kurz mit dem Kopf. «Machen Sie so was?»

«Im Prinzip schon. Aber die Käufer haben bestimmt einen Übersetzer, allein schon wegen der Papiere?»

«Die hat jemand in der Schweiz übersetzt, das ging alles per E-Mail mit dem Makler. Sie wollten sich auch um wen für den Termin hier vor Ort kümmern. Aber das klappt nicht, haben sie geschrieben, und ob wir jemanden wüssten.»

«Wann ist denn der Termin?»

«Übermorgen. Um drei Uhr in Mértola, da sitzt die Notarin. Ich weiß, das ist ziemlich kurzfristig. Aber wir müssten den Termin sonst verschieben.»

Ich arbeitete gelegentlich für einen Rechtsanwalt und kannte das Verfahren. Die Notarin würde den Kaufvertrag satzweise vorlesen, ich würde übersetzen und mich vergewissern, dass die Schweizer alles richtig verstanden hatten, ehe sie unterschrieben. Eine Stunde, höchstens zwei. Bezahlen würden mich die Käufer.

«Das kann ich gern machen.»

«Ehrlich?»

«Ehrlich.» Er bedankte sich wortreich, nahm schließlich doch noch zehn Euro an, gab mir die Adresse der Notarin in Mértola und fuhr von dannen.

«Olá, amor, entschuldige, ich konnte eben nicht drangehen. Der Handwerker war hier, wegen der Dusche. Nein, zum Glück keine große Sache. Erzähl, wie kommt es, dass du mich so früh anrufst?»

Normalerweise telefonierten wir am späten Abend, wenn Pai im Bett war. So wir denn telefonierten. Auch wenn sich unsere Beziehung inzwischen vertieft hatte – anfangs hatte ich mein Verhältnis zu João genauso genannt: ein Verhältnis –, hieß das noch lange nicht, dass wir jeden Abend miteinander sprachen oder nicht einschlafen konnten, wenn wir einander nicht Gute Nacht gewünscht hatten.

«Es gibt Neuigkeiten», sagte João.

Und dann hörte ich eine Weile nur zu, lief mit dem Telefon in der Hand in die Küche, von dort ins Wohnzimmer und wieder zurück. Schließlich saß ich am Küchentisch, stellte das Telefon auf laut und goss mir ein frühes Glas Wein ein.

«Das muss ich jetzt erst mal verdauen. Er ist tatsächlich tot? Kein Zweifel, dass er es ist? Mein Gott! Die arme Schwester. Wie hat sie reagiert? Sie muss doch total geschockt sein.»

Joãos Stimme klang blechern und leicht verzerrt. Ich machte den Lautsprecher wieder aus.

«Was? Sag das noch mal. Sie weiß es noch gar nicht? Aber das … Ja, schon gut, ich hör dir zu.»

Kurze Zeit später schnappte ich nach Luft. «Ich?»

Das konnte nicht sein Ernst sein. Ich sollte eine Todesnachricht überbringen, wenn auch nur als Dolmetscherin? Allein die Vorstellung! Gedanken wie Pingpongbälle: Ich kann das nicht. Ein Job wie jeder andere, stell dich nicht so an. Irgendjemand muss es tun. Nein, auf gar keinen Fall. Dafür bin ich nicht ausgebildet. Das schaff ich nicht. Schaffst du doch. Wieder für die PJ arbeiten? Will ich das überhaupt?

Fast wäre an mir vorbeigerauscht, was João noch sagte. In den kommenden Tagen würde es aller Wahrscheinlichkeit mehr Arbeit für mich geben, wenn ich wollte. Ich musste dafür nicht nach Faro fahren, die Befragungen würden in Alcoutim stattfinden, zum Teil per Videoschalte. Hm.

João hatte seine Frage sehr vorsichtig formuliert. Ich erinnerte mich an das letzte Mal – da hatte er geklungen, als verkündete er mir einen Lottogewinn.

«Ich verstehe, wenn du Bedenken hast, Bela. Nach allem, was bei unserer letzten Zusammenarbeit passiert ist. Aber ich verspreche dir, du wirst immer mit einem von uns zusammen sein. Also, was sagst du?»

Ich gab mir einen Ruck. Barbara Leitner war sozusagen meine Leiche, auch wenn das jetzt despektierlich klingt. Wenn ich helfen konnte herauszufinden, was mit ihr – und mit ihrem Mann – passiert war, würde ich das tun. Selbst wenn ich dafür mit der Schwester sprechen musste.

«Wann willst du denn mit ihr reden? Oh Gott, morgen soll ja die Beerdigung von Barbara Leitner sein. Bleibt es überhaupt dabei?»

«Ich vermute, dass sie verschoben wird», sagte João. «Auf jeden Fall muss ich heute noch mit der Schwester sprechen. Soares hat herausgefunden, dass Annemarie Moser sich seit gestern im Hotel d'Alcoutim aufhält. Ich bin übrigens schon dorthin unterwegs. Notfalls muss es auf Englisch gehen, wenn du nicht kannst. Oder willst.»

Ich überlegte. Sehr lange würde das Gespräch vermutlich nicht dauern. Pai brauchte mich nicht vor neun, jetzt war es kurz nach sechs. Falls es zu Hause Schwierigkeiten gab, konnte ich in ein paar Minuten zurück sein.

«Okay. Wann bist du dort?»

«In etwa einer halben Stunde.»

Ich goss meinen Wein in die Spüle und sagte Mãe Bescheid.

13

Das Hotel d'Alcoutim hatte ein paar Jahre leer gestanden und war vor nicht allzu langer Zeit von Grund auf renoviert worden. Jetzt war es mit Abstand die eleganteste Unterkunft im Ort, luftig und modern mit einem Touch ins Mediterrane. Hellblau, Türkis und verschiedene Brauntöne beherrschten die Einrichtung. Almeida saß in einem Sessel in der Lobby, als ich eintraf. Wie immer, wenn er im Dienst war, begrüßte er mich förmlich und distanziert. Und wie immer im Dienst trug er einen Anzug mit einem weißen Hemd ohne Krawatte.

«Schön, dass Sie es möglich machen konnten, Anabela.» Okay, wir waren in Hörweite der Rezeption, aber das fand ich nun doch ziemlich albern. Bei der PJ in Faro mochte es anders sein, da wussten nur wenige von uns, doch hier in Alcoutim? Aber bitte schön, ganz wie er wollte.

«Gern, Inspector-Chefe.»

«Können wir?»

«Natürlich.»

«Aha», sagte Annemarie Moser.

Aha? Ich fürchte, ich starrte die Frau, der wir kurz darauf in ihrem Hotelzimmer gegenübersaßen, mit offenem

Mund an. Dann riss ich mich zusammen. Was wusste ich schon darüber, wie Menschen reagierten, die gerade vom Tod eines Angehörigen gehört hatten? Eines zweiten Angehörigen, um genau zu sein. Vielleicht war dieses *Aha* so eine Art Verleugnung. Vielleicht war bei ihr noch gar nicht richtig angekommen, was João und ich ihr mitgeteilt hatten.

«Dann ist er also auch tot.»

Ich warf João einen schnellen Blick zu. Er schaute Annemarie Moser, geborene Leitner, aufmerksam ins Gesicht. Es war ein Gesicht wie aus Stein geschlagen, mit hervorstehenden Wangenknochen, einer langen, schmalen Nase und einem schmalen Mund. Die Miene starr, ihre letzte Botox-Behandlung konnte noch nicht allzu lange zurückliegen. Sie trug ein schlichtes schwarzes Etuikleid. Keinen Schmuck. Das rotblonde Haar hatte sie zu einem strengen Nackenknoten frisiert. Sie blickte an João vorbei aus dem offenen Fenster, das auf den Pool hinausging, und schwieg. Ich meinte, einen Hauch von Chlor in der Luft des Hotelzimmers zu riechen, aber das konnte auch Einbildung sein. Ab und an war das Lachen von Kindern zu hören, die im Hotelgarten spielten.

«Frag sie, ob sie nicht wissen möchte, wie ihr Bruder gestorben ist.» Hier, wo uns nur die Österreicherin hörte, duzte er mich wieder.

Ich übersetzte.

Annemarie Moser schaute keinen von uns an, als sie antwortete. «Wozu, was ändert das? Tot ist tot.»

Also ehrlich, das war doch nicht normal.

«Dürfen wir aus Ihrer Reaktion schließen, dass Ihr Bruder und Sie sich nicht besonders nah standen?», fragte ich.

João trat mir leicht gegen das Schienbein.

«Das dürfen Sie», antwortete Annemarie Moser und ich beeilte mich zu übersetzen. Für den Rest des Gesprächs hielt ich mich zurück.

Sie habe zuletzt im Juli mit ihrem Bruder gesprochen, bevor er mit seiner Frau gen Süden aufgebrochen sei, antwortete sie auf Joãos nächste Frage. «In diesem schäbigen Wohnmobil. Das war ja alles, was sie noch hatten. Und hätte ich auf meinen Bruder und Barbara gehört, würde ich heute wohl auch in so einem Teil hausen. Zum Glück habe ich nur ein paar tausend Euro verloren. Man könnte sagen, dass unser ohnehin nicht besonders enges Verhältnis durchaus darunter gelitten hat, dass ich mich von ihm zu einer betrügerischen Geldanlage habe überreden lassen.»

Sie also auch, dachte ich.

«Frag sie, was sie damit meint.»

Ich hatte João nicht von dem Anlagebetrüger Sven Binder erzählt, wozu auch? Jetzt erfuhr er von Annemarie Moser in etwa die gleiche Geschichte, die ich von Monika Böhm gehört hatte. Nur, dass Barbara Leitner etwas mit dem Mann gehabt hatte, erwähnte sie nicht. Vielleicht wusste sie auch nichts davon.

João machte sich Notizen und stellte die nächste Frage. «Wie würden Sie das Verhältnis zwischen Ihrem Bruder und seiner Frau beschreiben?»

«Zerrüttet trifft es wohl am ehesten. Hören Sie, ich würde jetzt gern mit dem Bestattungsunternehmer klären, ob ich die beiden gemeinsam und am selben Tag unter die Erde bringen kann. Zum Glück ist das alles hier ja deutlich günstiger und es geht schneller als in Österreich. Sind wir fertig?»

Mir blieb kurz die Spucke weg. Aber schließlich übersetzte ich die Frage. Und die Antwort Joãos.

«Der Leichnam Ihres Bruders wurde noch nicht freigegeben. Er ist – ebenso wie Ihre Schwägerin – nach unseren bisherigen Kenntnissen keines natürlichen Todes gestorben. Ja, wir sind für den Moment fertig. Sie hören von uns.»

Die Kälte in Joãos Stimme stand der Kälte dieser Frau in nichts nach.

«Nette Familie», stellte ich fest, sobald wir draußen vor dem Hotel standen.

«Ganz reizend. Da wundert man sich schon fast, dass sie sich nicht schon längst gegenseitig umgebracht haben.»

«Und jetzt?» Ich war mir ziemlich sicher, was er sagen würde.

«Jetzt brauche ich einen Kaffee.»

Bingo.

«Danach fahre ich zurück. Du musst noch die Verschwiegenheitserklärung unterschreiben, Bela, erinnere mich dran.»

«Kannst du wirklich nicht über Nacht bleiben?», fragte ich enttäuscht, als ich zu ihm ins Auto stieg. Das Hotel lag im neueren Teil der Stadt, eine Viertelstunde zu Fuß vom historischen Zentrum mit seinen Cafés entfernt. Zurück zu meinem Wagen, der auf dem Hotelparkplatz stand, wollte ich laufen. «Du willst doch morgen sowieso wieder herkommen, oder nicht?»

«Frühestens übermorgen. Wir warten noch ab, was der

Presseaufruf bringt und ob die Spurensicherung im Wohnmobil fündig wird. Außerdem bin ich dazu verdonnert, morgen Vormittag an einer Konferenz zur Reform der PJ an der Algarve teilzunehmen. Verdammte Zeitfresser, diese Konferenzen.»

«Übermorgen habe ich nachmittags einen Termin, den kann ich schlecht absagen.»

«Kein Problem. Es steht ohnehin noch nichts fest, und wenn, bin ich wahrscheinlich schon am Vormittag da.»

João parkte auf dem Parkplatz am Fluss und wir stiegen die Treppe zum Quiosque hinauf. Es war noch warm genug, um auf der Terrasse zu sitzen. Gegenüber in Sanlúcar, auf der spanischen Uferseite des Guadiana, gingen gerade die Straßenlampen an. Ich dachte daran, dass es diesen Platz, so wie er jetzt war, schon bald nicht mehr geben würde. Die Gemeinde baute gegenüber ein Mehrzweckhaus, und soweit ich gehört hatte, sollte die Terrasse in Zukunft von dort aus betrieben werden. Die Tage des grünen Pavillons, in dem João gerade unsere Getränke bestellte, waren wohl gezählt. In Planung war auch eine Brücke über den Guadiana, die Spanien und Portugal verbinden sollte. Der Ort würde sich verändern. Begeistert war ich davon nicht.

«Also, erzähl schon, was du über diesen Betrüger weißt.» João stellte seinen Kaffee und mein Wasser ab. Es gab hier keinen Service am Tisch. «Du hast den Namen doch nicht zum ersten Mal gehört.»

Ich erzählte ihm, was ich aus dem Internet wusste. Nach dem Telefonat mit Monika Böhm hatte ich gelesen, was ich über diesen Sven Binder finden konnte. Der hatte seinen Abgang offenbar gründlich vorbereitet, ehe der Betrug aufflog. Soweit ich es begriff, hatte Binder seinen Anlegern über Jahre Frachtcontainer verkauft und sie dann in deren Auftrag vermietet. Die Vermietung und der versprochene anschließende Rückkauf der Container durch Binder sollten hohe Renditen bringen. Allerdings hatte es sich dabei größtenteils um Luftbuchungen gehandelt: Von den angeblich vermieteten Containern existierte nur ein kleiner Teil tatsächlich. Die Anleger bekamen eine Zeit lang ihr Geld – finanziert hauptsächlich aus den Anlagen weiterer Investoren.

Ein klassisches Schneeballsystem, das vor knapp einem Jahr kollabiert war. Die Binder gehörende Firma war insolvent, ihr Gründer verschwand, bevor es zu einem Prozess kommen konnte – samt dem Vermögen seiner Anleger. Viele von ihnen ganz normale Leute, die ihr Erspartes als Absicherung fürs Alter investiert hatten. Insgesamt ging es um mehrere Millionen Euro. Genau wusste das niemand. Man vermutete, dass sich nicht alle Geprellten bei den Behörden gemeldet hatten.

«Ich frage mich», sagte ich schließlich, «was das für ein Mensch ist, der so viele Menschen manipulieren kann, ohne dass sie ihm misstrauen? Barbara Leitner ist sogar mit ihm ins Bett gegangen, hat ihre Freundin erzählt.» Ich trank einen Schluck Wasser.

João ging auf den Gedanken nicht ein. «Diese Freundin von Barbara Leitner werden wir noch offiziell befragen müssen», sagte er.

Ich nickte, nach wie vor mit meiner Frage beschäftigt. «Im Internet ist ein Bild von diesem Binder. Er sieht nicht mal besonders gut aus, finde ich. Eher durchschnittlich, weißt du. Sympathisch, das schon. So ein Schwiegersohn-Typ.»

«Vielleicht ist es genau das. Diese Art von Mann soll ja auch als Heiratsschwindler Erfolge feiern. Aber für unseren Fall dürfte es unerheblich sein. Ich muss los, Bela, wir telefonieren.»

Natürlich gab er mir in der Öffentlichkeit keinen Kuss.

14

«Na, das ist doch mal interessant», murmelte Samanta Soares, «da hatte der Chef ja wohl den richtigen Riecher.»

Paulo Pinto und sie saßen in ihrem gemeinsamen Büro an den Rechnern. Seit einem «Bom dia» am Morgen waren es die ersten Worte, die Pinto von Soares hörte.

«Was entdeckt?», fragte er.

«Bist du sicher, dass es dich interessiert?»

«Spar dir deinen spitzen Ton, wenn's geht.»

«Du meinst, der ist nur dir selbst vorbehalten?»

«Schon gut, Samanta. João hat mir bereits den Marsch geblasen, danke. Ich gelobe feierlich Besserung. Mir geht's gerade nicht so besonders, okay?»

Es war schon schwer genug gewesen, João zu erzählen, was ihn bedrückte. Samanta wollte er ganz bestimmt nicht einweihen. Sie würde ihn eh nicht verstehen. Das tat niemand. Am allerwenigsten Luísa, die wegen der Schwangerschaft überglücklich war. Jetzt wollte sie auch noch mit ihm nach Coimbra fahren, zur Fonte dos Amores, der Quelle der Liebe. Wo sie dann garantiert seinen Heiratsantrag erwartete.

Coimbra! Ging's noch? Fast fünfhundert Kilometer fahren, nur um sich an einem vermoosten Brunnen die Treue zu schwören? Und warum? Weil Luísa die berühmte Liebesgeschichte zwischen König Dom Pedro dem Ersten und seiner Inês so berührend fand. Er selbst fand diese Geschichte einfach nur brutal und morbide. Laut Legende hatte der Vater von Dom Pedro, König Afonso der Vierte, der Geliebten seinen Sohnes vor den Augen ihrer Kinder den Kopf abschlagen lassen, weil der Sohn nicht von ihr lassen wollte. Den Tod seiner heißgeliebten Inês hatte Pedro dem Vater nie verziehen und nach dessen Tod den Mördern bei lebendigem Leib die Herzen herausreißen lassen. Damit nicht genug, ließ er die Leiche seiner Geliebten auf den Thron setzen, sie mit Gold und Brokat schmücken und zwang dann den Hofstaat, dem Skelett als Königin zu huldigen. Die Fonte dos Amores, zu der Luísa mit ihm fahren wollte, sollte aus den Tränen entstanden sein, die Inês während ihrer Ermordung geweint hatte. Im Jahr dreizehnhundertirgendwas. Was an einem solchen Ort romantisch sein konnte, wusste Pinto beim besten Willen nicht.

Samantas Stimme holte ihn aus seinen Gedanken.

«João wollte, dass ich bei der GNR anfrage, ob die Leitners mit ihrem Wohnmobil aufgefallen sind.»

«Und?»

«Sie haben zweimal wegen illegalen Campings Strafen bezahlt.»

«Vielleicht ist das billiger, als die Stellplatzgebühren zu berappen.»

Soares ignorierte den Einwurf. «Interessanter ist etwas anderes: Andreas Leitner ist angezeigt worden, weil er sich mit einem anderen Camper geprügelt hat.»

«Schau an. Wann war das?»

«Vor vierzehn Tagen.»

«Meinst du, dass die Blessuren, die Letícia festgestellt hat, daher stammen können?»

«Das werden wir sie fragen müssen. Aber für mich hat es eher so geklungen, als wären die frischer gewesen.»

«Wo hat er sich geprügelt?»

«Bei Tavira. Er hat Streit mit einem Deutschen bekommen und dessen Frau hat die GNR geholt.»

«Kann man den Deutschen auftreiben?»

«Der kann jetzt sonst wo sein. Schwierig. Zumal der ja kaum portugiesische Zeitungen lesen wird.» Sie seufzte. «Ich frage mich sowieso, ob wir diese Geschichte je aufklären können. Es gibt keine Zeugen für irgendwas, und wenn wir auf jemanden stoßen, kommen wir nicht an ihn ran.»

«Immerhin wissen wir jetzt, dass Leitner aggressiv werden konnte. Nicht nur seiner Frau gegenüber.»

«Und bei dir? Was Interessantes dabei?», fragte Soares.

Pinto arbeitete sich seit geraumer Zeit durch die Hinweise, die die Kollegen in der Telefonzentrale nach der Veröffentlichung des Presseaufrufs aufgenommen hatten. «Bisher nichts Vernünftiges. Nur Wichtigtuer. Hast du was von João gehört?»

«Er wollte nach der Konferenz zu Lourenço rüber und dann herkommen.»

«Ich geh jetzt erst mal was essen. Was ist mit dir?»

Soares schüttelte den Kopf. «Bin auf Diät.»

Pinto fragte sich, an welcher Stelle die fast mädchenhaft schlanke Kollegin noch etwas abnehmen wollte, ließ ihre Bemerkung aber unkommentiert. Es reichte schon, wenn er zu Hause dauernd das Falsche sagte. Inzwischen fragte er sich, ob man Frauen überhaupt etwas recht machen konnte.

Als er eineinhalb Stunden später wieder ins Büro kam, saß João Almeida auf dem Stuhl vor Soares' Schreibtisch.

«Olá, Paulo. Samanta hat mir gerade von der Schlägerei erzählt, in die Leitner verwickelt war. Sie sagt, bei den Hinweisen aus der Bevölkerung war noch nichts Verwertbares?»

«Bis jetzt nicht. Hatte Lourenço etwas, das uns weiterbringt?»

«Möglicherweise.»

Almeida legte einen Beweismittelbeutel auf Soares' Schreibtisch. Darin befand sich ein Notizheft mit Ringbindung. «Das hier scheint eine Art Tagebuch von Barbara Leitner zu sein. Es lag versteckt hinter ihren Kosmetika im Badezimmerschränkchen. Ich habe zwei Seiten abfotografiert und an Anabela geschickt. Sie meint, es sind eindeutig Notizen der Frau. Ich lasse die restlichen Seiten gleich scannen und ihr schicken.»

«Und sonst?», fragte Pinto. «Gab es noch mehr Blut?»

«Ja, allerdings. Dasselbe Blut, das außen an der Tür war, hat die Spusi an einer Ecke des Kohlengrills gefunden, der ist wohl recht scharfkantig.»

«Also hat sich jemand daran geschnitten und später von außen die Tür berührt?»

«Denkbar. Ob uns das irgendwo hinführt, ist die Frage. Schließlich kann das irgendwann und irgendwer gewesen sein und es muss überhaupt nichts mit dem Tod der Frau zu tun haben. Leider ist das auch schon die gesamte Ausbeute der Spurensicherung. Sie haben routinemäßig weitere Proben genommen – Fingerabdrücke, Haare und Fasern –, aber davon lässt sich nichts zuordnen. Wenn wir nicht bald konkrete Hinweise finden, weiß ich nicht weiter. Ich hoffe auf das hier.» Er tippte auf den Beweismittelbeutel. «Okay, Leute, ich bringe das ins Sekretariat und bin dann in meinem Büro. Macht mit den Anrufern weiter.»

15

Das Büro der Notarin lag an der Hauptgeschäftsstraße von Mértola. Klingt großstädtisch, finde ich. Dabei hat der Ort im Alentejo auch nur ein paar tausend Einwohner. Dazu eine trutzige maurische Burg aus dem dreizehnten Jahrhundert auf einer Felsnase über dem Guadiana, eine uralte Stadtmauer, jede Menge Geschichte und deshalb reichlich touristische Besucher. Die Stadtväter waren in den vergangenen Jahren außerdem so klug gewesen, die Altstadtgassen frisch pflastern zu lassen, ohne den Charakter des Städtchens zu zerstören. Nur die neue Mehrzweckhalle am Ortseingang war eine Beleidigung fürs Auge. Ich dachte es jedes Mal, wenn ich an dem Betonklotz vorbeifuhr, was gar nicht so selten passierte. In Mértola kauften wir bei einer Genossenschaft unser Olivenöl und einmal im Monat fuhren Mãe und ich dorthin zum Markt, die Stadt war eine knappe Dreiviertelstunde Fahrzeit von Alcoutim entfernt.

Vielleicht war ich wegen des historischen Flairs des Ortes nicht auf die Büroräume der Notarin gefasst, geschweige denn auf sie selbst. Jeder Winkel in dem sanierten Altbau, in dem sie residierte, strahlte Modernität aus. Reichlich Glas und schwarzer Lack, neuestes technisches Equipment auf dem Schreibtisch ihrer Mitarbeiterin im Empfangsbereich. Dazu ein abstraktes Gemälde in knalligen Rot- und Gelbtönen an einer der Wände. Mich empfing eine junge Frau, die perfekt in dieses durchgestylte Ambiente passte, ebenso wie die Notarin selbst. Adriana Pires erschien kurz darauf. Beide trugen Schwarz. Die Mitarbeiterin präsentierte unter ihrem kurzen Rock vollkommene lange Beine. Die Beine von Adriana Pires dagegen steckten in einem schlichten Hosenanzug. Lang waren sie aber auch. Nichts gegen lange Beine, ich hätte selbst gern welche.

Gewollt professionelle Strenge, so würde ich die Wirkung der dunkelhaarigen Notarin mit ihrem Herrenhaarschnitt beschreiben. Daran änderte weder die zartrosa Bluse noch das gleichfarbige Brillengestell etwas. Ich schätzte sie auf Anfang, Mitte dreißig. Höchstens.

«Sie sind pünktlich, wie schön», sagte sie zur Begrüßung. «Leider kann ich das von den anderen Beteiligten nicht sagen. Die Schweizer haben eben angerufen. Eine Reifenpanne.»

«Das kann passieren.»

«Ja, natürlich. Die Familie Nunes ist auch noch nicht da. Aber es ist ja auch gerade erst drei. Die Schweizer werden allerdings noch mindestens zwanzig Minuten brauchen.» Ihr Blick sprang von mir zu der Tür, durch die sie eben in den Empfangsbereich gekommen war. «Würden Sie es mir verübeln, wenn ich die Wartezeit für einen Anruf nutze, Dona Anabela? Sie können sich gern schon in den Konferenzraum setzen, in dem das Treffen stattfinden wird. Oder in den Pátio.» Sie zeigte auf eine Glastür hinter sich.

«Machen Sie nur. Ich setze mich so lange in den Innenhof.»

«Kann Maria Ihnen etwas bringen?»

«Ein Wasser, bitte. Und wenn Sie vielleicht einen Kaffee hätten, gern cheio?»

Bestimmt hatten die Damen einen mindestens so edlen Kaffeeautomaten wie den, der bei João im Büro stand. Der kurze Rock verschwand in einem Nebenraum.

Tatsächlich hatte ich nicht nur Lust auf Kaffee, sondern auch auf eine Zigarette. Ich rauche selten, aber manchmal bekomme ich plötzlich dieses Bedürfnis. Ganz besonders dann, wenn ich warten muss. So selten also auch wieder nicht, seit ich in Portugal lebe. Im Pátio war gerade mal Platz für einen Bistrotisch mit zwei Stühlen und eine Topfpalme. Auf dem Tisch entdeckte ich einen Aschenbecher; darin lagen zwei Kippen mit Lippenstiftspuren.

Maria brachte die Getränke, ich zog meine Packung Português und mein Tablet aus der Tasche. João hatte das Notizheft von Barbara Leitner als PDF-Datei geschickt. Wenn ich hier schon herumsitzen musste, konnte ich die Zeit genauso gut nutzen und anfangen zu lesen.

Die ersten Einträge stammten von Mitte August und beschrieben nicht viel mehr als die Fahrt mit dem Camper durch Frankreich und Spanien. Landschaftsbeschreibungen, eine Bemerkung über Langeweile während der Fahrt auf einer Autobahn und so aufregende Notizen wie diese:

Heute auf einem Stellplatz die Gelegenheit gehabt, Wäsche zu waschen. Endlich riechen die Betten wieder frisch!

Ich fand zunächst nur einen einzigen Hinweis auf die Gefühlslage von Barbara Leitner und der passte zu dem, was Monika Böhm schon erzählt hatte.

> *Heute lange mit Monika geskypt, als Andreas unterwegs war. Ich bin froh über jede Minute, die er weg ist, und segne im Geiste täglich sein Fahrrad. Sein Sport ist meine kleine Freiheit. Ohne diese Pausen würde ich verrückt. Monika hat mir mal wieder gesagt, dass ich mich von ihm trennen soll. Aber das kann und werde ich nicht. Nicht, solange es mit ihm auszuhalten ist und nichts Schlimmeres passiert als seine verbalen Angriffe. Im Moment hält er sich zurück.*
> *Morgen verlassen wir Biarritz (hübscher Ort, aber mit Touristen überfüllt) und fahren weiter nach Spanien. Ich hoffe auf gute Internetverbindungen, ein Kunde drängelt ziemlich.*

Ich hatte diese Passage eben gelesen, als mich Stimmen ablenkten, die von der Straße in den Pátio drangen.

«Ich sage dir, wir haben viel zu billig verkauft, die hätten auch mehr gezahlt.»

«Meu deus, Zé, kannst du denn nicht einmal in deinem Leben zufrieden sein?» Die zweite Stimme kannte ich, sie gehörte Octávio Nunes.

«So wie du, was? Willst du mir wirklich sagen, dass dich lumpige zwanzigtausend glücklich machen? Die sind doch schon weg, wenn dein marodes Dach neu gedeckt und dein Auto repariert ist. Wenn du ein bisschen besser verhandeln könntest, hätten die Schweizer auch achtzigtausend gezahlt, so viel ist sicher.»

«Oder sie wären abgesprungen. Ich jedenfalls bin froh, wenn mein Dach wieder dicht ist. Und für dein Gemecker ist es sowieso zu spät.»

Ich konnte ein Feuerzeug klicken hören. Die beiden Männer mussten direkt vor der Mauer stehen, hinter der ich saß.

«Eines sag ich dir, kleiner Bruder: Mein Blatt wird sich wenden. Irgendwann hab ich eine Villa am Meer, genauso wie diese reichen Arschlöcher, für die ich arbeite. Ihr werdet schon sehen. Und dann kriege ich meine Familie zurück.»

«Träum weiter. Die kriegst du auch dann nicht zurück, wenn du eine Million auf dem Konto hast, das weißt du verdammt genau.»

«Pass auf, was du sagst, sonst …»

Was sonst passieren würde, erfuhr ich nicht mehr, denn Octávio sagte: «Ah, da ist Gabriela. Halt dich zurück.»

«Dona Anabela, kommen Sie bitte?» Adriana Pires stand in der Tür zum Innenhof. «Die Schweizer sind gleich da und Maria würde gern schon Ihre Personalien aufnehmen, dann ist das erledigt.»

«Ja, natürlich.»

Hoffentlich hielt dieser Zé während des Termins den Mund.

Erst am späten Abend konnte ich mich wieder mit den Tagebuchnotizen von Barbara Leitner befassen. Manche der Einträge waren verwischt und kaum leserlich. Von Tränen?

Andere waren wirr und für mich ohne Sinn. Manchmal hatte sie nur einzelne Worte geschrieben. Wahrscheinlich dann, wenn sie schon einiges an Alkohol intus hatte und ihren Gefühlen freien Lauf ließ.

Scheiß Leben … Wie lange noch?
Traurig, so traurig!
Dreckskerl

Es fiel mir schwer, das alles zu lesen. Da schrieb eine zutiefst unglückliche Frau. Alle Passagen, die verständlich waren und mit ihrer persönlichen Verfassung zu tun hatten, übersetzte ich für João so genau wie möglich, angefangen mit der, die ich schon bei der Notarin gelesen hatte. Kaum hatte ich getippt: *Nicht, solange es mit ihm auszuhalten ist und nichts Schlimmeres passiert als seine verbalen Angriffe. Im Moment hält er sich zurück*, kam mir der Termin bei der Notarin wieder in den Sinn.

Zé, der ältere Bruder von Octávio, hatte zwar keine Probleme gemacht, aber mir war das verhuschte Verhalten seiner Frau Gabriela aufgefallen, die offenbar von ihm getrennt lebte. Sie hatte ihren Mann nicht einziges Mal angesehen, geschweige denn berührt, und während der gesamten Vertragsverlesung so gewirkt, als würde sie am liebsten jeden Augenblick von ihrem Stuhl aufspringen und aus dem Raum fliehen wollen. Ihr Mann dagegen hatte sie mit Blicken verschlungen. Mit Blicken, bei denen sich mir die Nackenhaare aufgestellt hatten.

Sobald sie den Scheck mit ihrem Anteil in Empfang genommen hatte – wie in Portugal üblich, war die Kaufsumme beim Notartermin bezahlt worden –, hatte sie tatsächlich ohne ein weiteres Wort den Raum verlassen. Für die Brüder schien ihr Verhalten normal zu sein, zumindest hatte ich keine besondere Reaktion erkennen können.

Später, als der Termin vorbei war, sah ich sie noch einmal, als sie zu einer anderen Frau ins Auto stieg. Auch ihren Mann sah ich abfahren, er war allein.

Warum musste ich ausgerechnet jetzt an diese Frau denken? Weil Barbara Leitners Worte mich an ihr Verhalten erinnerten. Vielleicht sollte ich Mãe mal fragen, ob sie wusste, warum diese Gabriela von ihrem Mann getrennt lebte …

Was geht es dich an, Bela? Konzentrier dich lieber auf den Text. Es folgten seitenweise Einkaufslisten und sterbenslangweilige Landschaftsbeschreibungen. Absolut nichts von Bedeutung für João. Ich musste immer häufiger gähnen. Vielleicht war es besser, am nächsten Tag weiterzumachen. Gerade wollte ich ins Bett gehen, als ich auf folgenden Eintrag stieß:

> *Andreas ist nach Österreich geflogen. Sechs Tage ohne ihn!!!! Aber nicht allein, hihi. Gott gebe, dass Andreas es nie erfahren möge, sonst bringt er mich um, aber ich habe zwei wunderbare Nächte mit einem Portugiesen verbracht. Wir haben uns zufällig in einer Bar auf der Ilha de Faro kennengelernt. Er hatte irgendeine Fortbildung in der Stadt. Zuerst ist mir das Grübchen auf seiner linken Wange aufgefallen, als er mich angelächelt hat. Süß. Und dann seine Augen. Kaffeebraun. Wie auch immer,*

ich habe die Chemie zwischen uns sofort gespürt und er auch.
Mir war gar nicht bewusst, wie ausgehungert nach Zärtlichkeit ich bin! Wenn ich in unschöner Regelmäßigkeit (immer wieder sonntags) mit Andreas schlafe, hat das nichts mit Zärtlichkeit zu tun, im Gegenteil. Aber Mário, allein seine Hände …

Nein, wirklich, das wollte ich nicht genauer wissen. Aber ich würde João natürlich sagen müssen, dass Mário ein Verhältnis mit Barbara Leitner gehabt hatte, ob es mir gefiel oder nicht. Mistkerl. Hoffentlich traf ich in nächster Zeit weder ihn noch seine Freundin Mónica. Es würde mir verdammt schwerfallen, nicht an das zu denken, was ich gerade hatte lesen müssen. Und den Mund zu halten. Es war doch richtig, den Mund zu halten, oder? Ich kannte die beiden ja kaum. Was wusste ich schon über ihre Beziehung? Vielleicht sahen sie es mit der Treue beide nicht so eng. Aber tief im Herzen glaubte ich das nicht. Mistkerl, dachte ich wieder.

Warum verhielten sich Leute so? Für Barbara Leitner konnte ich noch ein gewisses Verständnis aufbringen. Aber für Mário? Nicht den kleinsten Funken.

Schnell scrollte ich auf die nächste Seite weiter, damit ich nicht mit Bildern von Mários Händen auf dem Körper von Barbara Leitner schlafen gehen musste. Dann doch lieber mit denen unserer schönen Landschaft. Oder mit denen von defekten Wäschetrocknern. Ein paarmal noch sprang mir sein Name ins Auge, dann nicht mehr. Nach der Rückkehr ihres Mannes hatte sie wieder Beschreibungen von

Stellplätzen und Stränden notiert, im Wechsel mit Notizen über Stromsäulen mit Restguthaben oder der Suche nach Entsorgungsplätzen für den Inhalt ihres Campingklos.

Wir stehen jetzt auf einem Platz in einem kleinen Ort namens Alcoutim mit direktem Blick über den Grenzfluss nach Spanien. Sehr idyllisch, das muss ich schon sagen. Da hat Mário nicht übertrieben. Und keine anderen Camper, wir sind allein. Leider ist seit heute das Wetter mehr als bescheiden. Stürmisch und saukalt, dazu immer wieder heftiger Regen. Nicht ganz das, was man sich unter Südportugal vorstellt!

So langsam fielen mir die Augen zu. Nur noch ein Eintrag, zwei Tage später.

Ich fasse es nicht, er ist hier! Das Schwein, das mein Leben versaut hat, lebt hier an der Algarve! Tausendmal habe ich mir das Foto angesehen, das ich gemacht habe.
Er ist es.
Ich könnte kotzen.

Schlagartig war ich wieder wach und griff zum Telefon.

16

«Jetzt wird's interessant.»

Nach dem Anruf von Anabela am Vorabend hatte Almeida eine Datenabfrage bei Interpol gestartet und inzwischen das Ergebnis bekommen. Er schickte die Daten per Mail weiter. Dazu einige Artikel aus dem Internet, die er durch ein Übersetzungsprogramm gejagt hatte. Gerade wählte er die Nummer seines Freundes und Kollegen Bruno. Bruno und er waren vor ewigen Zeiten gemeinsam auf der Polizeischule in Loures bei Lissabon gewesen. Sie hatten später in unterschiedlichen Abteilungen der PJ Karriere gemacht und standen nach wie vor in Kontakt.

«Schön, dass ich dich gleich erwische. Wie geht es der Familie? Gut? Das freut mich. Was fragst du?» Almeida lachte. «Nein, ausnahmsweise nichts Halblegales, sondern eine höchst offizielle Frage an dich als Spezialisten für Wirtschaftskriminalität. Ich habe einen Hinweis darauf, dass sich ein von Interpol gesuchter Anlagebetrüger an der Algarve aufhält oder zumindest aufgehalten hat», erklärte er dem Freund aus Polizeischultagen. «Die Fahndung und ein paar Infos habe ich dir gerade gemailt. Der Mann heißt Sven Binder, aber unter dem Namen wird er kaum reisen.»

Er hörte das Klappern der Tastatur, als Bruno seine Mails aufrief.

«Mich interessiert, ob es bei euch in letzter Zeit eine Häufung von Anlagedelikten gab. Wenn der Mann wirklich in Portugal ist, könnte er wieder aktiv sein … Was sagst du?» Wieder lachte Almeida. «Nein, ich will nicht die Abteilung wechseln. Möglicherweise ist er in einen Mordfall verwickelt, mit dem wir hier zu tun haben. Wahrscheinlich sogar in zwei Morde, um genau zu sein. Das ist alles noch ziemlich unklar.»

Nachdem er aufgelegt hatte, starrte er auf das Foto, das in der Fahndungsdatei von Sven Binder enthalten war, und dachte an Anabelas Worte: durchschnittlich, aber sympathisch, ein Schwiegersohn-Typ. Da war was dran. Der Mann hatte graublaue Augen mit Lachfalten und volles dunkelblondes Haar. Nur die Nase mit einem Höcker kurz über der Wurzel fiel auf. Sonst keine besonderen Kennzeichen.

Almeida griff erneut zum Telefon. «Samanta? Du hast doch die Verbindungsnachweise von Barbara Leitners Handy angefragt. Sind die schon da? Irgendwelche Inlandsnummern? Nein? Okay. Ist das Fahrrad aufgetaucht?»

Wieder hörte er Tastaturklappern.

«Wie bitte? Ja, da hast du wohl recht.» Er glaubte auch nicht, dass ein Rennrad lange irgendwo herumstand, ohne dass jemand zugriff. Ein Schloss war schnell geknackt. Und sie kannten nicht einmal die Marke.

Sein nächster Anruf galt Lourenço de Castro e Sousa. «Ich brauche alle Fotos von Barbara Leitners Telefon, auf denen Personen zu sehen sind. Ja, per Mail reicht erst mal.

Aber lass sie auch ausdrucken und in Besprechungsraum drei bringen.»

Zehn Minuten später klickte sich Almeida durch die wenigen Aufnahmen. Sven Binder war auf keinem der Bilder zu sehen. Hatte die Leitner das Foto gelöscht? Aber warum?

Er versuchte, sich in die Frau hineinzuversetzen. Sie hatte den Mann, der ihr Vertrauen missbraucht und sie um alles gebracht hatte, gehasst. Dann sah sie ihn wieder. Was tat sie? Erzählte sie ihrem Ehemann davon? Zeigte sie ihm das Bild? Das hielt er für wahrscheinlich. Und dann? Klug wäre es gewesen, die Behörden zu informieren. Aber vielleicht waren die Gedanken der Leitners in ganz andere Richtungen gegangen. Sven Binder war untergetaucht, wurde international gesucht. Das machte ihn erpressbar. Laut Soares war Andreas Leitner ein Mann, der zuschlagen konnte, wenn er in Wut geriet. Erpressung, gepaart mit Wut und Rachegedanken? Eine Konfrontation, die für Leitner tödlich ausgegangen war? Denkbar. Chatice! Er wusste so verdammt wenig über diese Leute!

Vielleicht konnte er noch heute mehr über die Persönlichkeit der Frau erfahren, wenn er mit deren Freundin Monika Böhm und mit ihrem Liebhaber Mário sprach. Er wollte auch noch einmal mit Annemarie Moser reden. Selbst wenn die ihren Bruder nicht hatte leiden können und auch zu ihrer Schwägerin kein gutes Verhältnis gehabt hatte, interessierte ihn, wie Leitners Schwester die Reaktion des Ehepaars auf die Entdeckung einschätzen würde. Und es wäre auch interessant zu sehen, wie sie selbst auf die Information reagierte, dass der Betrüger möglicherweise hier an der Algarve war.

Paulo Pinto unterbrach seine Gedanken. Er stand in der offenen Tür zu Almeidas Büro.

«Ja, Paulo, was gibt's?»

«Möglicherweise einen glaubwürdigen Zeugen.»

«Was stehst du da rum? Setz dich und lass hören.»

«Ein Mann, auf den die Beschreibung von Andreas Leitner passt, ist am Hafen in Vila Real de Santo António gesehen worden. Er soll sich mit einem anderen gestritten haben.»

«Scheint ein streitsüchtiges Kerlchen gewesen zu sein. Wann war das?»

«Am 15. Oktober. Da hat er also noch gelebt, wenn der Zeuge recht hat.»

Almeida hätte sich beinah die Hände gerieben. Jetzt kam endlich Bewegung in die Sache, er hatte es im Urin. «Her mit ihm!»

«Er ist auf einem Boot unterwegs und kommt erst heute Abend bei Hochwasser zurück. Ich hab ihn für morgen Vormittag einbestellt.»

«Na gut. Es gibt noch mehr Neuigkeiten. Sag Samanta Bescheid, wir treffen uns gleich im Besprechungsraum.»

«Vielleicht ist das Bild nicht mehr da, weil es gar nicht Sven Binder war, den sie gesehen hat», schlug Paulo Pinto kurz darauf im Besprechungsraum vor. «Angenommen, sie hat es ihrem Mann gezeigt und der hat ihn nicht erkannt und ihr gesagt, dass sie sich getäuscht hat. Dann hat sie es natürlich gelöscht. Wie blöd, dass das Tagebuch an der Stelle abbricht.»

Soares stand am Whiteboard und fixierte die Fotos mit Magneten. Sowohl die Fotos von der Kamera als auch das

Porträt Binders aus der Fahndungsakte. «Und wenn sie es gar nicht gelöscht hat?», fragte sie, nachdem sie sich die Bilder eine Weile angesehen hatte.

«Was meinst du?», fragte Almeida.

«Ich meine, wir brauchen einen Lichtbildexperten.»

«Warum?»

Sie tippte auf ein Bild. Almeida und Pinto standen von ihren Stühlen auf und traten neben sie.

Soares' Finger deutete auf das Foto eines glatzköpfigen Mannes mit Sonnenbrille, der neben einem hochglänzenden dunkelblauen SUV stand. «Man kann Nasen operieren und sich Glatzen rasieren lassen. Darum. Wenn ihr mich fragt, dieser Mann könnte durchaus Sven Binder sein.»

«Der?», fragte Pinto. «Der sieht ihm doch null ähnlich.»

«Schau dir mal die Form des Gesichts an.» Sie deutete auf die Wangenknochen zunächst bei dem einen, dann bei dem anderen Bild. «Mit einer guten Gesichtserkennungssoftware ist das ruck, zuck geklärt.»

«Auf die Idee wäre ich nicht im Traum gekommen, Samanta», sagte Almeida. «Sehr gut. Kümmere dich darum.»

«Und wenn», sagte Pinto. «Wie sollte Barbara Leitner ihn erkannt haben, wenn wir selbst einen Experten und ein Programm dafür brauchen?»

«Vielleicht hat Binder etwas an sich, das ihn von anderen unterscheidet und das man nur sieht, wenn man ihn kennt?»

«Und was soll das sein, werte Kollegin?»

«Fängst du schon wieder an, Paulo?»

«Ich fang mit gar nichts an, ich weiß nur nicht, was du damit meinst.»

«Ein bestimmter Gang, eine spezifische Geste? Es können viele Dinge sein.»

«Warten wir einfach das Ergebnis des Vergleichs ab», beschwichtigte Almeida. «Dieser Wagen.» Er runzelte die Stirn. Wer hatte ihm neulich etwas von einem SUV erzählt? Er kam nicht drauf. Egal. Wenn es wichtig war, würde es ihm schon wieder einfallen. «Ein Honda, ziemlich neues Modell», sagte er. «Man sieht einen Teil des Kennzeichens. Vielleicht reicht es zusammen mit der Automarke für eine Identifizierung.»

«Lasse ich klären», sagte Pinto.

«Erkennt einer von euch, wo das ist?» Almeida studierte weiter das Foto.

«Ich hab auch schon überlegt, aber man sieht zu wenig von der Umgebung», meinte Soares.

Der Wagen stand auf einem ungepflasterten Parkplatz. Rechts daneben wuchsen hinter einem weiß gestrichenen Lattenzaun verschiedene Palmen. Man sah ein Stück weiße Wand und links davon Wasser mit einem Uferstreifen.

«Das könnte irgendwo in der Ria sein», überlegte Pinto laut. «Das ist auf keinen Fall am offenen Meer.»

«Oder am Guadiana, vielleicht in Vila Real. Irgendetwas kommt mir bekannt vor», sagte Almeida. «In Vila Real ist Leitner gesehen worden, von daher würde es passen. Ja, ich weiß, reine Spekulation.» Damit ging er zurück zum Tisch, Pinto folgte ihm. Soares blieb an der Wandtafel stehen.

«Paulo, erzähl uns mehr über den Zeugen vom Hafen.»

Pinto zog seinen Notizblock aus der Tasche. «Er heißt Bohdan Malynka, arbeitet an der Bootstankstelle und als

Gelegenheitsmechaniker in der Marina. Einwanderer aus der Ukraine. Spricht fließend Portugiesisch.»

«Wie schreibt man das?»

«Bohdan mit H in der Mitte und Malynka mit Ypsilon.»

Soares notierte den Namen in der kurzen Liste potenzieller Zeugen, in diesem speziellen Fall wohl eher Informationsquellen.

«Er ist sich ziemlich sicher, Andreas Leitner erkannt zu haben, auch aufgrund der beschriebenen Kleidung. Was ein Problem sein kann – diese Radleroutfits sehen doch alle gleich aus.»

17

«Dieser schreckliche Mensch soll hier sein, in Portugal? Und Barbara hat ihn gesehen?»

«Das ist nicht sicher, aber es wäre möglich. Was denken Sie, wie hätten Ihre Schwägerin und Ihr Bruder reagiert, wenn es so gewesen wäre?»

Ich hing genauso wie João an den schmalen Lippen von Annemarie Moser. Wieder saßen wir ihr in ihrem Hotelzimmer gegenüber.

«Schwer zu sagen. Andreas ... Hm. Ich nehme an, im ersten Impuls hätte er ihn am liebsten umgebracht. Wofür ich größtes Verständnis hätte.» Schau an, dachte ich, während ich ihr in die blitzenden Augen sah, du hast ja doch so etwas wie Gefühle. «Ein paar Jahre Haft, wenn der Mann je erwischt wird, ist für den viel zu wenig. Das Geld hat der garantiert längst beiseitegeschafft. Aber die Frage ist doch völlig müßig. Andreas ist tot und Barbara auch. Was interessiert Sie das noch? Wissen Sie inzwischen, wann ich die beiden endlich bestatten kann?»

Ich sah João fragend an, nachdem ich die Antwort von Annemarie Moser übersetzt hatte.

«Sag ihr, wir versuchen, den Tod ihres Bruders aufzuklären. Da ist es sehr wohl von Interesse, was er vor seinem

Tod getan und wen er getroffen hat. Und in welcher Verfassung er möglicherweise war. Ich will wissen, wie sie seinen Charakter einschätzt.»

«Und was ist mit der Bestattung?»

«Die kann sie für nächste Woche planen.»

Annemarie Moser murmelte etwas von Unverschämtheit und Behördenwillkür. Dann fragte sie: «Der Charakter meines Bruders?» Ein kurzes Lachen mit einem Anklang von Bitterkeit. «Sie kennen die sogenannten Big Five aus der Psychologie?»

Ich schüttelte den Kopf.

«Umgänglichkeit, Zuverlässigkeit, emotionale Stabilität, Extraversion und Offenheit für Erfahrungen. Das sind die Persönlichkeitsfaktoren, die herangezogen werden, um einen Menschen zu beurteilen.»

Was machte die Frau eigentlich beruflich?, fragte ich mich. João wusste es wahrscheinlich, ich nicht.

Er stieß mich an, ungeduldig.

«Gleich, João, ich habe noch nicht verstanden, was sie sagen will.» Wieder an Frau Moser gewandt, hakte ich nach: «Worauf wollen Sie hinaus?»

«Noch vor einem Jahr hätte ich meinen Bruder als durchaus umgänglich und stabil bezeichnet. Stabil als Person und in seiner Beziehung zu Barbara. Langweilig, aber in dieser Langweiligkeit zuverlässig. Extrovertiert?»

Ich unterbrach sie, um zu übersetzen.

«Extrovertiert?», nahm sie den Faden wieder auf. «Nicht besonders. Offen für neue Erfahrungen? Das hätte ich damals wahrscheinlich verneint. Und doch war er das wohl, wenn man bedenkt, was passiert ist.»

«Weißt du, was sie von Beruf ist?», fragte ich João, nachdem ich auch das übersetzt hatte.

«Personalberaterin.»

Das passte.

«Frag sie, ob sie sich auf den Verlust des Vermögens bezieht.»

«Auch», antwortete Annemarie Moser. «Nach der Katastrophe mit dem Geld, nach einem Selbstmordversuch und einem längeren Aufenthalt in der Psychiatrie hat sich sein Charakter gründlich verändert.»

«In welcher Weise?»

«Andreas flippte bei der kleinsten Kleinigkeit aus, war aggressiv. Ich weiß nicht, ob er Barbara geschlagen hat, wundern würde es mich nicht.»

«Nahm er Medikamente? Beruhigungsmittel? Xanax vielleicht?»

Kaum war das Wort Xanax gefallen, stieß mich João wieder in die Seite. Jaja, schon gut. Aber die Frage lag doch wohl auf der Hand. War doch egal, ob er sie stellte oder ich.

«Ich kann nur vermuten, dass er irgendwas verschrieben bekommen hat. Wie ich Ihnen bei unserem ersten Gespräch bereits gesagt habe, hatten wir nur noch minimalen Kontakt und waren schon vor dieser ganzen Geschichte nicht die besten Freunde.»

João zog ein Foto aus der Tasche. «Ist das Sven Binder?»

Annemarie Moser schaute gar nicht erst hin. «Ich habe den Mann nie gesehen. Das mit dem Geld lief über Andreas.»

«João, ist es dir denn nicht aufgefallen? Auf dem Foto, das du ihr zeigen wolltest, ist ein dunkler Geländewagen zu sehen.»

«Das ist kein Geländewagen, das ist ein SUV.»

«Ist doch völlig egal. Aber weißt du noch? Der Mann, mit dem ich gesprochen habe, der Sohn von dem Alten, der hat so ein Modell bei dem Wohnmobil gesehen. Meinst du, es könnte derselbe Wagen sein?»

«Ist dir klar, wie viele dieser Autos in Portugal herumfahren?»

«Aber nicht in unserer Gegend.»

Er schloss die Tür seines Audis auf. Diesmal hatte er mich zu Hause abgeholt.

«Wir haben noch Zeit bis zu der Videoverabredung mit Monika Böhm», sagte er, als wir uns anschnallten. Dieses Gespräch würden wir am Computer bei mir zu Hause führen.

«Sag nicht, du willst schon wieder in eine Bar und Kaffee trinken.»

«Warum nicht?»

«Weil du heute garantiert nicht schlafen kannst, wenn du noch mehr Koffein in dich hineinschüttest.»

«Bist du sicher, dass dich das sehr stören würde?» Er grinste mich an, sah sich um – niemand zu sehen – und gab mir einen Kuss, der nach mehr schmeckte.

«Heißt das, du bleibst über Nacht?»

«Wenn eine einzelne Dame nichts dagegen hat?»

«Die einzelne Dame wird es sich überlegen», sagte ich und grinste zurück.

Das Gespräch mit Monika Böhm war kurz.

«Nein, davon weiß ich nichts», sagte sie. «Ich wusste ja nicht einmal, dass Barbara Tagebuch geschrieben hat. Unser letztes Telefonat liegt auch schon ziemlich lange zurück, das war noch vor ihrer Abreise nach Portugal. Und wie sie darauf reagiert hätte, diesen Mann wiederzusehen, kann ich wirklich nicht einschätzen.»

Sie wiederholte für João, was sie mir bereits über Barbara Leitner und deren Alkoholkonsum erzählt hatte. «Jetzt ist auch noch Andreas tot, ich kann es gar nicht begreifen.» Das hatte sie bereits drei Mal gesagt. Dann fragte sie unter Tränen nach einem neuen Beisetzungstermin.

Ich versprach ihr, mich zu melden, sobald ich den Termin wusste, und wir beendeten die Videoschalte.

«Wenn du mich fragst, ist diese Dame dem Alkohol selbst nicht abgeneigt», meinte João und sprach damit aus, was auch ich angesichts ihres aufgedunsenen Gesichts und der vielen roten Äderchen auf Nase und Wangen gedacht hatte. Ich klappte meinen Laptop zu und sah auf die Uhr.

«Ich muss jetzt rüber zu meinen Eltern, João. Willst du wirklich nicht mit uns essen?»

«Nein danke, ich fahre zurück nach Alcoutim und esse dort eine Kleinigkeit, bevor ich mich mit Mário Gomes treffe. Ich denke, ich bin gegen zehn wieder hier. Okay?»

«Ja, sicher.»

Während ich Pai beim Abendessen half, ihn anschließend duschte und noch eine Weile mit ihm auf dem Sofa einer Schafherde beim Grasen zusah (die putzenden Katzen hatten mich auf die Idee gebracht, mit meinem Handy selbst kurze Filme für ihn zu drehen, und die Schafe mochte er besonders gern), waren meine Gedanken bei Mário und Barbara Leitner. Zum einen, weil João wahrscheinlich gerade jetzt mit Mário über diese Affäre sprach. Zum anderen, weil ich nach wie vor nicht mit den Bildern klarkam, die mir im Kopf herumgingen. Und als wären die nicht unangenehm genug, ersetzte mein dummes Hirn die Gesichter der beiden durch die von meinem Ex-Mann Justus und seiner neuen Freundin. Manchmal wünschte ich mir wirklich eine weniger ausgeprägte Vorstellungskraft.

Ich war mehr als froh, dass João mich in dieser Nacht all diese Bilder vergessen lassen würde.

Er kam spät zurück, wirkte abgespannt und nachdenklich. Ich öffnete eine Flasche Rotwein und wir kuschelten auf meinem Sofa.

«Wie gut kennst du diesen Mário eigentlich, Bela?»

«Hm?» Konnte er nicht einfach weiter über mein Haar streicheln? Ich fing gerade an, mich zu entspannen.

«Mário, wie gut kennst du ihn?»

«Wieso fragst du?»

«Weil ich den Mann nicht einschätzen kann.»

Also gut. Die Entspannung musste wohl noch warten. «Ich kenne ihn nicht besonders gut. Am Anfang, als ich wegen Mães gebrochenem Arm hier war, bin ich ein paarmal mit ihm ausgegangen. Und er hat mir immer wieder geholfen. Ich denke nicht, dass ich ohne ihn – und ohne dich natürlich – die Geschichte meiner Tante und Ricardos herausgefunden hätte. Dafür bin ich ihm auf ewig dankbar.»

Ich spürte dem Satz noch einen Moment nach. Er stimmte.

«Später habe ich ihn fast nur noch gemeinsam mit Freunden getroffen, ein- oder zweimal auch mit Mónica, seiner Freundin. Und, ehe du fragst: Nie ihm Leben hätte ich gedacht, dass er auch zu denen gehört, die Treue für ein überholtes Konzept halten. Wie anscheinend jeder Zweite in meinem Dunstkreis. Wehe, du auch!»

João gab mir einen Kuss, dann sagte er: «Ich frage mich, ob der Mann lügt.»

«Wieso?»

«Er behauptet, Barbara Leitner nur an dem einen Wochenende in Faro gesehen zu haben. Eine reine Bettgeschichte, sagt er, es hätte sich so ergeben. Sie habe ihm leidgetan, weil sie offenbar in einer unglücklichen Ehe lebte und Angst vor ihrem Mann hatte.»

«Das wissen wir doch längst.»

«Schon. Was mir zu denken gibt, ist, dass er sie nicht mehr getroffen haben will, obwohl sie hier in Alcoutim gewesen ist. Außerdem behauptet er, ihren Mann nicht gekannt oder auch nur gesehen zu haben. Aber beide haben in der Bibliothek den Internetzugang benutzt, darüber gibt es Quittungen. Dein Freund, der Bibliothekar, will davon nichts mitbekommen haben.»

«Er ist ja nicht der Einzige, der dort arbeitet.»

«Mir erscheint es trotzdem unwahrscheinlich, dass sie sich in einem derart kleinen Ort nicht noch einmal begegnet sein sollen.»

«Aber mit ihrem Tod hat er bestimmt nichts zu tun, sonst hätte er mich doch nicht gebeten, dich einzuschalten. Außerdem hatte ich den Eindruck, dass er sie wirklich gemocht hat. Selbst wenn es, wie du sagst, *nur eine Bettgeschichte* in Kombination mit Mitleid war.»

«Er wäre nicht der erste Täter, der sich in den Vordergrund spielt, um von sich abzulenken, wie du leider sehr genau weißt.»

«Hör schon auf, João, das ist ja lächerlich.»

Er redete einfach weiter, als spräche er mit sich selbst. Vielleicht tat er das auch. «Mal angenommen, Leitner hat das Tagebuch seiner Frau gefunden und so von der Affäre erfahren. Oder, ein anderes Szenario: Barbara Leitner und Mário sehen sich in Alcoutim und Leitner sieht sie. Zusammen. Der Mann ist aggressiv, neigt zum Prügeln. Also bringt er seine Frau um und geht dann auf Mário los, der schlägt zurück und …»

«Kann es sein, dass du einfach nicht weiterweißt? Wo und wann soll das denn gewesen sein? Leitner ist im Meer ertrunken, hast du mir erzählt. Außerdem ist Mário ein sanftmütiger Mann, der schlägt nicht zurück, never ever.»

«Sagtest du nicht eben, du kennst ihn nicht besonders gut? Ich habe deinen *sanftmütigen Freund* jedenfalls für morgen früh nach Faro bestellt. Für eine DNA-Probe.»

«João?»

«Ja, was?»

«Kann es sein, dass du ein klitzekleines bisschen eifersüchtig bist?»

Er brummte.

Ich hangelte mich aus seinem Arm, drehte mich zu ihm um und gab ihm einen langen Kuss.

«Dummkopf.»

18

Ich sah João nach, wie er mit langen Schritten zu seinem Auto lief. Er drehte sich noch einmal zu mir um, winkte, stieg ein und war kurz darauf verschwunden. Ich wünschte mir, das Gleiche gälte für die Gedanken, die jetzt wieder in meinem Kopf rumorten.

In der Nacht hatte João das Thema Mário mit einer Intensität weggeliebt, die mich immer noch schauern ließ. Aber kaum war er außer Sicht, sprang sein Verdacht gegen ihn wie der Teufel aus der Kiste in meine Gedanken zurück. Mich ließ nicht los, was João gesagt hatte. Dass Mário vielleicht log. Und dass er ihm sogar zutraute, Andreas Leitner geschlagen zu haben. Wenn nicht Schlimmeres.

Ich machte mir noch einen Milchkaffee und setzte mich auf meine Terrasse. Mich fröstelte. Zum einen wegen meiner Gedanken, zum anderen, weil ein frischer Wind aufkam und der Himmel sich zu bewölken begann. Der Wetterdienst hatte nochmals Sturm und Regen angekündigt. Ich zog mir meine Jacke enger um die Schultern, legte beide Hände um die warme Tasse und starrte auf die Wiese. Konnte João mit seinem Verdacht richtig liegen? Konnte ich mich tatsächlich so sehr in Mário täuschen? War ich eine derart schlechte Menschenkennerin? Nein. Es war João, der sich täuschte.

Nie im Leben hatte Mário mit dem Tod von Andreas Leitner zu tun. Das leise Klingeln meines Telefons unterbrach meine Grübelei. Es lag in der Küche. Ich ging rein, zog die Terrassentür fest hinter mir zu und schaute aufs Display.

Eine Festnetznummer, die ich nicht kannte.

«'Tou?»

«Anabela Silva?»

«Sim.»

«Nóemia hier, vom Altenheim in Alcoutim.»

«Ja?»

«Wir haben einen Platz frei für Ihren Vater.»

Mir sackten die Knie weg, ich setzte mich auf einen Küchenstuhl. «Was, aber ... so plötzlich? Ich meine, jetzt, also gleich?»

«Sie müssen sich jedenfalls schnell entscheiden. Wann der nächste Platz frei wird, kann ich natürlich nicht sagen.»

«Ja. Ja, natürlich. Ich melde mich bei Ihnen.»

«Tun Sie das. Bom dia, com licença.»

Pai ins Heim? So schnell? Aber ... Es war doch noch nicht nötig, oder? In den vergangenen Tagen hatte es doch ganz gut geklappt mit ihm ... Anabela, mach dir doch nichts vor! Morgen kann es schon wieder anders sein. Deine Mutter hat nicht mehr viel Kraft. Auch wenn du selbst noch eine Weile durchhältst, Mãe wird das nicht können. Wir hatten lange über das Thema Heim geredet und waren uns einig. Aber auch sie hatte sicher nicht damit gerechnet, dass der Anruf so bald kommen würde.

Was, wenn er dort todunglücklich würde? In einem Doppelzimmer ohne jegliche Privatsphäre? Bisher hatten wir es vermieden, mit ihm darüber zu sprechen. Würde er begreifen, warum er umziehen musste? Sollten wir ihn vor vollendete Tatsachen stellen, falls wir uns für den Platz entschieden? Ich hatte keine Ahnung. Am besten erst einmal mit Mãe reden. Es kostete mich alle Kraft, aufzustehen und zum Haus meiner Eltern zu gehen.

Dort, wo vor einer Stunde noch Joãos Wagen gestanden hatte, parkte jetzt ein roter Volvo. Ich kannte das Auto. Es gehörte meinem Cousin Ricardo Fiolhais. Ebenjenem Cousin, den zu finden mir Mário geholfen hatte. Ich hatte ihn schon ziemlich lange nicht mehr gesehen. Nenhum pardal cai à terra sem a vontade de Deus, behauptet Mãe gern. Kein Sperling fällt auf die Erde ohne Gottes Wille. Meine Mutter glaubt nicht an Zufälle. Ricardo vermutlich auch nicht. Er ist mindestens so katholisch wie sie.

Das ist einer der Gründe, warum ich nicht mit ihm warm geworden bin. Mãe schon. Doch trotz der herzlichen Verbindung der beiden findet Ricardo nur selten den Weg zu uns. Er betreibt eine Apotheke in Faro, hat zwei Söhne, die in Coimbra studieren, und stets wenig Zeit. Doch ich weiß, dass Mãe und er oft telefonieren. Wahrscheinlich tauschen sie dabei Bibelstellen aus. Sei nicht so gehässig, du Ungläubige, rief ich mich zur Ordnung. Vielleicht gab es ja wirklich keine Zufälle. Vielleicht war es ganz gut, dass er gerade heute da war.

Pai saß im Morgenmantel allein auf der blauen Bank vor dem Haus und schaute auf die Straße. Ich setzte mich für einen Moment neben ihn.

«Bom dia, Pai. Wir haben Besuch, wie ich sehe.» Ich zeigte auf das rote Auto.

Aber er sah mit starrem Blick daran vorbei auf die Straße. Unser Dorf liegt auf einem Hügel und das Haus meiner Eltern höher als meins. Von der Bank aus lässt sich bestens beobachten, wer und was sich auf der Straße bewegt. Meistens wenig. In diesem Moment nichts. Es war einer dieser Tage, an denen man bei uns in Ruhe den Fliegen dabei zugucken kann, wie sie von der Wand fallen.

«Pai? Ricardo ist da. Cousin Ricardo, dein Neffe.»

Keine Reaktion.

«Pai?»

Endlich sah er mich an. Fragend. «Und wer sind Sie?»

Mir schossen Tränen in die Augen. Das war noch nie passiert. Ich nahm seine Hand und er zuckte zurück, als hätte ihn ein Wildfremder berührt. Es tat unglaublich weh. «Komm, Pai, wir gehen ins Haus.»

«Will nicht! Weg!» Er schubste mich von sich, legte ordentlich Kraft in den Stoß und hob eine Hand zum Schlag.

«Pai, bitte, ich bin es doch, Anabela.»

Es dauerte bestimmt zehn Minuten, bis er sich beruhigte. Zehn lange, traurige Minuten. Zehn Minuten, in denen ich begriff: Der Anruf aus dem Heim war nicht zu früh gekommen, sondern genau zur richtigen Zeit. Endlich ließ Pai sich von mir ins Haus führen. Gerade rechtzeitig, um Ricardo in der Küche sagen zu hören: «Es ist eine Prüfung Gottes, Tia Rita. Ich werde für euch beten, damit ihr die Kraft findet, bis zum Ende für Tio Hugo da zu sein. Ein Heim ist keine Lösung. Das ist nicht im Sinne des Herrn.»

19

«Wusste ich's doch!» João Almeida schlug mit der flachen Hand auf den Tisch. «Er lügt.»

Vor ihm lagen die Aussagen von Zeugen, die Andreas Leitner gesehen haben wollten. Inzwischen hatten Pinto und Soares alle Anrufe durchgearbeitet und sieben als ernstzunehmend bewertet. Nachdem Almeida zunächst das Protokoll vom Anruf des Ukrainers gelesen hatte und dann die Aussagen von drei Frauen und einem Mann, denen das Ehepaar Leitner in Supermärkten und Bars aufgefallen war, stieß er zuletzt auf den Zettel, der seinen Adrenalinspiegel nach oben trieb.

Schwarz auf weiß, in ordentlichen Druckbuchstaben, stand in dem Protokoll der Name Mário Gomes. Gleich unter dem ins Formular eingetragenen Datum und dem Namen des Anrufers. Keine vage Beschreibung, nein. Der Mann, der sich gemeldet hatte, war sich sicher, Leitner im Gespräch mit dem Bibliothekar gesehen zu haben. Er habe in der klassischen Radlerkluft neben seinem Fahrrad gestanden, in der Nähe des Friedhofs von Alcoutim. Almeida zweifelte nicht eine Sekunde, dass es sich tatsächlich um Andreas Leitner gehandelt hatte. Ha, Anabela! Mário Gomes ist ein faules Ei. Ob es dir nun gefällt oder nicht. Von wegen eifersüchtig. Er nahm noch einmal das Anrufprotokoll des Ukrainers zur Hand. Dessen Beschreibung des zweiten Mannes passte leider nicht auf Gomes. Aber man konnte nicht alles haben.

Almeida überlegte, dann rief er Pinto an.

«Paulo, den Ukrainer übernehme ich. Dafür redest du mit Mário Gomes.» Er hatte keine Lust, sich irgendwann von irgendwem Voreingenommenheit vorwerfen zu lassen. In wenigen Sätzen setzte er Pinto ins Bild. «Er kommt heute für eine DNA-Probe her.»

«Da freue ich mich direkt drauf», sagte Pinto. «Bibliothekare konnte ich noch nie leiden.»

«Tu nicht so, als seist du je in einer Bibliothek gewesen.»

«Eben.»

Sie lachten. «Ist Soares da? Frag sie bitte, wo die Ergebnisse der Gesichtserkennung bleiben.» Er hörte die beiden reden, dann war Paulo wieder am Apparat.

«Der Experte war krankgeschrieben und ist erst seit heute wieder im Dienst. Anscheinend ist er der Einzige, der sich mit dem Programm auskennt. Kann sein, dass er sich heute noch meldet.»

«Okay, nicht zu ändern.»

In diesem Moment klingelte es in der zweiten Leitung.

«Besprechung um fünf, Paulo.»

Er drückte auf den Knopf für Leitung zwei.

«Bruno? Bom dia, wie geht's?»

«Ich habe nicht viel Zeit, João. Hör zu: In Sven Binders Umfeld hat es schon einmal einen ungeklärten Todesfall gegeben, er hatte wohl anfangs einen Partner. Erschossen, angeblich Selbstmord, aber mit einigen Fragezeichen. Binder wurde befragt, man konnte ihm aber nichts nachweisen. Deshalb steht es auch nicht in seiner Fahndungsakte.»

«Und wieso weißt du davon, wenn es nicht in der Akte steht? Nein, vergiss die Frage.»

Bruno ist verdammt gut vernetzt, mehr muss ich nicht wissen, dachte Almeida.

«Und sonst? Aha, ja, gut, dann ist das geklärt. Danke.»

Es gab keine Anzeigen von geprellten Anlegern in Portugal, jedenfalls keine, von denen Brunos Dezernat wusste. Er wollte das Gespräch schon beenden, als der Kollege nachschob: «Wir haben natürlich größtes Interesse daran zu erfahren, ob der Mann hier ist. Meine Kollegen in Österreich scharren schon mit den Hufen. Du hältst mich doch auf dem Laufenden, João?»

«Claro. Até breve.»

Eigentlich kein Wunder, dachte Almeida, nachdem er aufgelegt hatte. Wenn Sven Binder an der Algarve aktiv war, hielt er sich vermutlich an andere Ausländer. Reiche Portugiesen konnte man hier ohnehin mit der Lupe suchen. Es gab sie, klar, aber die Mehrheit der Reichen saß in Lissabon oder Porto. In der Algarve wurde Reichtum geschöpft, aber nicht unbedingt verteilt. Nein, es war in jeder Hinsicht wahrscheinlich, dass ein Anlagebetrüger aus Österreich im Meer der wohlsituierten Touristen und Residenten fischen würde. Und ob die sich im Fall der Fälle an die portugiesischen Behörden wenden würden, war mehr als fraglich.

Dann kam ihm ein anderer Gedanke: Der Mönch würde es nicht schätzen, wenn er ihm nicht erzählte, dass ein von Interpol gesuchter Verbrecher in ihren Fall verwickelt sein könnte. Ganz im Gegenteil: Ein Fahndungserfolg der PJ

Faro in so einem Fall musste so ziemlich genau das sein, wovon ein Staatsanwalt seines Schlages träumte. Darüber würden sie alle berichten. Die Fernsehsender RTP, TVI, SIC, die Zeitungen *Público*, *Correio da Manhã*, einfach alle.

Andererseits war es vielleicht noch zu früh, ihn zu informieren. Sie waren sich schließlich noch nicht sicher. Geschweige denn, dass sie wüssten, wo an der Algarve der Mann zu finden war, wenn er sich tatsächlich hier aufhielt. Sollte er mit seinem Anruf noch warten? Aber womöglich kam dem Mönch auf anderen Wegen etwas zu Ohren. Das war nie auszuschließen. A pensar morreu um burro, dachte Almeida. Beim Denken ist ein Esel gestorben. Nun entscheide dich schon. Er griff zum Telefon. Und legte wieder auf. Er würde warten, bis das Ergebnis des Lichtbildexperten da war.

20

«Ich kenne den Mann, mit dem der andere Streit hatte», sagte Bohdan Malynka in Almeidas Büro gerade, als Samanta Soares in die Befragung platzte und rief: «Matthias Fischer!»

Malynka drehte sich auf seinem Stuhl Richtung Tür. «Woher wissen Sie das?»

«Woher weiß ich was?»

«Ich hab den Namen doch noch gar nicht genannt.»

«Nun mal langsam», sagte Almeida. «Einen Augenblick, Senhor Malynka. Wovon redest du, Samanta?»

«Der Wagen auf dem Foto. Es kamen zehn Hondas dieses Typs im Distrikt Faro in Frage, zu denen das Teilkennzeichen passt. Nur einer ist dunkelblau. Und der ist auf den Namen Matthias Fischer zugelassen. Ein Deutscher, der in Portugal gemeldet ist.»

«Ein Boot hat er auch», schaltete sich Bohdan Malynka ein, «das liegt in der Marina von Vila Real. Deshalb kenne ich ihn ja.»

«Samanta, nimm dir einen Stuhl und dann hören wir uns erst einmal in Ruhe an, was unser Zeuge zu erzählen hat.»

«Also, Senhor Malynka, jetzt noch mal von vorn. Sie

sagten, Sie hätten diesen Mann hier» – Almeida deutete auf das Foto von Andreas Leitner, das auf seinem Schreibtisch lag – «in der Marina gesehen, wo er sich mit einem anderen Mann stritt, den Sie als Matthias Fischer kennen.»

«Das stimmt. Die waren beide mächtig sauer. Ich glaube, es ging um eine Frau. Ich verstehe noch ein bisschen Deutsch. Bevor ich nach Portugal gekommen bin, habe ich drei Jahre in Berlin gearbeitet.»

Der kräftige Mann mit dem Oberlippenbart und der hohen Stirn lächelte. «Dort habe ich meine Frau kennengelernt, sie ist Portugiesin. Lange her, wir leben seit fünfzehn Jahren hier.»

«Es ging um eine Frau? Nicht vielleicht um Geld?»

«Wie gesagt, mein Deutsch ist nicht besonders gut. Ich habe nicht alles verstanden und auch nicht alles gehört, die haben ja mal lauter, mal leiser gesprochen. Und dann kam ein Boot, das ich betanken musste. Danach habe ich die Männer nicht mehr gesehen.»

«Wo genau haben sich die beiden gestritten?»

«Auf dem Parkplatz am Fähranleger. Der ist nur ein paar Meter von der Tankstelle weg.»

Almeida rief das Bild des Mannes auf, den Barbara Leitner fotografiert hatte, und drehte den Bildschirm seines Computers so, dass der Zeuge es sehen konnte. «Ist das Matthias Fischer?»

«Ja, genau, das ist er.»

«War die Auseinandersetzung tätlich?», fragte Almeida.

«Tätlich? Was bedeutet das?»

«Sind Fäuste geflogen, haben die Männer sich geschlagen?»

Malynka schüttelte den Kopf. «Nicht, solange ich sie sehen konnte.»

«Noch einmal zu dem, was Sie gehört haben. Sie sagten, es ging um eine Frau. Können Sie sich genauer erinnern, was gesagt wurde?» Almeida schaute den Mann gespannt an.

«‹Wo ist sie? Ich will wissen, wo sie ist!› Das hat Fischer ein paarmal gefragt, sehr laut. Da bin ich sicher. Aber sonst …?» Er hob die Hände.

«Gut, danke. Wer von den beiden war der Aggressor? Wie würden Sie das einschätzen?»

«Sie meinen, wer von denen den Streit angefangen hat? Keine Ahnung, das hab ich nicht mitbekommen. Und aggressiv waren beide.» Er überlegte einen Moment. «Sie standen voreinander wie … wie wütende Stiere. Ja, genau. So war das.»

«Samanta, hast du noch Fragen an den Zeugen?»

Soares nickte. «Wie gut kennen Sie Matthias Fischer?»

«Nur von der Arbeit. Ich hab die Maschine seines Bootes überholt, vor ein paar Monaten. Ein freundlicher Mann, hat gut bezahlt.» Plötzlich schoss Malynka die Röte ins Gesicht.

Schwarzarbeit, vermutete Almeida. Das interessierte ihn nicht im Mindesten. Er lächelte ihm beruhigend zu. «Nennen Sie mir bitte den Namen, Typ und Liegeplatz des Bootes.»

Kaum hatte Malynka die Angaben gemacht, entfuhr es Almeida: «Wie bitte? Das Boot heißt *Black Money*?» Er wechselte einen Blick mit Soares. «Ganz schön dreist.» Dann wandte er sich wieder an den Zeugen. «Eins noch,

Senhor Malynka. Hatte dieser Mann» – wieder zeigte er auf das Foto von Leitner – «hatte er vielleicht eine Tasche bei sich? Oder haben Sie sein Rennrad gesehen?»

Bisher waren weder das Rad noch Gepäck, Telefon oder Papiere des Toten gefunden worden.

«Er hatte so eine Gürteltasche um den Bauch. Auf ein Rad habe ich nicht geachtet. Aber angezogen war er wie einer dieser Radrennfahrer, das habe ich ja schon gesagt.»

«Gut. Dann bedanken wir uns für Ihre Aussage. Wenn Sie dann bitte im Sekretariat warten. Sie müssten noch das Vernehmungsprotokoll unterschreiben, wenn es fertig ist. Das kann eine halbe Stunde dauern.» Almeida, der das Gespräch auf seinem Telefon mitgeschnitten hatte, leitete die Audiodatei an die Sekretärin weiter.

Bereits an der Tür drehte sich Bohdan Malynka noch einmal um. «Ich weiß nicht, ob das für Sie interessant ist, aber Fischer ist später an dem Tag noch mal raus mit dem Boot.»

«Allein?»

«Zumindest hab ich sonst keinen gesehen.»

«Ein guter Zeuge», sagte Soares, als sie allein waren. «Endlich haben wir einen Verdächtigen. Ein heftiger Streit, so kurz vor Leitners Tod? Das halte ich nicht für einen Zufall. Vielleicht ist dieser Streit später eskaliert.»

«Aus meiner Sicht haben wir zwei Verdächtige.»

«Zwei? Wen denn noch?»

«Mário Gomes.»

«Den Bibliothekar? Wie kommst du denn auf den?»

«Er hat sich ebenfalls mit Andreas Leitner getroffen. Auch dafür gibt es einen Zeugen.»

«Ja, ich erinnere mich. Aber macht ihn das gleich verdächtig?»

«Ja. Weil er diese Begegnung mir gegenüber abgestritten hat und steif und fest behauptet, Leitner nicht zu kennen. Paulo befragt ihn gerade, lässt sich eine DNA-Probe geben und nimmt ihm Fingerabdrücke ab. Ich wüsste zu gern, ob der Herr der Bücher im Wohnmobil gewesen ist.»

Eine halbe Stunde später – Soares war wieder in ihrem Büro – kam die Nachricht, auf die sie gewartet hatten. Sie griff zum Telefon.

«Er ist es, João. Sven Binder und Matthias Fischer sind ein und dieselbe Person.»

21

Hätte ich Pai nicht am Arm gehabt, ich weiß nicht, was passiert wäre. Womöglich hätte ich Ricardo Mães Marienstatue über den Kopf gehauen, die auf einem Küchenregal stand. So aber musste ich mich zusammenreißen. Ich brachte Pai ins Wohnzimmer, machte ein Video an, holte ihm eine Tasse Tee aus der Küche. Biss die Zähne zusammen, als Ricardo mich mit einem freundlichen «Bom dia, Cousine Anabela, lange nicht gesehen» begrüßte. Ich schwieg – und wäre fast an all den Worten erstickt, die mir in der Kehle steckten. Bis ich mit Mãe und meinem Cousin am Tisch saß.

«Was bildest du dir eigentlich ein? Du bist seit ewigen Zeiten nicht hier gewesen, hast dich für Pais Krankheit einen Scheißdreck interessiert, von der Pflege ganz zu schweigen – und jetzt kommst du uns mit Christenpflicht? Geht's noch? Raus hier!»

Ich fand, ich hatte mich vergleichsweise milde ausgedrückt. Aber da war ich wohl die Einzige im Raum. Vier weit aufgerissene Augen starrten mich an. Mãe wurde blass, Ricardos Gesicht lief rot an. Der kleine Leberfleck über seiner rechten Augenbraue, der mich so sehr an meine Tante erinnerte, sah in dem Rot aus wie ein schwarzer Tintenfleck. Mãe bekam zuerst den Mund auf.

«Filha, wie redest du denn mit Ricardo? Und im Übrigen ist das hier immer noch mein Haus, in dem ich weder Unhöflichkeit noch gottloses Gerede dulde!»

Mein werter Cousin erhob sich. «Ich bleibe nicht, wenn ich nicht erwünscht bin.»

«Ja, geh! Und nimm Pai mit, dann kannst du ganz im Sinne des Herrn deine Kraft für deinen lieben Onkel einsetzen. Platz hast du ja genug in deinem riesigen Haus. Wir werden auch für dich beten!»

Bestimmt wäre meine kleine Ansprache noch beeindruckender gewesen, wäre ich nicht im nächsten Moment in Tränen ausgebrochen. «Er hat mich nicht mehr erkannt», schluchzte ich, «Pai hat mich nicht erkannt!» Und, leiser: «Er ... Er wollte mich schlagen.»

In der Küche war nichts anderes zu hören als das Brummen des Kühlschranks und mein Schniefen. Ricardo stand noch neben seinem Stuhl und rührte sich nicht. Schließlich brachte ich heraus: «Wir haben einen Platz im Heim, Mãe. Sie haben angerufen.»

Mães Augen füllten sich ebenfalls mit Tränen. Und mein Cousin war klug genug, den Mund zu halten.

«Aber», setzte Mãe an.

«Kein Aber, Mãe. Bitte. Wir müssen es versuchen. Wir können ihn besuchen, wir können uns weiter um ihn kümmern. Aber wir brauchen jetzt wirklich Hilfe. Wir waren uns doch einig.»

Ich sah den fragenden Blick, den sie Ricardo zuwarf. Unsicher, was sie tun sollte. Ich blitzte meinen Cousin an, warnte ihn mit meinem Blick.

«Unter diesen Umständen, Tia Rita, ist es vielleicht

doch, ich meine, vielleicht ist es sogar eine göttliche Fügung.»

Entschlossen stand ich auf. «Dann rufe ich jetzt im Heim an.»

22

Die Luft schien zu vibrieren. Männer und Frauen rutschten unruhig auf ihren Stühlen hin und her. Dr. César Fernandes Frade thronte am Kopfende eines langen weißen Schleiflack-Esstisches und verströmte Wichtigkeit. Almeidas Team war vollzählig versammelt und rechts und links der Tür lehnten Kollegen der Schutzpolizei. Das Dezernat für Wirtschaftskriminalität hatte zwei Leute geschickt.

«Der Mann steht unter Mordverdacht, er gehört zuerst uns.» Almeida hatte nicht vor, den Haftbefehl von Interpol höher zu bewerten als seine eigene Ermittlung. Auch wenn der Verdacht gegen Sven Binder alias Matthias Fischer noch auf tönernen Füßen stand. Und er war alles andere als begeistert von dieser Versammlung verschiedener Polizeikräfte, die der Mönch persönlich angeordnet hatte, hielt sie für übertrieben und unnötig.

«Kein Problem aus unserer Sicht», sagte einer der Wirtschaftsleute. «Den Kollegen in Österreich ist vor allem wichtig, dass er festgesetzt wird. Einer von ihnen ist hierher unterwegs.»

Der Mönch machte sich so groß er konnte und ergriff das Wort. «Keine Sorge, der entgeht uns nicht. Alles unverändert?» Er sah einen der Uniformierten neben der Tür an, der die Frage über sein Funkgerät weitergab. Knisternd hörten sie die Antwort: «Der Wagen steht vor der Tür, im oberen Stockwerk ist ein Fenster offen, ebenso die Terrassentür. Er hat das Haus nicht verlassen, seit wir hier sind.»

Die Villa, die Sven Binder unter dem Namen Matthias Fischer gekauft hatte, lag am Rand einer Golfanlage. Jeder Rasenfleck, jedes Gebäude, jede perfekt gepflegte Palme auf dem mehrere Hektar großen Gelände dünstete Geld aus, sehr viel Geld. Es war eine hinter Mauern verborgene und von einem Pförtner vor Eindringlingen geschützte Kunstwelt, zu der auch ein Country Club gehörte. Wer hier kaufte, konnte das sogenannte Goldene Visum bekommen. Soares hatte erzählt, dass alle Immobilien in der Anlage für das Programm qualifiziert waren. Mit anderen Worten: Sie kosteten fünfhunderttausend Euro aufwärts und brachten ihren neuen Besitzern samt ihren Familien auf Wunsch nach ein paar Jahren einen EU-Wohnsitz und sogar die portugiesische Staatsbürgerschaft ein. Vermutlich gehörten nicht wenige dieser Objekte inzwischen Chinesen und Russen. Soweit Almeida wusste, wurde das Programm vor allem von ihnen genutzt.

Die größeren Häuser – wie das von Binder-Fischer – hatten ihren eigenen Pool und großzügige Terrassen. Sie unterschieden sich nur in Größe und Farbe, die meisten waren in Reihe gebaut, alle im gleichen Stil. Viele Säulen, Bögen und Balkone. Das Haus des Finanzjongleurs gehörte zu den wenigen Einzelvillen und war in einem kräftigen Mangoton gestrichen, in dem die Fensterläden grellweiß leuchteten. Von seinem Balkon aus hatte der Mann über den Achtzehn-Loch-Platz hinweg freien Blick auf den Atlantik. Almeida gestattete sich ein kurzes Grinsen bei der Erinnerung an einen Werbetext, den ihm Soares gezeigt hatte, bevor sie hierhergefahren waren.

> Jedes Loch ist ein Designjuwel, das sich mühelos in diese natürliche Leinwand einfügt, von seiner genialen Form und den skulpturierten Bunkern bis hin zu der beeindruckenden Präsentation und der Liebe zum Detail, die jedes Loch so bemerkenswert macht wie das nächste.

Der Manager wäre über eine derart schlichte Bezeichnung wie Achtzehn-Loch-Platz vermutlich entsetzt. Und ganz sicher war er entsetzt über den Polizeieinsatz in seiner Edelanlage. Das Luxus-Apartment für begüterte Mieter, in dem sie jetzt saßen, hatte er höchst widerwillig zur Verfügung gestellt. Almeida konnte seine Zähne noch immer knirschen hören. Er hätte selbst mit den Zähnen knirschen mögen. Was für ein völlig überzogener Auftritt. Binder alias Fischer war Anlagebetrüger, kein Terrorist. Falls er gemordet hatte, dann nicht mit Hilfe von Sprengstoff und Maschinengewehr. Eine nette, gewöhnliche Festnahme hätte völlig gereicht. Nur leider nicht dem Mönch. Almeida durfte wahrscheinlich froh sein, dass der Mann kein Sondereinsatzkommando bestellt hatte.

«Dann los, Kollegen», sagte Fernandes in diesem Moment. «Fangen Sie den Fisch!» Er klatschte tatsächlich in die Hände.

Almeida und Pinto standen auf. Das Gebäude, das sie wenig später verließen, war gut einhundert Meter vom

Haus des Betrügers entfernt. Erst einmal nur sie beide, das hatte Almeida durchsetzen können. Er suchte mit den Blicken nach den Beamten, die das Haus beobachteten, sah aber niemanden. Außer einem Gärtner, der in einiger Entfernung Rasen mähte, war überhaupt niemand zu entdecken. Die ganze Anlage wirkte wie ausgestorben. Nur die Blätter, die heftige Windböen von sorgfältig gestutzten Büschen schlugen und über den Asphalt wehten, vermittelten so etwas wie Lebendigkeit. Am Himmel türmten sich düstere Wolken auf. Das angekündigte Unwetter würde nicht mehr lange auf sich warten lassen.

Sie erreichten die Haustür.

Almeida drückte auf den Klingelknopf. Ein melodisches Glockenspiel erklang. Nichts rührte sich. Ein zweites Mal verklang das Glockenspiel, ohne dass etwas passierte. Nicht das kleinste Geräusch drang aus dem Haus.

«Und jetzt?»

«Jetzt gehen wir hinten rum. Die Kollegen haben doch gesagt, die Terrassentür steht offen.»

«Matthias Fischer? Polícia Judiciária. Wir kommen jetzt rein.»

Nichts.

Beide zogen ihre Dienstwaffen. Almeida betrat das Haus als Erster. Eine Wohnlandschaft in Weiß auf terrakottafarbenen Bodenfliesen, im Essbereich der gleiche Schleiflacktisch wie in dem Apartment, in dem sie bis vor wenigen Minuten gesessen hatten. Ähnlich wie in Almeidas eigener Wohnung trennte ein Tresen die offene Küche vom Wohnbereich. Von der hier verbauten Qualität der Materialien und Geräte konnte ein Mann wie er allerdings nur träumen.

Auf dem Tresen standen die Reste eines Frühstücks. Eine Tasse, ein Teller mit Krümeln, ein leerer Brotkorb. Ein Glas Doce de Tomate. Almeida verzog das Gesicht. Er konnte Tomatenmarmelade nicht leiden. In der Tasse war ein Rest Milchkaffee. Er berührte das Porzellan. Kalt.

Noch einmal rief Almeida. «Senhor Fischer?» Keine Antwort.

«Meinst du, unser Fisch ist längst weggeschwommen, Paulo?»

Pinto kicherte. «Wenn, dann möchte ich das Gesicht vom Mönch sehen, sobald er kapiert, dass er ein leeres Haus hat beobachten lassen.»

Almeida stand bereits an der Treppe zum ersten Stock. «Gleich werden wir es wissen.» Er wischte sich eine Fliege aus dem Gesicht, die sich ins Treppenhaus verirrt hatte.

Sekunden später hörte er den Chor. Den vertrauten Chor der Fliegen. Mit jedem Schritt weiter nach oben wurde das Summen lauter.

23

«Puta de merda!», fluchte Pinto und starrte auf die Leiche.

Almeida nahm schweigend Latexhandschuhe aus seiner Jacketttasche und versuchte, den Arm des Mannes zu bewegen, dessen tote Augen einen Punkt an der Wand zu fixieren schienen. «Die Starre setzt gerade erst ein, lange kann er noch nicht tot sein.» Er verscheuchte die letzten Schmeißfliegen, die unter lautem Brummen aus dem offenen Fenster flogen. An der rechten Schläfe klaffte eine tiefe Wunde, Blut war in den wollweißen Teppich gesickert, auf dem der Mann neben seinem Bett zusammengebrochen war.

Nicht weit vom Körper entfernt lag ein Golfschläger. Almeida hob ihn an. Der längliche, eckige Kopf war aus Stahl. Ein Siebener-Eisen. An einer der Längsseiten klebten getrocknetes Blut und Haare. «Wie es aussieht, müssen wir nicht nach der Tatwaffe suchen.» Er legte den Schläger in seine ursprüngliche Position zurück und sah sich aufmerksam in dem Raum um, ohne noch etwas zu berühren. Sven Binder alias Matthias Fischer war offensichtlich im Begriff gewesen zu verreisen. Nach der Anzahl der Gepäckstücke zu urteilen sicher nicht nur zu einem Wochenendtrip. Der Golfschläger stammte vermutlich aus der Golftasche neben der Tür. Er sah nach. In der Tat. Das Siebener-Eisen fehlte.

Über einer Kommode stand der Wandsafe offen. Almeida ging näher, sah mehrere Pässe verschiedener Nationalitäten, einen Stapel Papiere, aber kein Geld, keinen Schmuck. Er ging zurück zu der Leiche. An Binders linkem Ringfinger steckte ein schwerer Ring. Gold und Diamanten, ziemlich klobig für Almeidas Geschmack, aber bestimmt nicht billig. Der Tote trug ein weißes Shirt und darüber eine dunkelblaue Sweatshirt-Jacke. Almeida schob den rechten Ärmel ein Stück zurück. Eine goldene Rolex. Was sonst.

«Paulo, informier Soares. Ihr kümmert euch um einen Arzt und die Spurensicherung. Ich rede mit dem Mönch.»

Zehn Minuten später fing Almeida den Staatsanwalt auf der Terrasse der Villa ab. Er traute dem Mann durchaus zu, direkt an den Tatort zu stürmen und jede Spur zu zertrampeln, die vielleicht zu finden war.

Fernandes war hochrot im Gesicht, die Ader an seiner Stirn pochte derart stark, dass Almeida sich fragte, ob der Arzt, der jeden Augenblick kommen musste, nicht zuerst den Staatsanwalt betreuen müsste.

«Was haben Sie sich dabei gedacht, Almeida? Da haben wir einen großen Fisch im Netz, und Sie? Was machen Sie? Sie finden ihn tot!»

Almeida schloss für einen Moment die Augen und atmete tief durch. Dem Mann musste ein Teil seines Hirns abhandengekommen sein. Er sollte seine Gespräche mit diesem Idioten mitschneiden und sie dessen Vorgesetzten vorspielen. Dann wäre er diesen Staatsanwalt vielleicht für immer los. Wahrscheinlich aber nicht. Im Präsidium war es ein offenes Geheimnis, dass Fernandes seine Position *cunhas* verdankte, den Beziehungen seiner Familie. In diesem Moment öffnete der Himmel seine Schleusen.

«Sie berichten mir!», rief Fernandes, zog sich die Jacke über den Kopf und rannte zurück in Richtung Apartment. Almeida betrat erneut das Wohnzimmer des Toten, wo Soares und Pinto auf die Ankunft des Arztes und der Kollegen warteten. Sie sahen genauso frustriert aus, wie er sich fühlte.

«Und jetzt?», fragte Soares.

«Jetzt suchen wir einen weiteren Mörder, was sonst?»

«Aber wie sollen wir denn nun klären, ob Binder die Leitners auf dem Gewissen hat?»

«Durch gute alte Ermittlungsarbeit, Samanta, wie immer. Kopf hoch!»

Es fiel ihm schwer, der Kollegin gegenüber optimistisch zu erscheinen. Ihm ging es nicht anders als ihr. Das Gefühl, wieder am Anfang – und vielleicht sogar am Ende – der Aufklärung im Fall Leitner zu stehen, drohte, ihn nach unten zu ziehen. Und jetzt noch die neue Leiche. Er fühlte sich wie damals, als er noch aktiv Rad gefahren war, oft in der bergigen Gegend um Monchique. Kaum hatte man einen Berg geschafft und raste abwärts, lag die nächste Steigung vor einem – und mit ihr kam das Gefühl, nie im Leben auch noch diesen Berg bewältigen zu können.

Wenn wenigstens die Befragung von Mário Gomes zu etwas geführt hätte. Aber nein. Pinto hatte Soares und ihm während der Fahrt von Faro hierher von seinem Gespräch berichtet. «Er besteht weiter darauf, dass er Andreas Leitner nicht kannte. Als ich ihn mit der Zeugenaussage konfrontiert habe, meinte er sich daran zu erinnern, dass ihn vor einiger Zeit ein Radfahrer gefragt hat, ob es an der Strecke am Fluss entlang ein Restaurant oder eine Bar gebe. Wenn das Leitner gewesen sei, habe er das nicht gewusst. Und ich wüsste nicht, wie wir das widerlegen sollten.»

Almeida tauchte aus seinen Gedanken auf und hob die Stimme. «Binder beziehungsweise Fischer hatte ein Boot, das wir untersuchen werden. Ebenso wie seinen Computer und sein Telefon, falls wir beides hier finden. Für den Rechner werden sich auch die Kollegen von der Wirtschaftskriminalität brennend interessieren.»

Pinto nickte. «Es könnte Raubmord gewesen sein. Ein Typ wie der hatte doch garantiert Geld im Safe. Was denkst du?»

«Ich denke, dass ein Raubmörder auch den Ring vom Finger gezogen und die Uhr mitgenommen hätte. Und es wäre hier nicht so ordentlich, das Gepäck wurde nicht durchwühlt.» Das Glockenspiel der Klingelanlage ertönte. «Für mich sieht auf den ersten Blick alles nach einer spontanen Tat aus, aus der Situation geboren.» Noch einmal ging er das Bild durch, das sich im Schlafzimmer geboten hatte. Die offenen Koffer, die Golftasche, der offene Tresor, der Tote. Was hatte die Eskalation ausgelöst? Etwas in dem Raum sagte ihm, dass dort der Schlüssel lag.

«Ein Schritt nach dem anderen, Paulo.» Almeida sah zur Tür. «Das werden die Kollegen sein.»

Kurze Zeit später stand der Chefinspektor im Zentrum des Golfresorts erneut vor dem Manager, dessen Haut unter der Sonnenbräune den Ton des hellen Marmors angenommen hatte, der das Dekor der Rezeption prägte.

«Eine Liste aller Gäste, die wir derzeit haben, samt Angabe ihrer Nationalität? Sie wollen tatsächlich mit allen sprechen? Sie glauben doch nicht, dass … Hören Sie, wir haben hier ausschließlich eine Klientel, die …»

«Ja? Die was?»

Der Mann sah Almeida ins Gesicht und verstummte.

«Ob wir mit allen sprechen, werden wir noch entscheiden. Ach ja, das Apartment werden wir noch eine Weile brauchen.»

«Sie wollen hier …?»

«Ja, wollen wir. Ich bräuchte außerdem eine Liste der Angestellten, die mit dem Haus des Toten zu tun hatten. Putzhilfen, Gärtner und so weiter.»

24

Nicht schon wieder, dachte ich, als ich zurück in meinem Häuschen war und das Klingeln des Handys ertönte. Noch mehr Überraschungen konnte ich heute wirklich nicht gebrauchen. Nicht mal positive. Ich fühlte mich so erschöpft, als wäre ich kilometerweit bergauf gelaufen. Nur ein kurzer Blick aufs Display. Ich war fest entschlossen, nicht dranzugehen, wer auch immer da anrief. Mário. Oh nein, ganz sicher nicht. Zwei Minuten später klingelte es wieder. Ich sah nicht mehr hin, ließ das blöde Handy auf dem Küchentisch und setzte mich an meinen Schreibtisch, begann mit einer Liste. Was würde Pai alles brauchen?

Nicht viel. Kleidung, seine Kulturtasche. Seine Lieblingsdecke? Die Videos? Unsinn. Im Heim gab es keine Fernseher auf den Zimmern, nur im Gemeinschaftsraum. Ein Programm für alle. Und kaum Platz für persönliche Gegenstände in den Zimmern. Ein Foto von uns? Ja, das auf jeden Fall. Das konnten wir auf seinen Nachttisch stellen. Hatte ich ein Foto? Ich fand eines auf meinem Laptop. Pai, Mãe und ich auf der Insel Culatra. Aufgenommen vor acht Jahren von Justus. Drei glückliche Gesichter. Für den Ausdruck würde ich in die Stadt fahren müssen, dann konnte ich auch gleich einen Rahmen besorgen, am besten noch heute. In der Küche klingelte das Telefon. Wieder und wieder.

Vor ein paar Stunden noch war mir die Frage, ob Mário ein Lügner oder sogar Schlimmeres war, ungeheuer wichtig erschienen. Jetzt erschien es mir so wichtig wie das Schlagloch in der Gasse vor meinem Haus. Pai war wichtig. Wie es ihm im Heim gehen würde. Sonst nichts. Aber das dauernde Klingeln nervte. Ich stand auf, um Mário kurz abzufertigen.

Fünf verpasste Anrufe von João. Am helllichten Tag. Spürte er, dass meine Welt gerade aus den Fugen geraten war? Zum ersten Mal, seit die Pflegedienstleiterin angerufen hatte, fühlte ich mich ein bisschen leichter und drückte auf Rückruf.

«João, meu amor.» Weiter kam ich nicht.

«Anabela, gut, dass ich dich erreiche.» Seine Stimme klang gehetzt. «Du wirst es nicht glauben, aber Sven Binder ist tot.»

«Wer?» Im ersten Moment hatte ich nicht den Hauch einer Ahnung, von wem die Rede war. Und im zweiten dachte ich: Was interessiert mich Sven Binder? Ob der tot war oder nicht, war mir gerade so was von egal. Und genau das sagte ich auch. In deutlich weniger gepflegten Worten.

«Was ist passiert, Bela?», fragte er nur.

Und dann – als alles aus mir herausgebrochen war – lachte er. Was heißt lachte? Er brüllte vor Lachen. Ging's noch?

«Entschuldige, Bela, das ist natürlich überhaupt nicht lustig. Ich sehe nur gerade vor mir, wie du Ricardo zusammenfaltest. Da wäre ich zu gern dabei gewesen.» Er giggelte noch einmal kurz, dann erklärte er: «Und ich brauchte wohl gerade ein Ventil.»

Ein ungewöhnlicher Satz aus seinem Mund. Es war an der Zeit, ihm zuzuhören, statt in der Suppe meiner eigenen Probleme zu löffeln. «Erzähl.»

«Kannst du kommen? Wir brauchen dich hier für zwei, drei Befragungen. Morgen.»

«Ich weiß nicht, João. Wir bringen Pai vormittags nach Alcoutim.» Aber noch während ich es aussprach, dachte ich: Vielleicht ist Arbeit genau das, was ich danach brauche. Damit ich mich nicht den ganzen restlichen Tag mit der Frage verrückt mache, wie es Pai im Heim geht.

«Wann müsste ich denn dort sein?»

25

«Das ist Wahnsinn, João!» Pinto starrte auf die Liste. «Dafür brauchen wir Tage. Mindestens.»

Es war Mittag, sie kamen eben vom Essen zurück. Almeida, Soares und Pinto saßen wieder an dem Schleiflacktisch, vor sich zwei Blätter voller Namen.

«Und wenn. Wie sonst willst du herausbekommen, ob Binder auch als Matthias Fischer einer oder mehreren Personen seine Geldanlagen aufgeschwatzt hat? Wir können nicht ausschließen, dass hier das Motiv liegt. Und wir müssen uns einen Eindruck von dem Mann verschaffen. Außerdem wird es nicht wirklich Tage dauern, es sind jeweils nur ein paar Fragen. Und die beiden Kollegen aus Brunos Abteilung helfen uns.» Almeida sah auf die Uhr. «Sie müssten übrigens gleich da sein.»

Er hatte den Vormittag damit verbracht, gemeinsam mit dem Manager die Liste der Resort-Bewohner durchzugehen und mit dem Personal zu sprechen, um zumindest einen Teil der Namen streichen zu können. Welche der Einrichtungen des Feriendomizils hatte Binder genutzt? Es gab zwei Restaurants, einen Spa, eine Bar im Country Club, Tennisplätze, einen riesigen Poolbereich und natürlich den Golfplatz. Doch nach einhelliger Meinung der Angestellten hatte der

Mann, den sie als Matthias Fischer kannten, ausschließlich gegolft und regelmäßig nur in dem Restaurant gegessen, das neben dem größten Pool lag. Oft allein. Auch die Bar stand auf Almeidas Zettel.

Sie hatten die Namen all derer gestrichen, zu denen Sven Binder aller Wahrscheinlichkeit nach keinen Kontakt gehabt hatte – zumindest vorerst. Aber es waren immer noch siebenunddreißig Leute aus fünf Nationen übrig, Engländer, Deutsche, Schweizer, ein Japaner sowie zwei Italiener. Alles Urlauber.

Wie Almeida ganz richtig vermutet hatte, waren viele Villen in chinesischem und russischem Besitz. Doch die Besitzer waren nicht vor Ort, die Häuser reine Investitionsobjekte oder vermietet. Anscheinend war Binder der einzige Ausländer gewesen, der ständig in der Anlage wohnte.

Auf der Liste standen einige seiner Golfpartner, zwei Männer, mit denen er in den vergangenen zwei Wochen zusammen gegessen hatte, und die Namen von drei Frauen, die möglicherweise etwas mit dem ach so charmanten Fischer gehabt hatten. Diese Information stammte – unter dem Siegel der Verschwiegenheit – von einer Kellnerin. Zu den Namen der Gäste kamen die von weiteren Angestellten. Mit denen sollte Soares reden, während Pinto, er selbst und Brunos Leute nach und nach die Gäste und Bewohner befragten.

«Anabela kommt übrigens auch, aber erst später.»

«Anabela? Wofür brauchen wir denn Anabela?», fragte Pinto. «Ich dachte, das liefe hier alles auf Englisch.»

«Fast, Paulo», antwortete Almeida. «Der Manager sagt, zwei Schweizer und eine Deutsche sprechen nur Deutsch, von ein paar Brocken Englisch abgesehen.» Portugiesisch spräche von seinen Gästen kaum jemand, hatte er noch hinzugefügt. Matthias Fischer habe die Sprache allerdings fließend beherrscht, so der Manager. Ebenso wie Englisch. «Ein ausgesprochen sympathischer Mann. Unfassbar, was passiert ist. Und das hier bei uns.» Nach Almeidas Einschätzung bezog sich seine Fassungslosigkeit vor allem auf den letzten Teil des Satzes.

«Also gut», sagte er jetzt. «Paulo, wir teilen die Namen auf und dann fangen wir an.» Ihm graute vor diesen Gesprächen. Sein eigenes Englisch war nicht das Beste, Pintos Sprachkenntnisse waren um Klassen besser. Aber er konnte Pinto schlecht sämtliche Ausländer-Befragungen allein aufs Auge drücken.

«Was ist eigentlich mit der Kripo aus Österreich?», fragte Soares. «Sollte da nicht jemand kommen?»

«Der Kollege ist schon wieder auf dem Rückweg. An einem toten Binder haben die kein Interesse, sagt Bruno. Falls während der Ermittlungen – ich zitiere – *wider Erwarten* Informationen über das veruntreute Geld auftauchen, werden die Österreicher von Bruno informiert.»

«Wieso wider Erwarten? Der Täter hat den Computer und das Handy ja freundlicherweise zurückgelassen.»

«Ehrlich gesagt, Samanta, ist mir das völlig egal. Ich will den Mörder finden.»

26

«Pai, das ist dein neues Bett, hier wohnst du jetzt.»

Es brach mir schier das Herz. Mein Vater, dieser verwirrte alte Mann, der doch so alt noch gar nicht war und den wir heute in diesem Zimmer zurücklassen mussten, lag auf einer geblümten Tagesdecke, sagte «bequem» und lächelte mich an. Hatte er mich verstanden? Zumindest hatte er mich heute erkannt.

Sein Mitbewohner war nicht im Raum, wir hatten noch ein bisschen Zeit für uns allein, Mãe, er und ich. Mãe stand neben dem Bett, starrte mit leerem Blick aus dem Fenster und strich mit einer Hand mechanisch über die Gardine, die aus dem gleichen Stoff genäht war wie die Tagesdecke. Was sah sie? Das Ehebett, in dem sie ab heute allein schlafen würde, nach mehr als vier gemeinsamen Jahrzehnten? Ans Fenster klatschten dicke Regentropfen.

Der Platz zwischen Bett und Gardine reichte gerade für den Nachttisch. Auf dem Nachttisch war der Rahmen mit unserem Foto so ausgerichtet, das Pai das Bild sehen konnte, wenn er auf der Seite lag. Daneben stand ein kleiner Rahmen mit einem Marienbild – Mãe hatte darauf bestanden. Dann noch ein Glas mit Wasser und eine Schachtel Lutschbonbons, für mehr war kein Platz. In der Schublade lagen seine Taschentücher. Würde er sie finden, wenn er sie brauchte? Pai hatte zugesehen, wie ich seine Kleidung in den Einbauschrank legte, ich hatte ihm die Schublade mit den Taschentüchern gezeigt. Wusste er es noch? Würde er die Tür zum Badezimmer finden? Was hatte er von unserem gemeinsamen Rundgang durch das Heim mitbekommen? Das Haus war vor nicht allzu langer Zeit renoviert worden. Alles machte einen sauberen Eindruck. Was natürlich auch Mãe gefiel.

«Müde.» Pai fielen die Augen zu.

Mãe und ich sahen uns an. Es war Zeit. Zeit, ihn hier allein in dieser völlig fremden Umgebung zu lassen, in diesem kalten weißen Raum mit dem gefliesten Boden, dem nur die Blümchengardinen ein bisschen Farbe gaben. Eine Pflegerin würde nach ihm sehen und ihn in einer halben Stunde zum Mittagessen begleiten.

«Machen Sie sich keine Sorgen, glauben Sie mir, Ihr Vater wird sich schnell eingewöhnen. In ein paar Wochen wird er schon an dieses Zimmer denken, wenn er sagt, er will nach Hause. Dann wird er glauben, er habe schon immer hier gelebt. Das ist bei den meisten unserer dementen Bewohner so.»

Ihre Worte konnten mir meine Sorge und meine Schuldgefühle nicht nehmen. Immer wieder sagte ich mir, dass es die richtige Entscheidung war. Sie fühlte sich in diesem Moment nur völlig falsch an.

Pai war eingeschlafen. Ich strich ihm über die Wange, schluckte und hielt mit Mühe meine Tränen zurück.

«Komm, Filha», sagte Mãe. Sie war viel gefasster als ich. «Lass uns gehen. Jetzt liegt es in Gottes Hand.» Manchmal beneidete ich sie um ihren Glauben. «Wir essen jetzt im Ort etwas, dann komme ich noch mal zurück. Und du fährst zu deiner Arbeit. Glória holt mich später ab.»

An der Tür drehte ich mich noch einmal um. «Mach's gut, Pai, ich komme dich morgen besuchen», flüsterte ich.

Auf dem Weg zum Ausgang fühlte ich mich, als trüge ich ein Tonnengewicht auf meinen Schultern. Wir begegneten anderen Heimbewohnern, manche liefen mit Gehhilfen, viele saßen in den Gemeinschaftsräumen auf Sesseln oder Stühlen und starrten vor sich hin, schienen in eigene Welten versunken. Grün und Orange, klare Farben beherrschten die Einrichtung und sollten wahrscheinlich Fröhlichkeit vermitteln. Doch in mir war alles schwarz. Nie zuvor war mir so bewusst gewesen, dass unsere Tage mit Pai gezählt waren.

Erst als ich nach dem Essen mit Mãe auf dem Weg an die Küste war, die Hügel des Hinterlandes hinter mir lagen und ich bei Altura auf die N125 fuhr, wurde mir ein bisschen leichter zumute. In der vergangenen Nacht war das angekündigte Unwetter früher als erwartet über die Algarve gezogen. Ich war aufgewacht, weil dicke Hagelkörner auf mein Dach getrommelt hatten. Auch jetzt hing der Himmel noch voller schwerer Wolken, aber an der Küste regnete es zumindest nicht. Matsch und Äste auf der Straße zeugten jedoch davon, dass es in der Nacht auch hier kräftig gegossen und gestürmt haben musste. Dieser Herbst war ungewöhnlich stürmisch und kalt; ich fragte mich, wie erst der Winter werden würde.

In Manta Rota setzte ich kurz entschlossen den Blinker

und fuhr auf den Parkplatz, von dem ein Holzsteg ans Meer führt. Ich brauchte das jetzt einfach, den Blick auf das Meer, den Wind und den Salzgeruch der See. Am Wasser musste ich mich gegen eine steife Brise stemmen. Gut so, sollte der Wind mir ruhig den Kopf frei blasen und das Rauschen der Brandungswellen alle Gedanken übertönen, die mich niederdrücken wollten. Lange stand ich einfach nur in der herrlich frischen Seeluft, schaute auf die weiße Gischt, genoss die feinen, salzigen Wassertropfen, die mir ins Gesicht sprühten, und fühlte, wie ich mich langsam entspannte. Es war wie eine Reinigung. Einmal noch atmete ich tief ein, dann machte ich mich wieder auf den Weg.

In einem Golfresort war ich noch nie gewesen. Und, ganz ehrlich, da hatte mich auch nichts hingezogen. Die Anlage, bei der ich eine halbe Stunde später ankam, gehörte, soweit ich wusste, zu den exklusivsten und teuersten an der Algarve. Weshalb ich natürlich auch nicht einfach so reinkam. Eine Schranke an der Einfahrt hielt mich und meinen alten Twingo auf. Der Pförtner beugte sich im Fenster seines Wachhäuschens vor, als ich meine Scheibe herunterließ. Es war ein bisschen wie beim Bezahlen an der Tankstelle vom Intermarché, allerdings war das kleine Gebäude deutlich eleganter als das schmuddelige Kassenhäuschen an der Tanke.

Halb erwartete ich, gefragt zu werden, ob ich mich verfahren hätte. Aber der Mann hinter der Scheibe lächelte freundlich, fragte nach meinem Begehr und griff zum Telefon. Kurz darauf erklärte er mir, wo ich langfahren sollte. Ich verfuhr mich dreimal, irgendwie sah hier alles gleich aus. Endlich fand ich den zweistöckigen Gebäudekomplex, von dem der Pförtner gesprochen hatte, parkte mein Auto und drückte wenig später auf die Klingel von Apartment vier. João machte mir mit dem kleinen Lächeln, das ich so mag, die Tür auf und ging dann sofort auf Distanz.

In einem eleganten Wohn-Ess-Zimmer waren Samanta Soares, Paulo Pinto und zwei Männer, die ich nicht kannte, versammelt. Sie saßen, über Papiere gebeugt, an einem langen weißen Tisch.

«Anabela, darf ich Ihnen die Inspektoren Andrade und Moleiro vom Dezernat für Wirtschafts- und Finanzkriminalität der Direktion Süd vorstellen? Sie unterstützen uns in diesem Fall. Anabela Silva ist unsere Dolmetscherin für die deutschsprachigen Zeugen.»

Die beiden Beamten nickten mir zu. Samanta Soares stand auf und kam um den Tisch herum, um mich mit Küsschen links und Küsschen rechts zu begrüßen. «Anabela, lange nicht gesehen, wie schön. Alles okay mit dir?»

«Ja, alles gut.»

Wir mochten uns. Und sie war an einem Polizeieinsatz beteiligt gewesen, dem ich meine Rettung vor ein paar Monaten verdankte. Der Held der Aktion war allerdings Pinto gewesen. Wofür ich ihm ewig dankbar sein werde. Mein neuer bester Freund wurde er deshalb nicht. Wir lächelten uns zu. Immerhin. Und das war es dann auch schon an privaten Momenten.

«Ich bin diesmal allein hier», sagte Marianne Kallmeyer. «Jedenfalls noch.»

Sie war dezent geschminkt, trug ein Leinenkleid von allerfeinster Qualität und hatte uns als Erstes Kaffee serviert. Zartes weißes Porzellan stand auf dem Glastisch, an dem wir saßen. Das braune Haar der Frau glänzte und schmiegte sich in perfekt frisierten Wellen an den überraschend schmucklosen Hals. Perlen hätten gut gepasst.

«Mein Mann kann aus beruflichen Gründen erst morgen hierherfliegen. Er ist Vorstandsvorsitzender bei einem großen Unternehmen in Stuttgart. Sonst kommen wir fast immer zusammen her. Zwei- bis dreimal im Jahr, je nachdem.»

«Sie waren mit Matthias Fischer befreundet?»

«Ich kann gar nicht glauben, dass er ermordet worden ist!»

Sie senkte leicht den Kopf und setzte einen Gesichtsausdruck auf, den sie wohl für angemessen hielt. Ernst, die Mundwinkel nach unten gezogen. Ihre grünbraunen Augen schlossen sich für einen Moment und wir sahen zwei perfekt getuschte dunkelbraune Wimpernkränze. Nach ein paar Sekunden hob sie den Kopf und sah uns wieder an. Keine Tränen oder auch nur feuchte Augen. Aber ihre Hände zitterten leicht.

«Antworten Sie bitte auf die Frage.»

«Befreundet ist zu viel gesagt. Wir haben uns gelegentlich unterhalten. Und Gernot – das ist mein Mann – hat mit ihm gespielt, als wir im Frühjahr hier waren.»

«Wir haben etwas anderes gehört.»

Als ich diesen Satz Joãos übersetzte, runzelte sie die Stirn.

«So? Was haben Sie denn gehört? Und von wem, wenn ich fragen darf?»

«Das spielt keine Rolle. Nach unseren Informationen haben Sie sich in den vergangenen Tagen mehrmals mit Matthias Fischer in einem der beiden Restaurants und in der Bar getroffen.»

«Ach so, ja, das stimmt. Er war ein sehr charmanter Gesprächspartner.» Ihr Make-up konnte den Hauch von Röte, der auf ihren Wangen erschien, nicht ganz überdecken. «Und ohne Gernot ist es hier schon ein wenig langweilig, gerade am Abend.»

«Ist es auch richtig, dass Sie nach dem Essen mit ihm in dieses Haus gegangen sind?»

«Wir haben hier gelegentlich noch ein Glas getrunken, ja.»

«Und dann?»

«Nichts dann! Was halten Sie denn von mir?»

Gute Frage. Ich hielt sie für eine Frau, der ein bisschen Spaß mit dem charmanten Herrn Fischer in einsamen Zeiten durchaus zuzutrauen war. Natürlich behielt ich den Gedanken für mich. «Sie sagt, mehr war da nicht, João.»

«Okay, frag sie, ob bei ihren Gesprächen je von Geld die Rede war.»

Ich tat, wie mir geheißen.

«Nein!», antwortete sie und wieder stieg ihr die Röte in die Wangen «Über Geld haben wir ganz sicher nicht gesprochen.»

Ob ihr Mann mit dem Finanzberater Fischer über mögliche Investitionen gesprochen hätte, konnte sie nicht mit Sicherheit sagen, hielt es aber für wenig wahrscheinlich. «Gernot ist in finanziellen Dingen eher konservativ und geht keine Risiken ein. Erzählt hat er mir jedenfalls nichts dergleichen. Warum fragen Sie?»

João ließ die Fischer-Binder-Bombe platzen. Diesmal schien ihr geschockter Gesichtsausdruck echt.

«Wir brauchen später noch Ihre Fingerabdrücke für einen Abgleich.»

«Das ist nicht Ihr Ernst!» Sie starrte mich an, als hätte ich sie gebeten, ihre Unterwäsche tragen zu dürfen.

Ihr Blick erübrigte jede Übersetzung.

«Sie soll uns erzählen, wo und mit wem sie den gestrigen Tag verbracht hat», fuhr João ungerührt fort.

Ich grinste in mich hinein und übersetzte brav.

«Also wirklich, ich muss schon sagen …»

«Sagen Sie einfach, was Sie gestern gemacht haben. Wir führen hier eine Mordermittlung.»

Hach, das hatte ich immer schon mal sagen wollen.

«Also gut. Lassen Sie mich überlegen …»

Was folgte, war die Beschreibung eines Urlaubstages, der mich vor Neid beinah hätte grün anlaufen lassen. Alles drin: ayurvedische Ganzkörpermassage, Gesichtsbehandlung, Shoppingausflug mit einer Bekannten namens Corinna Seidel, ein Stündchen oder zwei am Pool und als krönender Abschluss Mittagessen in einem 5-Sterne-Restaurant. Okay, das Sterne-Restaurant hätte es für mich nicht unbedingt sein müssen.

«Was denkst du?», fragte ich João, als wir zu dem Apartment der Ermittlungsgruppe zurückgingen.

«Ich halte es für unwahrscheinlich, dass sie Binder einen Golfschläger über den Kopf geschlagen hat.»

«Wann auch, bei dem Programm?», bemerkte ich.

«Neidisch?»

«Ein bisschen.»

Wir lächelten uns an, dachten wahrscheinlich beide an unser Wohnmobil-Wochenende, dann wurde João sofort wieder ernst. «Trotzdem müssen wir prüfen, ob ihre Angaben stimmen. Ich besorge die Nummer von ihrer Freundin, dieser Corinna, kannst du sie dann anrufen?»

«Sicher.»

«Gernot Kallmeyer war nicht hier, also kann es nicht der eifersüchtige Gatte gewesen sein, der Binder eins über den Schädel gezogen hat», stellte João fest.

«Stimmt. Wir haben aber noch das Schweizer Ehepaar vor uns. Vielleicht gab es ja bei den beiden Stress wegen Prinz Charming.»

«Quem tem esperança sempre alcança», meinte João trocken. Wer Hoffnung hat, erreicht immer etwas.

27

Chefinspektor João Almeida stand auf dem Balkon des Apartmenthauses und gönnte sich eine kurze Pause nach der Besprechung, die er eben mit den Kollegen gehabt hatte. Der Ausblick war ein Traum. Es war in etwa der Gleiche, den auch Binder von seinem Haus aus gehabt hatte. Im milden Licht des frühen Abends lag der Atlantik in der Ferne, stahlblau, schon fast grau und noch immer vom Sturm des Vortages aufgewühlt. Über den Himmel spannte sich ein Wolkenband. Ein Sonnenstrahl brach durch und warf eine glänzende Gasse aus Licht auf das Wasser mit seinen weißen Wellenkronen.

Almeida löste den Blick vom Meer und sah hinunter auf den Golfplatz, der sich in sanften grünen Wellen tatsächlich elegant und harmonisch in die Landschaft fügte. Ein Gärtner sammelte loses Geäst vom Rasen, beseitigte alles, was nach dem Sturm die Ordnung störte.

Das Verhältnis des Chefinspektors zu Golf war gespalten: Einerseits mochte er den Sport, hatte selbst ein-, zweimal auf eine Einladung hin gespielt. Und die Golftouristen, hauptsächlich Briten, brachten viel Geld an die Algarve. Er hatte von mehr als dreihundert Millionen Euro gelesen. Andererseits haderte er mit dem hohen Wasserverbrauch der vielen Greens an der trockenen Algarve. Immerhin hatte die Regierung beschlossen, zweihundert Millionen Euro zu investieren, um die Dürre in der Region unter anderem durch die Wiederverwendung von Brauchwasser für Grünanlagen und Golfplätze zu bekämpfen.

Er sah einem Golfmobil zu, das im Gegenlicht geräuschlos zum nächsten Abschlag fuhr, und seufzte. Ihn beschlichen Zweifel, dass sie den Täter schnell finden würden. Jedenfalls nicht in dieser Anlage. Er verfolgte den Weg des Golfmobils über das Green mit den Augen und korrigierte seinen Gedanken. Der Mörder – oder die Mörderin – konnte sehr wohl hier zu finden sein. Wahrscheinlich aber nicht aufgrund eines der von ihm vermuteten Motive, Eifersucht oder Geldgier. Das war zumindest das Ergebnis der Gespräche, die sie bislang geführt hatten. Und sie waren mit ihrer Liste fast durch.

Anfangs wollte nicht einer der befragten Ausländer bei Matthias Fischer Geld angelegt haben. «Außerdem geht es Sie einen feuchten Kehricht an, was ich mit meinem Geld mache.» Diesen Satz hatten Almeida und sein Team in verschiedenen Varianten gehört. Alle Befragten sangen ein Loblied auf Herrn Fischer. «Nett», «sympathisch», «gebildet», «eloquent». Ein Mann, mit dem man gern ein Glas trank oder eine Runde Golf spielte. «Sehr guter Golfer, einstelliges Handicap.» Die Damen hatten der Aufzählung noch das Adjektiv «charmant» hinzugefügt und jede von ihnen war dabei errötet.

Changierende Hauttöne waren auch bei einigen Männern zu beobachten gewesen. Sobald klar wurde, dass Matthias Fischer in Wahrheit der international gesuchte Betrüger

Sven Binder gewesen war, gab es auf sechs Gesichtern ein plötzliches Erblassen. Was im Umkehrschluss bedeutete: Diese sechs hatten bei ihm investiert, von einem Betrug jedoch nichts geahnt. Schließlich hatten sie alle eingeräumt, dass ihnen der ach so sympathische Matthias Fischer beste Renditen in Aussicht gestellt hätte. Er hatte seine Masche nicht geändert, es war um Container gegangen. Jetzt machten sich die sechs Sorgen um ihr Geld. Aber eben erst jetzt. Für Almeida sah es ganz so aus, als hätte Binder seine Zelte abbrechen wollen, ehe man dahinterkam, dass er im Wesentlichen mit Luft gehandelt hatte. Aber wenn weder Geld noch Eifersucht in Frage kamen, welches Motiv dann?

Er schaute auf seine Armbanduhr. Nicht mehr lange, dann würde die Bar des Country Clubs öffnen. Ihm stand der Sinn allerdings nicht nach einem Drink, sondern nach einem Gespräch mit dem Barkeeper. Nach seiner Erfahrung waren Barkeeper gute Zuhörer, gute Beobachter und oft exquisite Informationsquellen. Vielleicht war es noch besser, wenn er nicht selbst hinging, sondern Anabela in die Bar schickte. Doch, das war eine gute Idee. Sie würde mit Sicherheit mehr erfahren als er, sollte es etwas zu erfahren geben. Und wenn nötig, konnte er den Mann später offiziell vernehmen.

Morgen früh würden sie erste Ergebnisse von Lourenço und Letícia bekommen; vielleicht brachte sie das weiter. Wenn die Tat spontan gewesen war, gab es eine gute Chance, dass der Mörder deutliche Spuren hinterlassen hatte. Und sie brauchten den Todeszeitpunkt, so genau wie möglich. Wer – außer dem Täter – hatte Binder zuletzt lebend gesehen? Alibis mussten geprüft werden.

Noch einmal blickte Almeida aufs Meer. Sein Magen knurrte.

Wenn Anabela über Nacht blieb, würde er sie zu einem späten Abendessen einladen. Er hatte noch keine Gelegenheit gefunden, sich nach ihrem Vater zu erkundigen. Danach, wie der Vormittag im Altersheim verlaufen war und wie sie sich mit der Entscheidung fühlte. Sie hatte nicht so niedergedrückt gewirkt, wie er befürchtet hatte, als sie am Nachmittag angekommen war. Vielleicht ein gutes Zeichen. Im Moment telefonierte sie mit ihrer Mutter.

Das Restaurant Zé Maria auf der Ilha de Faro wäre genau das richtige. Da konnten sie windgeschützt direkt am Wasser sitzen und bei gegrillter Dorade auf die Brandung schauen. Oder bei einer Seezunge? Geduld, João, noch ist der Arbeitstag nicht zu Ende.

Er hörte Schritte im Zimmer hinter sich und drehte sich um. Bela kam auf ihn zu. «Es geht ihm gut, João. Mãe war noch einmal bei ihm. Anscheinend hat er ein paar alte Freunde aus Jugendzeiten wiedererkannt. Oder glaubt es zumindest. Als sie gegangen ist, hat er Karten gespielt. Und eben hat sie noch einmal im Heim angerufen, er schläft jetzt.»

«Und deine Mutter? Wie kommt sie zurecht?»

Anabela lächelte. «Sie ist erleichtert. Wie ich sie kenne, köpft sie heute mit Maria Glória eine Flasche Licor de Amêndoa Amarga.»

Sie waren allein auf dem Balkon und Almeida nahm Anabela in die Arme. «Das freut mich, meine Schöne, das freut mich wirklich sehr für euch.» Er versuchte, selbstlos zu denken. Nicht egoistisch zu sein. Es ging nicht. Nicht mit ihrem Kopf an seiner Brust, ihrem Haar unter seinen Händen und dem Horizont im Blick. Alles in ihm wollte jubeln. Wollte rufen: Jetzt! Jetzt ist alles möglich, das ist der erste Schritt zu unserem gemeinsamen Leben! Aber er lächelte nur still in sich hinein und hielt sie fest.

28

Meine Güte, war das ein Nobelschuppen. Zwanzig Euro für einen Whisky? Die hatten sie doch nicht alle. Die Cocktails auf der Karte waren auch nicht gerade ein Schnäppchen, die günstigsten – alkoholfrei – kosteten zwölf Euro. Zum Glück war ich nicht im T-Shirt unterwegs, sondern trug eine lange schwarze Jacke über einer hellgelben Bluse zu meiner schwarzen Jeans. Das ging als Casual Chic durch. Dennoch fühlte ich mich nicht besonders wohl auf meinem weich gepolsterten Barhocker mit Rückenlehne in Lindgrün. Noch war ich der einzige Gast an der langen Theke aus Holz. Ich tippte auf Akazie, Hochglanz lackiert.

«Was darf es sein, junge Frau?»

«Ein Wasser bitte.»

Falls Carlos – so hieß der hübsche Kerl hinter dem Bartresen laut güldenem Namensschild auf schwarzer Weste – von meiner Billigbestellung enttäuscht war, ließ er es sich nicht anmerken. Wobei billig … hier war sogar ein Wasser viermal so teuer wie in meiner normalen Welt. In meiner normalen Welt nannte mich aber auch kein Kellner «junge Frau». Wahrscheinlich generierte er so bei anderen Damen ein üppiges Trinkgeld. Sei nicht so patzig, Bela, das ist sein

Job. Ohne Trinkgeld verdient er womöglich nur den Mindestlohn. Von mir bekam er ein Lächeln.

«Eis und Zitrone?»

«Ja bitte.»

«Ich habe Sie hier noch nie gesehen.»

«Ich war auch noch nie hier. Könnte ich mir auch nicht leisten. Hier kosten die Drinks ja mehr, als ich in der Stunde verdiene.»

Wenn ich etwas von ihm erfahren wollte, konnte es nicht schaden, von Anfang an klarzumachen, dass ich nicht zu den Gästen der Anlage gehörte. Nicht zu den Reichen und Schönen, mit denen er sonst zu tun hatte. Allerdings hatte ich auch nicht vor, ihm auf die Nase zu binden, für wen ich arbeitete, wenn es sich vermeiden ließ.

«Neue Kollegin auf Erkundungstour?»

Er war wirklich hübsch. Klingt vielleicht seltsam, wenn ich das über einen Mann sage. Aber hübsch war genau das passende Wort. Haut in der Farbe von Milchschokolade, dazu grüne Augen und blonde krause Haare. Eine spannende Mischung. Jede Wette, dass er von einer der kapverdischen Inseln stammte. Auch sein leichter Akzent passte dazu. Übrigens war er bei näherem Hinsehen wohl doch nicht ganz so jung, wie ich anfangs gedacht hatte. Aber noch keine dreißig.

«Nicht ganz. Ich habe hier gerade einen Job als Dolmetscherin.»

«Das hört sich deutlich interessanter an als meiner. An dem ist nur spannend, sich neue Cocktails einfallen zu lassen. Apropos – haben Sie vielleicht Lust auf meine neueste Kreation? Steht noch nicht auf der Karte.» Er zwinkerte mir zu. «Sie wären sozusagen meine Testtrinkerin. Geht aufs Haus.»

Hammer, diese Augen.

«Hm, da kann ich wohl schlecht Nein sagen.»

Wäre ja schön dumm gewesen, nicht darauf einzugehen, oder?

Er grinste, griff nach einem Shaker und dann nacheinander zu diversen Flaschen. «Ich will ihn *Fogo* nennen.»

«Feuer? Da kriege ich ja Angst.» Das war nicht nur so dahingesagt, in dem Shaker waren schon weißer Rum, Tequila, Gin und Wodka und vielleicht noch mehr. Ich war mir nicht sicher, ob ich alles mitbekommen hatte.

Er lachte und zwinkerte schon wieder. «Dabei sehen Sie ganz so aus, als würden Sie gern mit dem Feuer spielen.»

Mannomann. Ging's noch ein bisschen platter?

«Fogo heißt die Insel, auf der ich geboren bin.»

«Dachte ich mir doch, dass Sie von den Kapverden kommen. Irgendwann möchte ich da mal hin.»

«Lohnt sich.»

«Wie lange sind Sie schon in Portugal?»

«Seit fünf Jahren.»

Er schüttelte noch ein bisschen, füllte erst Eis und dann die hochprozentige Mischung in ein hohes Glas in Tulpenform, gab ein paar Limonenscheiben dazu und goss das Ganze mit Passionsfruchtsaft auf. «Bitte sehr. Meine Abwandlung des Long Island Iced Tea.»

Ich probierte. «Hmm, sehr gut. Fruchtig, ein bisschen süß, aber nicht zu sehr. Und – sagt man das bei Cocktails? – im Abgang eine leichte Schärfe.»

«Ein Spritzer Piri-Piri. Fürs Feuer.»

Der machte mich noch ganz kirre mit seiner Zwinkerei. Hilfe, war der Cocktail stark. Und das auf nüchternen Magen. Mittags, mit Mãe im Restaurant, hatte ich kaum etwas herunterbekommen.

«Seit fünf Jahren? Und die ganze Zeit hier im Resort?»

Er nickte.

«Da bekommen Sie sicher eine Menge mit.»

«Kann man wohl sagen. Und es tut verdammt gut, wenn mir mal jemand gegenübersitzt, der nicht mit seiner Platin-Kreditkarte wedelt.»

«So schlimm?»

«Nicht alle, es gibt auch wirklich nette Gäste, die sich ganz normal verhalten, aber einige ... ganz ehrlich, da kann einem schon manchmal die Galle hochkommen.»

«Und Sie müssen dabei immer schön freundlich bleiben.»

Wie süß er aussah, wenn er so leidend guckte. Oh, oh, das musste am Cocktail liegen. «Kanntest du, Entschuldigung, kannten Sie auch den Mann, der umgebracht worden ist? Da reden hier ja alle drüber.»

«Das Du ist schon okay. Ich bin Carlos, wie du ja schon weißt.» Er berührte sein Namensschild.

«Anabela.»

«Moment.» Er nahm den Shaker, goss daraus einen kleinen Schluck in den Deckel und stieß mit mir an.

«Klar, kannte ich den, der hat oft hier gesessen. Meistens mit Frauen, manchmal auch mit deren Männern, wenn er denen was aufschwatzen wollte. Arroganter Sack. Für unsereinen hatte der kaum einen Blick übrig.»

«Aufschwatzen? Was denn?»

«Geldanlagen. Frag mich nicht, was genau. Aber es war ein offenes Geheimnis, dass der hier Geschäfte machte. Die meisten anderen sind ja Urlauber. Der nicht. Und ob wir das mitkriegten oder nicht, war ihm garantiert egal. Uns Angestellte hat der kaum wahrgenommen. Geld wie Heu, aber mit Trinkgeld knausern. Ich hab mal mitgekriegt, wie er zu einem anderen Gast sagte, er solle die Preise nicht verderben, als der mir drei Euro extra gab – bei einer Rechnung von siebzig.»

Plötzlich beugte Carlos sich vor. In seinen grünen Augen stand der reine Schalk. «Ich hab diesen Fischer mal angesprochen, als er auf jemanden gewartet hat und an der Bar noch nichts los war. Hab ihm erzählt, ich hätte was gespart und würde gern mehr draus machen. Das Gesicht hättest du sehen sollen.» Carlos lachte leise. «Mit Kleckerbeträgen würde er sich nicht abgeben, hat er gesagt. Ich könnte wieder anfragen, wenn ich mindestens zehntausend Euro zusammenhätte, Kleinvieh würde schließlich auch Mist machen. Der Arsch. Nichts für ungut. Aber was wahr ist, muss wahr bleiben.»

«Unbedingt. Und bei den Damen kam er gut an?»

«Oh ja, ganz besonders bei denen, die allein hier sind. Der hat nichts anbrennen lassen. Aber sag mal, hat denn eine so attraktive Frau wie du nichts anderes im Kopf als diesen toten Arroganzling?»

Unterste Sprücheschublade. Na und? Seine Augen wurden immer größer und grüner. Und mir wurde immer wärmer. Zu meiner Schande entwich mir ein albernes Kichern. Schäm dich, Anabela, eine erwachsene Frau wie du. Das ist nur der Alkohol. Und du bist emotional angeschlagen. Aber auch ein bisschen geschmeichelt, gib's ruhig zu. So ein junger Kerl findet dich attraktiv. Das tut verdammt gut …

Aber zum Glück gab es auch noch die Stimme der Vernunft, die mahnte: «Mach gefälligst deinen Job, Anabela, und flirte hier nicht rum.» Also gut.

«Hatte er in letzter Zeit eine Favoritin?»

Falsche Frage, ich merkte es sofort. Viel zu direkt.

«Für wen arbeitest du eigentlich? Für die Geschäftsleitung? Ich hab noch nie gehört, dass die Dolmetscher einsetzen.»

Ups. «Ich?»

«Siehst du hier noch jemanden?»

Zu meiner Erleichterung tat ich das tatsächlich, gerade trieb eine Gruppe lachender Leute durch den Eingang direkt auf uns zu. Carlos lehnte sich wieder zurück, nahm ein Handtuch in die Hand und fing an ein Glas zu polieren.

«Du, Carlos, ich muss dann auch wieder. Danke für den Fogo, der war wirklich gut.»

Er lächelte mir zu, wollte noch etwas sagen, aber einer der Neuankömmlinge hatte den Tresen erreicht. «Drei Caipirinha, Carlos, aber zuerst drei große Bier für durstige Männer!»

Vielleicht, dachte ich, vielleicht kann ich ja noch mal herkommen. Natürlich nicht wegen eines Cocktails oder grüner Augen. Sondern um das Thema Matthias Fischer und seine Frauen zu vertiefen. Carlos stand bereits am Zapfhahn. Ich legte das Geld für mein fast unberührtes Wasser auf den Tresen, winkte ihm zum Abschied und machte mich mit etwas unsicherem Gang auf den Weg zurück zu João und seinen Kollegen ins Apartment.

29

«Früher gab es in diesem Präsidium mal Kuchen für hart arbeitende Leute.»

Lourenço de Castro e Sousa blickte missmutig auf den Besprechungstisch. Nichts als Unterlagen und ein paar kleine Wasserflaschen.

«Mir kommen die Tränen, Kollege», sagte Pinto. «Zumal du ja sichtlich dem Hungertod nah bist, du Armer.»

«Pass auf, was du sagst, Paulo.»

Almeida klopfte mit einem Kugelschreiber auf den Tisch. «Ich wäre dir sehr verbunden, Lourenço, wenn du uns die Früchte deiner harten Arbeit jetzt präsentieren würdest.»

«Sehr wohl, Herr Chefinspektor. Was aus meinem prall gefüllten Körbchen darf es denn zuerst sein?»

«Lourenço!»

«Da hat heute wohl jemand schlechte Laune. Also gut, dann fang ich mal mit dem Blut an. Da gibt es eine Übereinstimmung mit dem Blut aus dem Wohnmobil.»

Soares und Pinto richteten sich in ihren Stühlen auf und auch Almeida spürte Anspannung.

«Das Blut eures Golfers passt zu dem, das ich am Grill gefunden habe.»

«Ha!» Samanta Soares grinste über das ganze Gesicht.

«Es gibt eine weitere Übereinstimmung mit einem der Haare, die wir in dem Caravan eingesammelt haben. Und die harmonisiert gar prächtig mit der DNA von … Moment.» Er zog einen Zettel aus der Tasche seines Kittels. «Ach ja, Mário Gomes.»

«Ha!»

«Du auch, João? Alle gesund hier? Paulo, möchtest du deiner Freude vielleicht ebenfalls Ausdruck verleihen?»

«Mach einfach weiter, Lourenço.»

«Wie der Herr Chefinspektor angeordnet hat, haben wir Proben von den Reifen des SUV sowie vom Bodenblech genommen. Ich möchte an dieser Stelle erwähnen, dass die Kollegin Carmen sich eigens nach Alcoutim bemüht hat, um Vergleichsproben des Bodens zu besorgen. Und siehe da: Der SUV hat zweifelsohne vor nicht allzu langer Zeit dort gestanden, wo nach Angaben der Kollegen von der GNR auch das Wohnmobil gestanden hat.»

Er sah in die Runde. «Keine Freudensprünge? Ich bin enttäuscht.» Als niemand auf seine Bemerkung einging, räusperte er sich und setzte seinen Bericht fort. «In dem Haus gab es, wie ihr ja schon wisst, reichlich daktyloskopische Spuren, nur leider nicht an der Tatwaffe. Die wurde abgewischt. Bei den Fingerabdrücken, die ihr mir schon geliefert habt, gab es bisher keine Treffer. Kommt da noch mehr Vergleichsmaterial?»

«Ja. Wir sind mit den Befragungen noch nicht ganz durch. Spätestens morgen früh solltest du alle haben», antwortete Almeida mit Blick auf die Uhr. Die Kollegen vom Wirtschaftsdezernat waren bereits im Golfresort und befragten weitere potenzielle Anleger. Anabela saß in seinem

Büro und verschriftlichte für die Akten die Befragungen, die sie gestern gedolmetscht hatte. Und natürlich ihr Gespräch mit dem Barkeeper.

Almeidas Gedanken schweiften ab. Sie war leicht beschwipst aus der Bar zurückgekommen. «Der macht wirklich klasse Cocktails, der Carlos», hatte sie gekichert. Der Wein im Restaurant auf der Ilha de Faro hatte ein Übriges bewirkt. Anabela war den ganzen Abend – und während der Nacht in seiner Wohnung – ausgesprochen aufgeräumter Stimmung gewesen.

«Bin ich es, der dir dieses Lächeln ins Gesicht zaubert, João? Das erfreut mein altes Herz.»

«Halt die Klappe, Lourenço. Was hast du noch?»

«Auf dem Schläger waren zwar keine verwertbaren Fingerabdrücke, aber feinste Hautabriebspuren. Könnten für einen DNA-Vergleich reichen, vamos ver.»

«Dann werden wir uns in Geduld üben. Wart ihr schon auf dem Boot?»

«Willst du mich beleidigen, João? Wir haben Fasern gefunden, die mit Sicherheit zu der Kleidung der Wasserleiche passen. Der Name will mir gerade nicht einfallen.»

«Andreas Leitner», sagte Almeida gleichzeitig mit Pinto und Soares.

«Ach ja. Dessen Frau, wenn ich mich recht entsinne», der Kriminaltechniker zog einen Beweismittelbeutel aus der Tasche, «dieses Zeug hier im Blut hatte. Die Packung stammt aus dem Badezimmerschrank des Golfers.» Der Schriftzug *Xanax* war in dem durchsichtigen Beutel bestens zu erkennen. «Letícia weiß Bescheid. Es dauert noch, bis wir wissen, ob der Golfer das Medikament auch selbst genommen hatte. Sie müsste übrigens jeden Moment hier sein.»

Er hatte den Satz kaum ausgesprochen, als die Rechtsmedizinerin die Tür aufstieß. Sie sah angegriffen aus, fand Almeida. Ihre Augen lagen tief in den Höhlen und hatten nicht den gleichen Glanz wie sonst.

«Entschuldigt, aber ich hatte eben noch ein Kind auf dem Tisch. Unfalltod, ziemlich übel.» Sie schluckte ein paarmal und straffte dann die Schultern. «Aber jetzt zu eurer Leiche. Oder unterbreche ich euch gerade?»

«Passt schon, Letícia. Oder, Lourenço?»

Der Techniker nickte.

«Okay, dann fang ich mal an. Den schriftlichen Bericht habe ich eben gemailt. Die wesentlichen Punkte: Der Mann wurde mit großer Wucht niedergeschlagen, ein Treffer hat gereicht. Sozusagen ein Hole-in-one.» Ein winziges Lächeln umspielte ihren Mund und war sofort wieder verschwunden.

«Du spielst Golf?», fragte Pinto.

«Gelegentlich.»

«Da braucht man aber eine Menge Kraft», meinte Soares.

«Nicht unbedingt. Ein guter Golfer oder eine gute Golferin mit dem richtigen Schwung … Außerdem hat der Mann gekniet, als der Schlag ihn traf. Die Lage des Körpers und der Aufprallwinkel der Tatwaffe lassen keinen anderen Schluss zu.»

Sie ging zum Whiteboard, streckte sich nach einem der Tatortfotos, das Samanta Soares ziemlich weit oben aufgehängt hatte, und nahm es ab. «Seht ihr? Die Schublade des Nachttischschränkchens, vor dem er liegt, steht einen

Spalt offen. Ich vermute, er hat etwas hereinlegen oder herausnehmen wollen, sich umgedreht und dann hat ihn der Schläger getroffen. Die Verletzung ist geformt und passt perfekt zu dem Eisen, das ihr mir gebracht habt. Eine gute Wahl übrigens, das Siebener. Da der Schlag von oben geführt wurde, lag noch mehr Kraft darin.»

«Keine Abwehrverletzungen?»

«Nichts.»

«War er sofort tot?»

«Nein. Der Mann hat einen Terrassenbruch des Schädels erlitten und ist infolge einer intrazerebralen Blutung gestorben. Schwer zu sagen, wie lange er noch gelebt hat. Wenn man ihn frühzeitig gefunden hätte, würde er vielleicht noch leben. Die Frage wäre nur, in welchem Zustand.»

Sie schwieg einen Augenblick.

«Der Mageninhalt war nur angedaut und verweist auf ein Frühstück. Zu Mittag gegessen hat er nicht. Auch aufgrund des eben erst einsetzenden Rigor Mortis, als ihr ihn gefunden habt, und der Körpertemperatur würde ich mich auf einen Zeitraum zwischen elf und fünfzehn Uhr festlegen. Ach ja, und er hatte nicht lange vor seinem Tod Geschlechtsverkehr.»

«Konntest du Vaginalsekret sicherstellen?»

«Leider nicht.»

Almeida hatte noch eine andere Frage: «Hast du schon Zeit gehabt, den Vergleich zu machen, um den ich dich gebeten hatte?»

«Ja, die Wunde im Gesicht deiner Wasserleiche kann durchaus von dem Fingerring rühren. Das wär's von mir.»

«Der Ring ist noch im Labor», ergänzte Lourenço de Castro e Sousa. «Und ehe ich es vergesse: Mit dem Handy und dem Rechner sind wir auch noch zugange. Braucht ihr mich noch?»

Almeida verneinte.

Sie warteten ab, bis sich der Kriminaltechniker von seinem Stuhl hochgewuchtet und gemeinsam mit Letícia Pestana den Raum verlassen hatte.

«Okay, Leute, welches Bild seht ihr? Samanta?»

«Ich sehe einen ganzen Film, in dem Binder und das Ehepaar Leitner die Hauptrollen spielen. Leitner erfährt von seiner Frau, dass sie Sven Binder gesehen hat. Er findet ihn am Hafen, wo er als Matthias Fischer ein Boot liegen hat. Er stellt ihn, will ihn erpressen.» Sie fuhr sich mit der Hand durch die kurzen Haare, wie sie es oft tat, wenn sie überlegte. «Binder will seinerseits unbedingt wissen, wo Barbara Leitner ist. Schließlich prügelt er auf seinem Boot die Information aus Leitner heraus, wirft den Mann über Bord und fährt zu dem Wohnmobil, um die Frau zu töten. Keine Zeugen mehr, die seine neue Existenz gefährden können. Dann macht er sich Sorgen, dass ihn noch andere erkennen. Oder einer seiner Investoren wird skeptisch. Er beschließt, seine Zelte abzubrechen. Das hat aber irgendwem nicht gepasst. Nur wem? Dazu fällt mir nichts ein.»

«Wieso sollte Andreas Leitner so blöd gewesen sein, mit Binder auf dessen Boot zu steigen?», warf Pinto ein.

«Ich tippe auf ein Druckmittel.»

«Du meinst eine Waffe?»

«Möglich», sagte Samanta.

«Nur haben wir nirgends eine Waffe gefunden.»

Wieder fuhr eine Hand durchs Haar. «Vielleicht war es kein Druck-, sondern ein Lockmittel. Geld. Vielleicht hat Binder sein Opfer mit der Aussicht geködert, dass er sein Geld wiederbekommt.»

Pinto war nicht überzeugt. «Und das Geld sollte auf dem Boot sein, oder was? Ich kann mir nicht vorstellen, dass Leitner dem Mann noch einmal irgendwas geglaubt hat, nachdem der ihn schon mal betrogen hatte. Dann kann ich mir schon eher die Waffe vorstellen.»

«Wir werden es nie genau erfahren, so bitter das auch ist», meinte Almeida. Er begann seine Unterlagen einzusammeln. «Daran, dass Binder diesen Leitner auf dem Gewissen hat, besteht für mich jedoch kein Zweifel.»

«Für mich auch nicht», stimmte ihm Pinto zu. «Jeder Richter hätte Binder schuldig gesprochen, selbst ohne Geständnis. Allein aufgrund der Indizienlage.»

Almeida war noch nicht fertig. «Was mich an deinem Film noch nicht überzeugt, Samanta, ist der Mord an Barbara Leitner. Da gibt es immer noch eine zweite Möglichkeit.»

«Du denkst an Mário Gomes», stellte Pinto fest. «Ach komm, João. Das Blut am Grill stammt von Binder. Und er hatte Xanax in seinem Badezimmer. Ein einzelnes Haar von Gomes ist ein bisschen schwach. Übrigens weiß ich ja nicht, was für ein Problem du mit dem Mann hast. Ich fand ihn ziemlich sympathisch. Für einen Bücherwurm.»

«Mein Problem ist, dass er lügt. Dir gegenüber hat er doch auch behauptet, weder Barbara noch Andreas Leitner in Alcoutim getroffen zu haben. Und ich will wissen, warum.»

«Du kannst ihn nicht leiden.»

«Stimmt.» Almeida stand auf und ging zur Tür. «Wir müssen im Golfresort weitermachen. Also los. Fahrt ihr schon mal vor. Ich komme gleich mit Anabela nach.»

«Sturkopf», hörte er den Kollegen in seinem Rücken murmeln.

Almeida drehte sich um. «Besser stur als nachlässig, Paulo. Lass Gomes noch mal kommen. Morgen. Ich will selbst mit ihm sprechen. Und kein Wort darüber zu Anabela. Das gilt für euch beide. Im Moment hat der Mord an Binder ohnehin Vorrang. Wir müssen dringend die Befragungen abschließen und die Alibis überprüfen.»

30

«Und?»

Ohne mir zu antworten oder auch nur «Hallo» zu sagen, ging João sofort zu der Kaffeemaschine, die in seinem Büro auf einem niedrigen Aktenschrank neben der Tür stand, und stellte sie an.

«Wir fahren gleich los, Bela, aber für einen Espresso ist noch Zeit.»

«Ich wollte eigentlich wissen, was es Neues gibt.»

Mit meinen Protokollen war ich schnell fertig gewesen, hatte seitdem Däumchen gedreht und mich gefragt, was die anderen wohl die ganze Zeit zu besprechen hatten. Kurzum, ich war ein kleines bisschen maulig. Mal war ich Teil des Teams, dann wieder nicht. Das nervte.

«Wir kennen jetzt den ungefähren Todeszeitpunkt.» Die Kaffeemaschine zischte. «Möchtest du auch?»

«Nein danke.»

Endlich setzte er sich an den Schreibtisch, schnupperte an seinem Espresso und grinste zufrieden.

«Das ist alles?»

«Alles, was du im Moment wissen musst.»

Grrr. Wo war der Mann geblieben, mit dem ich die vergangene Nacht verbracht hatte? Der Mann, der mir zärtliche Worte ins Ohr flüsterte, während wir uns liebten? Jetzt hatte er einen Ton drauf, der nicht viel besser war als der, den ich aus seinen Befragungen kannte.

Für João schien dieser Wechsel zwischen privat und dienstlich, zwischen Nähe und Distanz überhaupt kein Problem zu sein. Ich tat mich damit schwer. Immer noch. Was ich sagen will: Hier war doch niemand außer uns. Da konnte er doch wohl ein bisschen freundlicher sein und vor allem ein wenig mehr erzählen. Dann eben nicht. Wenn wir bei den anderen im Golfresort waren, würde ich die Ohren weit aufsperren und ganz sicher ein bisschen mehr erfahren, als João zu sagen bereit war.

«Wir haben heute nur noch die Schweizer, mit denen wir reden müssen. Wenn du danach das Protokoll fertig hast, kannst du nach Hause fahren. Vorausgesetzt, keiner von denen ist verdächtig.»

Am Nachmittag wollte ich zu Pai, wenn es ging, das hatte ich João gesagt. Es war nett von ihm, daran zu denken. Trotzdem konnte ich mir eine patzige Bemerkung nicht verkneifen. Sein Ton, wie gesagt.

«Jawohl, Chef. Ganz wie Sie meinen, Chef.»

Erstaunter Blick. «Hab ich was Falsches gesagt?»

«Nein, schon gut.»

Ich stand auf und zog meine Jacke an. «Von mir aus können wir.»

Mein eigener Wagen stand noch im Golfresort. Ans Autofahren war gestern Abend nicht mehr zu denken gewesen.

Zwei Stunden später war ich in Sachen Ermittlungsfortschritte kein bisschen schlauer. Die Wirtschaftsfachleute fragten nicht nach neuen Erkenntnissen, jedenfalls nicht in meinem Beisein. Weder Soares noch Pinto ließen was raus.

João und ich brachten das Gespräch mit dem Schweizer Ehepaar hinter uns, das so überraschend verlief wie Pais Video von den grasenden Schafen. Ich musste nur noch das Protokoll schreiben, das war's dann. Aus. Der Rest der Ermittlungen würde ohne mich weitergehen. Irgendwann, wenn alles vorbei war, würde mir seine Gnaden Chefinspektor Almeida das Ergebnis wohl mitteilen.

«Krankgemeldet? Seit wann?», hörte ich Soares fragen. Sie stand im Wohnbereich des Apartments am Fenster und telefonierte mit irgendwem. «Okay, geben Sie mir die Adresse. Moment, ich brauche erst etwas zum Schreiben.»

Sie kam zu dem Tisch, an dem ich allein am Laptop saß. Noch hatte ich die Kopfhörer nicht aufgesetzt, die in meinem Handy steckten, mit dem ich die Befragung mitgeschnitten hatte. Ich schob Samanta einen Stift und einen Block zu. Sie bedankte sich mit einem Lächeln.

«So, kann losgehen. José Nunes, Cabanas de Tavira, Rua Dom Jerónimo Osório, Nummer 11. Zweiter Stock, rechts. Ja, habe ich, danke. Das liegt an der N125 zwischen Tavira und Vila Nova de Cacela, richtig? Und die Telefonnummer bitte.» Sie beendete das Gespräch, riss den Zettel vom Block und steckte ihn in die Gesäßtasche ihrer Jeans. «Anabela, kannst du João sagen, dass ich jetzt noch mit einer Putzfrau rede und danach zu diesem Nunes fahre? Der soll am Tag des Mordes in Binders Haus die Klimaanlage geprüft haben, ist aber krank. Wo ist João überhaupt?»

«Keine Ahnung. Mit Pinto in der Anlage unterwegs. Mir sagt er ja nichts.»

«Höre ich da eine gewisse Verärgerung über unseren geschätzten Chef heraus?»

Ich zuckte nur mit den Schultern. «Es ist halt ein bisschen frustrierend, immer nur einen Teil mitzukriegen. Ich weiß ja noch nicht einmal, ob ihr inzwischen mehr über die Verbindung zwischen den Leitners und Binder rausgekriegt habt. Also, ob er als Täter in Frage kommt.»

«Ich fürchte, das darf ich dir tatsächlich nicht sagen, Anabela. Also, du informierst die beiden, wenn sie wieder reinkommen, ja?»

«Falls ich dann noch hier bin.» Ich nahm die Ohrstöpsel in die Hand. «In einer halben Stunde müsste ich hier durch sein, dann fahre ich.»

«Okay, mach's gut. Bis zum nächsten Mal.» Küsschen links, Küsschen rechts und fort war sie.

Fünfundvierzig Minuten später sah es ganz danach aus, als würde ich auf weitere Abschiedsküsschen verzichten müssen. Ich war noch immer allein, als ich das Protokoll getippt und an Joãos Dienstanschrift gemailt hatte. Mein Laptop steckte in meiner Tasche, ich hatte die Jacke an und schickte ihm eine private Nachricht. «Wo steckst du, ich will los.» Ich wartete ein paar Minuten, bekam aber keine Antwort. Anrufen wollte ich nicht, womöglich war er inmitten einer Befragung.

Ich war schon auf der halben Strecke nach Alcoutim, als João sich meldete. Mit einem Auge im Rückspiegel nahm ich den Anruf an. Wäre ja blöd, wenn mich die Polizei erwischte, während ich mit der Polizei telefonierte.

«Bela, tut mir leid, es ging nicht früher. Wir telefonieren

heute Abend in Ruhe, ja? Sag mal, weißt du, wo Soares steckt?»

Ach du Scheiße. Das war mir total weggerutscht.

«Sie will erst eine Putzfrau befragen und dann zu einem Hausmeister nach Cabanas de Tavira fahren, der sich krankgemeldet hat. Ein José Nunes, wenn ich mich recht entsinne.»

Erst als ich das Telefon wieder auf den Beifahrersitz legte, fiel mir auf: Ich kannte den Namen. José Nunes. Zé Nunes. Zé ist die Kurzform von José. Der Mann, der mir beim Notartermin so unangenehm aufgefallen war. Was hatte er damals auf der anderen Seite der Mauer zu seinem Bruder gesagt? *Irgendwann hab ich eine Villa am Meer, genauso wie diese reichen Arschlöcher, für die ich arbeite.* Konnte das sein? Konnte ausgerechnet dieser Zé Nunes derjenige sein, zu dem Samanta Soares fahren wollte? Halt, die Adresse passte nicht. Beim Notartermin hatte er eine Anschrift in Alcoutim angegeben, da war ich mir ziemlich sicher. Und Nunes ist nicht gerade ein seltener Nachname. Nicht ganz so häufig wie Silva – mein Nachname ist quasi das portugiesische Pendant zum deutschen Müller –, aber ein paar zehntausend Familien hießen mit Sicherheit so. Also eher unwahrscheinlich, dass er es war. Und wenn doch stand Samanta mit diesem Stinkstiefel bestimmt kein angenehmes Gespräch bevor.

«Florinda?» Pai strahlte mich an. «Schön, schön!»

Gut sah er aus. Glücklich. Wie konnte das sein? Ich meine, es war natürlich großartig, ihn so wohl zu sehen. Aber ein kleiner Teil in mir war verletzt. Es war doch nicht möglich, dass es ihm hier besser ging als zu Hause bei uns? Er saß draußen vor dem Heim in der Nachmittagssonne auf einer Bank, neben sich eine alte Frau in Schwarz. Ich kannte sie nicht und nickte ihr zu. Er stupste die Frau an, deutete auf mich und sagte: «Schwester.» Ich holte schon Luft, um ihm zu sagen, dass ich seine Tochter sei, nicht seine verstorbene Schwester. Dann ließ ich es sein und gab ihm nur ein Küsschen auf die Wange. Wozu ihn durcheinanderbringen? Oft genug hatte ich die Erfahrung gemacht, dass es ihn nur traurig machte, wenn ich ihn korrigierte.

«Möchtest du spazieren gehen, Pai?»

Er stand tatsächlich auf und wir gingen los. Zu dritt. Die alte Dame hakte sich wie selbstverständlich bei Pai ein, es schien ihn nicht zu stören. Dann störte es mich auch nicht. Sie sagte kein Wort.

Bevor ich mich auf den Weg nach Hause machte, sprach ich noch mit zwei Mitarbeiterinnen des Hauses. Sie bestätigten, was mir Mãe gestern schon am Telefon erzählt hatte: Pai war im Moment der Überzeugung, im Heim lauter alte Bekannte wiederzutreffen. «Heute früh war er allerdings sehr unruhig und wollte nach Hause. Aber machen Sie sich deswegen keine Gedanken, Dona Anabela. Wir sind das gewöhnt und können damit umgehen. Es braucht natürlich Zeit, bis er sich hier ganz eingelebt hat.»

Zu Hause sichtete ich meine Post sowie alle Mails und freute mich: Adriana Pires, die Notarin aus Mértola, hatte einen weiteren Auftrag für mich.

Das traf sich wirklich gut. Mein Job für die PJ war erledigt, jedenfalls hatte mein geschätzter Herr Chefinspektor mit keiner Silbe angedeutet, dass es noch mehr Arbeit für mich geben würde. Oder überhaupt noch mal mit mir gesprochen hatte. Dazu kam, dass wir nun monatlich die sechshundertundfünfzig Euro für Pais Platz im Doppelzimmer bezahlen mussten. Einen Zuschuss von der Sozialversicherung würden wir nicht bekommen, unser Familieneinkommen lag über dem Satz und eine Pflegeversicherung gibt es in Portugal nicht. Vielleicht würden wir den Zuschuss aus Deutschland bekommen, aber dazu bedurfte es einer Beurteilung seines Gesundheitszustandes, die noch nicht stattgefunden hatte.

Kurz vor Mitternacht traf eine Nachricht von João ein: «Zu müde zum Telefonieren. Liebe dich.»

Tja, dann war ich wohl auch zu müde zum Antworten.

31

«Ich hab da jeden dritten Tag saubergemacht.»

Die Frau, mit der Samanta Soares unter einer Palme auf einer Bank saß, hieß Odília Conde, war in den Vierzigern und gehörte zum Reinigungspersonal des Resorts.

«Auch vorgestern?»

«Da auch. Dauert's noch lange? Meine Pause ist kurz. Und was kann ich Ihnen schon sagen? Als ich in dem Haus war, war der quicklebendig.»

«Es sind nur ein paar Fragen. Sie sagen, Senhor Fischer hat noch gelebt. Haben Sie mit ihm gesprochen? Um welche Uhrzeit war das?»

«Bei dem war ich gegen zehn. Und es hat ihm überhaupt nicht gepasst.»

«Wieso nicht?»

«Was weiß denn ich? Der hatte üble Laune, das steht mal fest. Freundlich war der ja eh nie.»

«Aber vorgestern war etwas anders als sonst?»

«Normalerweise war der gar nicht da, wenn ich kam. Ich habe einen Schlüssel», sagte sie nicht ohne Stolz. «Natürlich klingele ich immer erst, bevor ich in ein Haus gehe.»

«Natürlich.» Soares hatte schnell gespürt, dass diese Frau

zu der Sorte Zeugen gehörte, die Ermunterung brauchten. «Sie haben also geklingelt.»

«Ja, und dann macht der mir auf, ich war total überrascht. ‹Was wollen Sie denn hier?›, hat er mich angeraunzt. Blöde Frage, hab ich gedacht. Ich mein, der weiß doch, wer ich bin. Und wann ich komme.» Sie schüttelte leicht den Kopf, noch immer verwundert. «‹Na, dann machen Sie schon, was Sie machen müssen›, sagt er und setzt sich an den Küchentresen. Er hat gerade gefrühstückt.»

Soares machte sich eine Notiz. Jetzt hatten sie eine Uhrzeit für das Frühstück.

«Ich hab dann oben angefangen, damit ich ihn unten nicht störe.»

«Ist Ihnen etwas aufgefallen?»

«Er wollte wohl verreisen, da standen ein paar Koffer rum. Haben gestört beim Staubsaugen.»

«Senhor Fischer hatte einen Wandsafe. Können Sie sich daran erinnern, ob der offen stand oder geschlossen war?»

«Wieso fragen Sie das? Sie wollen doch wohl nicht sagen …?»

«Ich will gar nichts sagen und Ihnen auch nichts unterstellen, Dona Odília. Ich muss nur wissen, was Ihnen aufgefallen ist.»

«Von einem offenen Safe weiß ich nichts. Ich hab das Bett abgezogen.» Sie verzog angewidert das Gesicht. «War mal wieder ein gebrauchtes Kondom drin. Ich frag mich wirklich, warum die Leute die Dinger nicht selbst in den Müll werfen können. Ich weiß schon, warum ich bei der Arbeit immer Gummihandschuhe trage. Dann bin ich durchs Badezimmer. Im Gästezimmer war nichts zu tun.»

«Einen Augenblick, was ist mit dem Müll? Haben Sie den mitgenommen?»

«Natürlich. Ich mache immer die Mülleimer leer und werfe die Beutel in den Sammelbehälter.»

«Wo steht dieser Behälter?»

«Ein Stück die Straße runter, hinter einem Holzzaun, wieso?»

«Ist das eine Presse?»

«Nein, die Presscontainer sind nur beim Club und beim Hotel. Da, wo die Villen stehen, sind es normale Behälter. Die werden alle paar Tage geleert, danach kommt alles in die Presse. Wieso?»

Soares antwortete nicht, machte sich nur eine weitere Notiz und fuhr mit ihrer Befragung fort: «Und dann? Was haben Sie dann gemacht?»

«Dann hab ich in den Bädern unten und im Wohnzimmer geputzt. Er saß immer noch da am Küchentresen, hat ganz vertieft auf sein Tablet geguckt. ‹Soll ich das Frühstück abräumen?›, hab ich gefragt. Und was kriege ich zur Antwort? ‹Verschwinden Sie endlich.› Na, danke auch. Ich bin vielleicht nur die Putzfrau, Respekt hab ich ja wohl trotzdem verdient.»

«Allerdings.» Soares schüttelte sich innerlich bei dem Gedanken, anderer Leute Kondome wegräumen zu müssen. Das Bild vom charmanten Matthias Fischer bekam gerade einen gewaltigen Riss. Sie war gespannt, was der Hausmeister zu berichten hatte.

«Sagen Sie, war auch jemand von der Haustechnik im Haus, als Sie dort waren?»

«Nee, ich war die Einzige.»

«Okay. Vielen Dank für Ihre Zeit, Dona Odília. Ein Kollege von mir wird Sie später noch aufsuchen, wir brauchen Ihre Fingerabdrücke für einen Abgleich.»

«Wie bei den Krimis im Fernsehen?»

«Ganz genau.»

In der Rua Dom Jerónimo Osório standen gelb getünchte Blocks mit weißen Balkonen. Die Gebäude schienen relativ neu zu sein. Wohnkästen vom Reißbrett. Sozialer Wohnungsbau? Möglich. Auf jeden Fall bezahlbar, schätzte Samanta Soares.

An die meisten Balkonbrüstungen waren außen Wäscheleinen montiert, sie bekam über die Dessous einen Eindruck von der Vielfalt der Bewohner: Vom Damen-Baumwollschlüpfer in Übergröße über flotte Boxershorts bis zum Stringtanga aus Spitze war alles dabei. Auf keinem der Balkone regte sich an diesem späten Nachmittag Leben. Die Leute würden bei der Arbeit sein. Oder, im Fall von José Nunes, möglicherweise im Bett liegen.

Die Nummer elf befand sich in der Mitte der Häuserreihe. Soares wanderte mit den Augen hoch zum zweiten Stock und nach rechts. Keine Wäsche. Sie fand die richtige Klingel, wartete und klingelte noch einmal. Keine Reaktion. Womöglich war der Mann zu krank, um aufzustehen. Sie nahm ihr Telefon und wählte die Nummer, die sie von der Resortverwaltung bekommen hatte.

«Chegou à caixa de correio de …» Mailbox.

«Hier spricht Inspektorin Samanta Soares von der Polícia Judiciária Faro. Bitte rufen Sie zurück.»

Auf einem der Balkone im ersten Stock, dem mit den

Baumwollschlüpfern, erschien ein grauer Lockenkopf. «PJ? Hat der Ärger?»

«Wir müssen Senhor Nunes nur ein paar Fragen stellen, Senhora, sonst nichts.»

Die Frau, Soares schätzte sie auf Ende sechzig, trug eine Kittelschürze mit winzigen Karos, wie ihre Mutter sie trug. Sie dürfte auch die gleiche Gewichtsklasse haben, dachte sie, mindestens fünfzig Kilo zu viel. Soares wusste schon, warum sie intensiv Sport trieb und auf ihr Gewicht achtete.

«Ihr Nachbar macht nicht auf, obwohl er meines Wissens krankgeschrieben ist. Wissen Sie zufällig, ob er zu Hause ist? Vielleicht ist er ja auch zum Arzt gegangen?»

«Den hab ich zuletzt vorgestern gesehen, frühmorgens. Wie üblich hat er nicht gegrüßt. Früher hat man sich ja noch bei den Nachbarn vorgestellt, wenn man wo neu eingezogen ist, aber heutzutage ...»

«Er wohnt also noch nicht lange hier?»

«So zwei, drei Wochen.»

Samanta konnte von Glück sagen, dass der Mann seinem Arbeitgeber schon die aktuelle Adresse mitgeteilt hatte, selbstverständlich war das nicht.

«Allein?»

«Zumindest habe ich nie jemand anderen gesehen.»

«Na dann, vielen Dank, Senhora.»

«Weshalb wollen Sie denn mit ihm reden?»

«Das kann ich Ihnen leider nicht sagen. Boa tarde.»

Soares setzte sich ins Auto und rief Almeida an. Sie berichtete knapp von ihrem Gespräch mit der Putzfrau und dem Kondom im Müll. «Jetzt steh ich beim Hausmeister in der Straße. Er macht nicht auf oder ist nicht da, jedenfalls hat es wenig Zweck zu warten. Ich habe ihm auf Band gesprochen, dass er sich melden soll. Wenn es für dich okay ist, fahre ich ins Präsidium und aktualisiere die Fallakte.»

«Mach das und gib den Namen José Nunes ins System ein. Ich besorg dir das Geburtsdatum. Okay, bis gleich.»

Kaum hatte er aufgelegt, gab Almeida Soares' Informationen an Pinto weiter.

«Hol mir mal den Chef der Haustechnik ans Telefon, Paulo.»

«Boa tarde, hier spricht Chefinspektor João Almeida. Ich habe eine Frage zu Ihrem Hausmeister. Es gibt mehrere? Ich meine José Nunes, der im Haus des Mordopfers eine Klimaanlage warten sollte. Mir wurde gesagt, er habe sich vorgestern krankgemeldet. Können Sie mir sagen, wann genau? Mittags? Aha. Und jetzt bräuchte ich das Geburtsdatum des Mannes. Ja, ich warte.» Kurz darauf hatte er, was er wollte. «Zwei Fragen noch: Wo im Haus von Matthias Fischer sollte er die Klimaanlage prüfen? Und wann wird der Müllbehälter in der Nähe von Fischers Haus geleert?» Wieder wartete er. «Gut, danke.»

«Die Klimaanlage war die im Schlafzimmer», berichtete Almeida.

«Vom Zeitpunkt her würde es passen», sagte Pinto.

Almeida nickte und schickte Soares die Nachricht mit dem Geburtsdatum.

«Denkst du, was ich denke, Paulo?»

«Es ist zumindest eine Möglichkeit. Wenn wir den Mann morgen früh nicht erreichen, sollten wir eine Fahndung rausgeben.»

«Ja.» Almeida überlegte einen Moment. «Okay, hier im

Resort sind wir erst mal durch. Sag dem Manager Bescheid, dass er sein tolles Apartment wieder vermieten kann.» Die Kollegen vom Wirtschaftsdezernat waren bereits vor einer Stunde abgefahren.

Almeida trat ans Fenster, richtete den Blick ein letztes Mal über den Golfplatz aufs Meer und rief den Chef der Spurensicherung an.

«Ja, richtig gehört, ein Müllbehälter. Wir suchen nach einem gebrauchten Kondom.» Er hielt das Telefon ein Stück vom Ohr weg. «Ich hab dich auch lieb, Lourenço.»

Lachend beendete er das Gespräch.

32

Es war noch nicht mal neun Uhr morgens und er fühlte sich schon jetzt so erschöpft, als hätte jemand ein Kabel gezogen, das ihn mit Energie versorgte.

Seit drei Stunden saß João Almeida in seinem Büro und führte ein Telefonat nach dem anderen. Schon viermal hatte er erfolglos versucht, einen Techniker aufzutreiben, der seine Kaffeemaschine reparieren konnte. Das teure Gerät wollte partout nicht funktionieren. Koffeinmangel und zu viel Arbeit am frühen Morgen – viel schlechter konnte ein Tag kaum anfangen. Doch. Nämlich dann, wenn der Mönch das i-Tüpfelchen auf diesem miserablen Start bildete.

«Doutor Fernandes, der Mann ist nachweislich gewalttätig. Er hat sich in dem Zeitraum krankgemeldet, in dem Binder erschlagen wurde, und ist seitdem nicht gesehen worden. Für mich ist José Nunes unser Hauptverdächtiger. Wir werden nach ihm fahnden lassen. Sie müssten noch eine richterliche Anordnung für eine Wohnungsdurchsuchung besorgen.»

«Ich muss gar nichts, Almeida. Außerdem ist mir das zu dünn. Er könnte inzwischen zu Hause sein. Nein, nein, da brauche ich mehr. Ich will mich schließlich nicht lächerlich machen.»

«Auf keinen Fall, Doutor Fernandes.» Seine Ironie war natürlich pure Vergeudung.

Inzwischen hatten sich die Kollegen von der Schutzpolizei gemeldet, die Almeida in aller Herrgottsfrühe zur Wohnung von Nunes geschickt hatte. Der Hausmeister war nicht da. Beim zweiten Gespräch hatte der Staatsanwalt schließlich widerwillig zugesagt, die Durchsuchung zu beantragen. Pinto war derweil dabei, die Fahndung und die Ortung von Nunes' Handy zu veranlassen. Almeida warf einen Blick auf den überquellenden Korb mit dem Posteingang. Obenauf lag ein Zettel von Lourenço de Castro e Sousa. «Komm ins Labor!»

Wann denn bitte? Jeden Moment musste der Bibliothekar aus Alcoutim eintreffen. Und Almeida wollte mit Pinto nach Cabanas de Tavira starten, sobald die richterliche Anordnung da war.

Noch einmal nahm er sich die Akte von diesem Nunes vor, Soares hatte sie ihm am Vorabend auf den Tisch gelegt. Er kam nicht weit, denn einen Moment später riss Pinto die Tür auf. «Die Fahndung läuft. Das Schwein kriegen wir!»

«Entspann dich, Paulo, natürlich kriegen wir ihn.»

Nicht der Verdacht, Nunes könnte der Mörder von Binder sein, brachte den Kollegen in Rage, wie Almeida sehr wohl wusste. Es war der Inhalt der Akte, die Pinto bereits studiert hatte. Vor einer Stunde hatte auch er sie zum ersten Mal gelesen und sofort an jenen Abend mit Pinto vor zwei Wochen im *Zeca's* denken müssen. Seine Gedanken wanderten zu ihrem Gespräch zurück, jedes Wort davon war ihm noch im Ohr.

«Vater werden. Das pack ich nicht.»

«Wieso solltest du das nicht packen, Paulo? Das haben schon ganz andere vor dir geschafft. Machst du dir wegen der Finanzen Sorgen?»

Viele Paare verzichteten auf Kinder, weil sie es sich schlicht nicht leisten konnten, Eltern zu werden. Aber Paulo und Luísa?

«Du verdienst doch nicht schlecht. In zwei, drei Jahren spätestens kommst du in die nächste Gehaltsstufe. Und Luísa hat auch einen guten Job.» Paulos Freundin arbeitete als Chemielaborantin in einem Privatkrankenhaus in Gambelas, einem Stadtteil von Faro.

«Das ist es nicht, das Finanzielle schaffen wir schon.»

«Was dann, Paulo?»

Sekunden waren zu Minuten geworden. Schließlich hatte Pinto den Ärmel seines Hemdes hochgeschoben und auf zwei runde Narben gezeigt, die wie ausgestanzt aussahen.

«Ich habe dir nie erzählt, wo ich die herhabe. Es sind übrigens nicht die einzigen.»

Almeida hatte geschwiegen, den Freund nur angesehen und gewartet.

«Das war mein Vater. Er hat gern seine Zigaretten auf mir ausgedrückt, wenn er wütend war oder frustriert oder einfach nur betrunken.»

«Paulo ...»

«Nein, João, warte. Kannst du mir garantieren, dass dieses Tier, das mein Vater war, nicht auch in mir steckt? Dass ich nicht eines Tages nach Hause komme, meine Frau verprügele und mein Kind misshandle? Kannst du das?»

Almeida hatte nicht gewusst, was er antworten sollte.

«Und dann dieser Fall neulich ... mit der Mutter der Zwillinge .... Ich habe Angst, João. Angst, auch so ein Monster zu werden wie der Mann, der die Frau erstochen hat.»

«Dein Vater lebt nicht mehr, oder?»

«Zu meiner großen Freude hat er mit Mitte vierzig einen Schlaganfall gehabt und den nicht überlebt. Aber zu dem Zeitpunkt hat er sich bereits nicht mehr getraut, mich anzufassen. Oder meine Mutter.»

So vieles ergab plötzlich einen Sinn. Das Krafttraining, das Paulo seit seiner Jugend machte, seine Entscheidung für die Polizei, sein besonderes Interesse an Fällen von häuslicher Gewalt.

«Weiß Luísa davon?»

«Ja.»

«Und?»

«Sie sagt, sie vertraut mir.»

Almeida hatte Pinto lange in die Augen gesehen, in diese Augen voller Angst und Zweifel.

«Paulo», hatte er schließlich mit Bedacht gesagt, «wir kennen beide die Statistiken und wissen, dass aus geschlagenen Kindern oft schlagende Eltern werden. Aber das sind in aller Regel Erwachsene, die sich nicht mit dem auseinandergesetzt haben, was ihnen widerfahren ist. Anders als du. Ich denke, wenn Luísa dir vertrauen kann, dann kannst du selbst es auch.»

An diesem Abend war er erschüttert nach Hause gefahren – gebunden an das Versprechen, niemandem von dem Gespräch zu erzählen. An Schlaf war nicht zu denken gewesen. Lange war er durch die Gassen von Estói gelaufen, hatte über Gewalt in all ihren Formen nachgedacht. Über

Gewalt und über Kontrolle. Seine Halbschwester Liliana war ihm in den Kopf gekommen. Sie war lange Zeit extremer Kontrolle ausgesetzt gewesen, wenn auch keiner körperlichen Gewalt. Inzwischen war sie glücklich in einer neuen Beziehung und hatte diese Erfahrung erfolgreich verarbeitet. Genau das wünschte er auch Paulo. Vielleicht würde ihm das Kind dabei helfen.

Almeida war zurück im Hier und Jetzt und zeigte auf die Akte. «Hier steht nicht, wo die Frau von Nunes inzwischen lebt. Nur, dass sie mit ihrem Sohn in einem Frauenhaus untergekommen ist.»

«Da ist sie nicht mehr. Ich habe nachgefragt.»

«Kann er bei ihr sein? Was denkst du, Paulo? Es gibt zwar ein richterliches Kontaktverbot, aber ...»

Pinto blickte ihn nachdenklich an. «Nicht auszuschließen. Möglich ist alles. Sowohl, dass sie zu ihm zurückgegangen ist, als auch, dass er sie gefunden hat und das Kontaktverbot ignoriert.»

«Wir müssen das prüfen. Wie finden wir die Frau?»

«Soares ist dran.»

Das Telefon auf Almeidas Schreibtisch klingelte. «Sim?»

«Mário Gomes wäre jetzt da, Chefinspektor. Er sitzt in Verhörraum zwei.»

«Sagen Sie ihm, ich komme, sobald ich Zeit habe. Es kann ein bisschen dauern.» Er schlug die Akte zu.

«Lass uns zu Lourenço runtergehen, er scheint etwas für uns zu haben. Aber vorher besorgen wir Kuchen.»

33

Du bist nicht schuld.

Gabriela hatte den Satz immer im Kopf.

Wenn sie im Bus saß und zur Arbeit fuhr. Wenn sie in der Restaurantküche Gemüse kleinschnitt, ihr Messer durch eine Karotte hackte.

Du bist nicht schuld.

Nach der Arbeit, wenn sie von der Bushaltestelle zu der Wohnung lief, die sie nach drei Monaten im Frauenhaus endlich gefunden hatte, und dabei alle paar Meter ängstlich über ihre Schulter sah.

Du bist nicht schuld.

Wenn ihr Sohn sie mit großen traurigen Augen anschaute. «Wann kommt Pai?»

Du bist nicht schuld.

So, wie es ihr die Psychologin im Frauenhaus gesagt hatte.

Aber ganz tief drinnen fragte sie sich, was sie falsch gemacht hatte. Warum sie nicht die Frau sein konnte, die Zé brauchte. Die ihn so glücklich und zufrieden machen konnte, dass er keinen Grund gehabt hätte, sie zu schlagen.

«Körperliche Gewalt ist ein Mittel, um den anderen kleinzukriegen und zu kontrollieren», hatte die Therapeutin gesagt. «Es ist ganz typisch für einen gewalttätigen Mann, dass er Ihnen einredet, es läge daran, dass Sie etwas falsch machen, Gabriela. Aber das haben Sie nicht getan. Nichts gibt Ihrem Mann das Recht, Sie zu misshandeln. Nichts! Verstehen Sie?»

Ihr Kopf verstand. Ihr Gefühl nicht.

Ihr Gefühl weiß: Sie würde ihm noch eine Chance geben. Er war ja nicht immer so, es gab auch gute Tage. Sie könnte noch immer versuchen, ihm eine bessere Frau zu sein. Wenn der Kleine nicht wäre. Wenn er den Kleinen nicht geschlagen hätte.

Sie sieht sich wieder vor dem Küchenschrank liegen, alles tut ihr weh und er tritt immer noch zu. Morgen wird sie grün und blau sein und nicht aus dem Haus gehen können. Hätte sie doch bloß gewusst, dass Zé früher als sonst von der Arbeit kommt. Dann wäre das Essen fertig und der Müllsack längst im Container gewesen.

«Du schaffst es nicht mal, für Ordnung zu sorgen, du faule Schlampe.»

Der Inhalt des Sacks liegt in der ganzen Küche verteilt, nachdem er ihn gegen die Wand gedonnert hat. Und dann, als er einen Augenblick schwer atmend still steht und sie versucht, sich am Küchenschrank aufzurichten, hören sie es beide. Das Wimmern. Der Kleine steht in der Küchentür. Zé fährt herum. «Hab ich dir nicht gesagt, du sollst im Bett bleiben!» In drei Schritten ist er bei der Tür, schlägt seinem Sohn ins verschreckte Gesicht. Der Kleine rennt nach oben, sie hört seine Zimmertür zuschlagen.

Da weiß sie: Sie muss weg. Wenn nicht sich selbst zuliebe, dann für Bernardo. Er ist doch erst fünf.

Eine Nachbarin, Maria dos Anjos, hat ihr den Zettel zugesteckt. Heimlich. Nach einem ähnlichen Abend wie diesem. Die Nachbarn wissen genau, was läuft. Sie stellen den Fernseher lauter.

Auf dem Zettel steht eine Telefonnummer. Es ist nicht die der GNR im Ort, die kennt sie. Dort kann sie auf gar keinen Fall anrufen, da hat Zé eine Menge Freunde, von denen ist keine Hilfe zu erwarten. So wenig wie von ihrer Familie.

Maria dos Anjos, Maria von den Engeln. Für sie ist Maria tatsächlich von den Engeln. *Apóio à Vítima, Opferhilfe* steht auf dem Zettel. Sie wartet, bis Zé endlich schläft, und versorgt ihre Wunden. Unter der Nummer meldet sich eine Frau mit sanfter Stimme.

Sie packt das Nötigste für sich und das Kind. Bernardo weint, als sie ihn aus dem Bett hebt. «Pssst, wir müssen ganz leise sein, mein Herz.» Den Koffer in die eine Hand, den Jungen an die andere. Drei Straßen vom Haus entfernt wartet das Taxi. Sie macht alles genau so, wie die Frau am Telefon gesagt hat.

Drei Monate lang hatte sie sich im Frauenhaus sicher gefühlt. Sie hätte noch länger bleiben können. Aber ihr Ziel musste sein, auf eigenen Beinen zu stehen. Für Bernardo. Der Junge sollte so normal aufwachsen, wie es ging. Und dann war die Nachricht vom Tod ihrer Schwiegermutter gekommen. Als Ehefrau von Zé – sie war zwar beim Anwalt gewesen, hatte die Scheidung aber noch nicht eingereicht – stand sie auf der Liste der Erben. Geld für eine Wohnungskaution, für die ersten Mieten, für die Ausstattung. Sie hatte ein Angebot für ein T2, eine Wohnung mit zwei Schlafzimmern. Nur bis zum Sommer, dann wurde die

Wohnung an Touristen vermietet. Es war ein Anfang, im Sommer würde sie weitersehen.

Vor und nach dem Termin bei der Notarin hatte sie ein paar Tage entsetzliche Angst gehabt, obwohl mit Hilfe ihres Anwalts alles so geregelt worden war, dass Zé ihre Adresse nicht erfuhr. Er durfte sich Bernardo und ihr nicht nähern, ein Gericht hatte das so festgelegt, aber sie glaubte kaum, dass ihn so ein Beschluss von irgendetwas abhalten konnte.

Nein, wenn er sie fand, schlug er sie tot. Daran gab es nicht den geringsten Zweifel. Sie hatte es in seinem Blick gesehen.

34

Im Labor empfing sie gedämpftes Licht. Lamellenjalousien sorgten dafür, dass die zahlreichen Monitore keiner direkten Sonneneinstrahlung ausgesetzt waren. Elektronische Apparaturen produzierten ein beständiges Summen und in der Luft lag ein chemischer Geruch.

Lourenço de Castro e Sousa rollte auf seinem mit weichem Leder überzogenen Bürodrehstuhl gerade von einem Bildschirm zu einem anderen, als Almeida und Pinto sein Allerheiligstes betraten. Der Chefinspektor war sich ziemlich sicher, dass Lourenço die edle Sitzgelegenheit gekauft hatte. So wie er selbst seine Kaffeemaschine. Kein guter Gedanke, der Ärger über das defekte Gerät wollte wieder in ihm aufwallen.

«Schön, dass ihr es doch noch schafft.»

«Es ist gerade mal zwanzig nach neun, Lourenço.»

«Eben. *Schon* zwanzig nach neun. Was hast du da, Paulo?» Er zeigte auf die Packung, die Pinto in den Händen hielt.

«Könnte Kuchen sein. Kuchen für freundliche, wohlgelaunte Kollegen.»

«Na gib schon her.»

Wenige Minuten später, Krümel von Blätterteig im

Mundwinkel, zeigte der Kriminaltechniker auf ein Tablett. «Da kann einem die Laune schon mal vergehen, meint ihr nicht?»

Auf dem Tablett lagen fünf gebrauchte Kondome.

«Fünf?», fragte Almeida. «Wieso fünf?»

«Weil sich offensichtlich nicht nur euer Sven Binder in dem Golfresort sexuell betätigt hat. Nur eins ist von ihm. Und die gute Nachricht: Er hat es sich offenbar nicht selbst abgezogen, das war die Dame, mit der er sich vergnügt hat. Sie hatte es zumindest nach dem Verkehr in den Fingern. Weshalb ich auf dem Gummi zwei wunderschöne Abdrücke gefunden habe.»

«Lässt sich noch feststellen, wann das war? Und natürlich von wem die Abdrücke sind?»

«Wann das war, lässt sich nicht mehr feststellen. Spermien haben außerhalb des Körpers nur eine kurze Überlebensspanne, außerdem war das Kondom mit einem Spermizid beschichtet. Aber ich kann euch in der Tat sagen, wer das Ding in den Fingern hatte … War da nicht noch ein Pastel de Nata im Karton?»

«Gleich, Lourenço. Nun red schon.»

«Marianne Kallmeyer.»

«So, so», sagte Almeida. «Die Senhora, die behauptet hat, mit Binder-Fischer nur geplaudert zu haben.»

«Was hat das schon zu bedeuten?», fragte Pinto. «Ob die nun miteinander gevögelt haben oder nicht, kann uns doch egal sein.»

«Das sehe ich anders. Es ist zumindest ein Hinweis darauf, dass die Beziehung intensiver war, als sie uns hat glauben lassen. Was war eigentlich mit ihrem Alibi für den Vormittag, an dem er gestorben ist? Sie war mit einer Freundin zusammen, wenn ich mich recht erinnere.»

«Ja, und ich meine, die hätte das auch bestätigt. Müsste ich anhand der Fallakte noch mal prüfen.»

«Mach das, Paulo. Und nun gib ihm schon den Karton. Danke, Lourenço.» Sie wandten sich zum Gehen.

«Nicht so eilig, die Herren.»

Castro e Sousa stellte den Kuchen ab. «Da ist noch mehr.»

«Und zwar?»

«Wie viel ist ein Pikogramm?»

«Worauf willst du hinaus?»

«Ein Pikogramm ist ein Billiardstel Kilogramm.»

«Verdammt, Lourenço, wir haben keine Zeit für Spielchen.»

Der Chef der Kriminaltechnik erhob sich aus seinem Stuhl und ging zu einem Tisch, auf dem ein schwarz-grauer Kasten stand. Für Almeida sah er aus wie ein kleiner Standrechner. Allerdings hatte das Gerät einen Bildschirm, den Lourenço nun mit einem Touch zum Leben erweckte.

«Das, werte Kollegen, ist das neueste Kapillarelektrophorese-Gerät, das auf dem Markt zu haben ist.» Er streichelte zart über die Kiste. «Mit diesem Schätzchen kann ich auch Spuren in der Größe eines Pikogramms DNA extrahieren und analysieren. Haben wir gerade erst bekommen.»

«Glückwunsch», sagte Pinto trocken. «Und dein neues Baby hat etwas für uns ausgespuckt?»

«Allerdings. Die Hautabriebspuren vom Golfschläger hätte ich ohne dieses Wunderwerk der Analysetechnik nicht auswerten können.»

«Also?» Almeida verlor langsam die Geduld. Wahrscheinlich war inzwischen die Anordnung für die Wohnungsdurchsuchung bei José Nunes gekommen. Er wollte los.

«Wenig überraschend stammen die meisten Partikel vom Opfer. Aber es gibt auch andere. Von einem Mann und von einer Frau. Wann diese Anhaftungen entstanden sind, kann ich natürlich nicht sagen.»

«Vielleicht hat nicht nur Binder die Schläger benutzt, sondern auch andere?», dachte Pinto laut.

«Sehr unwahrscheinlich», meinte Almeida. «In der Regel haben die Spieler ihre eigenen Sets, Gastspieler leihen sich ihre in der Anlage. Ich halte es für sehr viel plausibler, dass der Täter die Spuren hinterlassen hat. Oder die Täterin.»

«An wen außer Nunes denkst du? Doch nicht an diese Kallmeyer?»

«Warum nicht? Ich werde auf jeden Fall noch einmal mit ihr reden. Und wir brauchen von beiden DNA-Proben.»

«Wenn ich die Herren unterbrechen darf», schaltete sich Lourenço de Castro e Sousa ein. «Inzwischen ist auch die Analyse der Spuren am Fingerring fertig. Eure Wasserleiche ist eindeutig von Sven Binder geschlagen worden.»

Almeida seufzte. «Dann ist jetzt wenigstens etwas klar.»

«Hör zu, Paulo», sagte Almeida auf dem Weg zurück vom Labor. «Die Wohnungsdurchsuchung bei Nunes übernimmst du, zusammen mit Soares. Denk an die DNA. Ich führe mir in der Zwischenzeit noch mal die Fallakte zu Gemüte. Vielleicht haben wir was übersehen.» Nach seiner Erinnerung kamen als Verursacherinnen der Spur auf dem Schläger nur die Putzfrau und Marianne Kallmeyer in

Frage. Aber er wollte sicher sein. Gab es noch eine weitere Frau an der Peripherie von Binder, der sie keine Beachtung geschenkt hatten? Hatten sie den Kreis um den Mann zu eng gezogen?

Marianne Kallmeyer.

Welchen Grund sollte sie gehabt haben, Binder den Schädel einzuschlagen? Ihm wollte kein sinnvolles Motiv in den Kopf kommen. Aber etwas anderes fiel ihm ein. Für das erneute Gespräch mit der Deutschen brauchte er Anabela. Ein Gedanke wie ein Sonnenstrahl inmitten trüber Wolken. Zum ersten Mal an diesem Vormittag verzog sich sein Mund zu einem breiten Lächeln. Was er jetzt noch brauchte, war ein Espresso. Und zwar sofort. Kurz vor seinem Büro kehrte Almeida um und ging zum Treppenhaus, verließ das Präsidium und steuerte die nächste Bar an.

Kaffee und Anabela.

Vielleicht wurde der Tag doch noch gut.

35

«Das kann nicht dein Ernst sein, João. Du verdächtigst Marianne Kallmeyer?»

«Moment.»

Aus meinem Telefon drang nur noch Geschirrklappern und Stimmengewirr. Dann hörte ich João sagen: «Um Café duplo, se faz favor.» Offenbar war er in einer Bar. Während ich darauf wartete, dass er wieder mit mir redete, dachte ich an Marianne Kallmeyer. Ich sah sie vor mir. In ihrem feinen Leinenkleid, mit dem glänzenden braunen Haar und dem perfekten Make-up. Versuchte, mir vorzustellen, wie sie Sven Binder mit einem Golfschläger ins Jenseits beförderte. Wahrscheinlich hätte sie dabei noch eine gute Figur gemacht. Aber ernsthaft. Nein, vorstellen konnte ich mir die Szene nicht. Eine so elegante Frau. Por fora bela viola, por dentro pão bolorento. Außen eine schöne Gitarre, innen schimmeliges Brot. Einer der Sprüche meiner Oma. In Deutschland würde man sagen: Außen hui, innen pfui.

«Entschuldige, Bela, da bin ich wieder. Ich habe nicht gesagt, dass ich sie verdächtige. Wir müssen sie lediglich aufgrund der Spurenauswertung noch einmal befragen. Kannst du kommen?»

«Ich weiß nicht, João, ich muss erst mit Mãe …»

Halt. Stopp. Musste ich nicht. Ich musste nicht mehr mit meiner Mutter meine Termine abstimmen und dafür Sorge tragen, dass Pai versorgt war. Wenn es im Heim so gut weiterlief, musste ich das nie wieder. Eine ganze Welle von gemischten Gefühlen rollte über mich hinweg. Da waren Glück und Erleichterung, aber auch Beschämung. Durfte ich mich wirklich freuen, weil mir mein Leben plötzlich leichter und freier erschien?

«Bela, bist du noch dran?»

«Was? Ja, entschuldige. Mir wurde nur gerade bewusst ... ist jetzt nicht wichtig. Natürlich komme ich. Ach, João?»

«Ja?»

«Ich wollte dich noch nach diesem Hausmeister fragen, zu dem Samanta gestern gefahren ist.»

«Wieso?»

«Ich hatte kürzlich mit einem José Nunes zu tun, als ich bei einem Hausverkauf übersetzt habe. Ein unangenehmer Mensch. Vermutlich ist es nur eine Namensgleichheit, aber ich hab mich gefragt, ob das derselbe sein kann. Er hat seinem Bruder erzählt, dass er für reiche Arschlöcher arbeitet. Seit ich den Namen gestern wieder gehört habe, geht er mir nicht mehr aus dem Kopf.» Was natürlich auch damit zusammenhing, dass mir die Notarin wegen eines zweiten Auftrags geschrieben hatte. «Allerdings hat der eine Adresse in Alcoutim angegeben, nicht in Cabanas.»

«Erzähl mir mehr darüber, Anabela. Warum war er dir unangenehm?»

Ich wunderte mich zwar über Joãos Interesse, erzählte ihm aber von dem Termin und der verschreckten Ehefrau. «Der Typ ist übrigens total geldgierig», schloss ich.

«Bela, das ist jetzt sehr wichtig. Es könnte derselbe Mann sein. Wir fahnden nach ihm. Und wir müssen wissen, wo seine Frau lebt. Bisher hat Samanta ihre Adresse nicht ausfindig machen können. Es ist nicht auszuschließen, dass er bei ihr untergeschlüpft ist.»

Das konnte ich mir nun überhaupt nicht vorstellen, so wie sie ihn angesehen hatte. Aber was wusste ich schon?

«Kennst du die Anschrift? Die musste sie doch sicher angeben.»

Ich zermarterte mir das Hirn, konnte mich aber beim besten Willen nicht daran erinnern, die Adresse der Frau gelesen zu haben. Eigentlich seltsam, doch es war mir damals nicht weiter aufgefallen. «Ihr könntet die Notarin fragen, bei der der Termin stattgefunden hat, ich schicke dir gleich ihre Nummer. Seine Frau heißt übrigens Gabriela Sousa Guerreiro.» In Portugal haben Eheleute oft keinen gemeinsamen Namen.

«Ja, mach das bitte. Vielleicht bringt uns das weiter.»

Wir verabredeten, dass wir uns mittags in einem Café in der Nähe des Golfresorts treffen würden. João wollte vor der neuen Befragung noch in Ruhe mit mir sprechen. Dann schickte ich ihm den Kontakt der Notarin Adriana Pires und ging rüber zu Mãe.

«Ich muss noch einmal nach Faro, Mãe. Kannst du heute mit dem Taxi zu Pai fahren?»

«Ein Taxi?! Wo denkst du hin? Wir haben doch wohl nicht in der Lotterie gewonnen. Ich frage Maria Glória. Fahr du nur zu deinem Kommissar, Filha. Viel Spaß.»

«Ich werde arbeiten, Mãe!»

«Jaja. Nun fahr schon. Lass ihn nicht warten. Jetzt, wo

dein Vater im Heim ist, macht er dir bestimmt bald einen Antrag!»

Die Frau war einfach unmöglich.

Mein nächster Gedanke war: Hoffentlich nicht.

36

Kaum wieder im Präsidium, hielt ein Kollege Almeida auf. «João, der Typ im Verhörraum zwei ist ziemlich sauer. Er sagt, wenn du nicht gleich auftauchst, geht er und reicht eine Beschwerde ein.»

Mário Gomes. Den hatte er komplett vergessen.

«Bin in fünf Minuten bei ihm.»

Tief in seinem Innern wusste Almeida sehr genau, dass er im Begriff war, mit dem Mann seine knappe Zeit zu verschwenden. Aber irgendetwas war da. Die offensichtliche Falschaussage von Gomes saß ihm wie ein haarfeiner Stachel im Fleisch. Als Junge hatte er auf der Quinta seines Großvaters im Alentejo einmal ohne Handschuhe Kaktusfeigen geerntet, es hatte Tage gedauert, bis er die feinen Stacheln wieder losgeworden war, die er nicht mal sehen konnte. Aber gejuckt hatten sie wie Teufel. Genauso wie ihn Mário Gomes juckte. Irgendeinen Grund für die Lüge musste es geben. Je eher er das Jucken loswurde, desto besser.

«Na endlich!» Der Bibliothekar sprang von seinem Stuhl auf. «Eine Unverschämtheit, mich so lange warten zu lassen.»

«Bom dia, setzen Sie sich bitte wieder.»

Almeida dachte gar nicht daran, sich zu entschuldigen.

Er nahm auf dem zweiten Stuhl Gomes gegenüber Platz und musterte ihn schweigend.

«Also, nun sagen Sie schon, warum ich hier bin.»

«Ich möchte, dass Sie mir etwas erklären.»

«Als da wäre?»

«Sie haben ausgesagt, sich nach dem gemeinsamen Wochenende mit Barbara Leitner weder mit ihr noch mit ihrem Mann getroffen zu haben.»

«Das ist richtig. Wie ich Ihrem Kollegen schon erklärt habe, hat sich mir der Radfahrer, der mich angesprochen hat, nicht vorgestellt.»

«Sind Sie ihm nah gekommen?»

«Nah gekommen? Wie meinen Sie das?»

«Wie weit standen Sie von ihm entfernt, als Sie miteinander gesprochen haben?»

«Was für eine merkwürdige Frage. Worauf wollen Sie hinaus?»

«Antworten Sie einfach.»

Gomes dachte nach. «Ich kam vom Friedhof. Der Mann stand mit seinem Rad an der Straße und rief mir zu, dass er eine Frage hätte. Ich bin vielleicht so auf zwei, drei Meter an ihn ran, da hat er schon gefragt, ob es an der Straße den Fluss entlang Restaurants oder Bars gebe. Ich hab ihm gesagt, die erste Bar ist in Laranjeiras und dann kommen noch ein paar andere. Er hat sich bedankt und ist losgefahren.»

«Also nicht sehr nah.»

«Nein. Aber ich verstehe immer noch nicht, was …»

«Dann kann also keines Ihrer Haare an ihm haften geblieben sein. Und damit sind wir schon an dem entscheidenden Punkt: Wenn nicht über diesen Weg, wie dann ist Ihr Haar in das Wohnmobil von Andreas und Barbara Leitner gelangt? Und keine Lügen mehr, wenn's recht ist.»

Almeida beobachtete, wie der hochgewachsene Bibliothekar auf seinem Stuhl zusammensackte.

«Also?»

So leise, dass Almeida sich anstrengen musste, um ihn zu verstehen, antwortete Gomes: «Es stimmt, was ich Ihnen erzählt habe. Ich habe Barbara nach dem Wochenende in Faro nicht mehr getroffen.»

«Aber Sie waren in ihrem Wohnmobil.»

Ein kaum wahrnehmbares Nicken. Und noch leiser: «Sie war tot.»

Almeida sagte nichts, wartete ab. Gomes räusperte sich und sah ihn an, einen gequälten Ausdruck in den Augen.

«Barbara hatte in der Bibliothek einen Brief für mich abgegeben. Sie sei in Alcoutim und ihr Mann plane eine Radtour. Sie hat beschrieben, wo das Wohnmobil steht, und mich gebeten, zu ihr zu kommen.»

«Was Sie prompt getan haben.»

«Nein, nicht sofort. Aber schließlich bin ich hin. Um ihr zu sagen, dass das Wochenende in Faro eine einmalige Sache gewesen war.»

Das konnte man glauben oder auch nicht, dachte Almeida. Letztlich war es egal.

«Als ich ankam, habe ich geklopft, aber es hat sich nichts gerührt. Auch nicht, als ich gerufen habe. Vielleicht geht sie spazieren, hab ich gedacht, und wollte ihr einen Zettel da lassen. Der Wohnwagen war nicht abgeschlossen, also bin ich rein.» Er schluckte. «Sie lag im Bett, rührte sich nicht. Davor stand ein Grill. Alles war abgedichtet. Ich habe ihren

Puls gefühlt … Nichts. Ich bin dann so schnell ich konnte wieder raus. Mir wurde schon schwindelig von dem Gas.»

«Wieso wussten Sie, was passiert war? Kohlenmonoxid kann man nicht riechen.»

«Ich war als Jugendlicher bei der Freiwilligen Feuerwehr und habe eine Ausbildung zum Sanitäter. Deshalb war ich auch sicher, dass nichts mehr zu machen war.»

«Und Sie haben es nicht für nötig gehalten, die Feuerwehr oder die Polizei zu rufen», stellte Almeida fest.

«Wie hätte ich denn erklären sollen, was ich dort wollte? Mónica, meine Freundin …»

Du mieses egoistisches Stück Scheiße, dachte Almeida. Selten war es ihm so schwergefallen, ruhig zu bleiben. «Und Sie sind auch nicht auf die Idee gekommen, wenigstens die Tür aufzulassen, damit sich das Gas verflüchtigen kann?»

Er durfte gar nicht daran denken, was passiert wäre, wenn Anabela das Wohnmobil ahnungslos betreten hätte. Bei hoher Konzentration war Kohlenmonoxid innerhalb von Minuten tödlich.

Gomes antwortete mit gesenktem Kopf, die Stimme nur noch ein Flüstern. «Nein. Ich … Ich dachte, am besten lasse ich alles so, wie es war. Als sei ich nie dort gewesen.»

Es kostete Almeida alle Selbstbeherrschung, dieses Gespräch zu Ende zu bringen, ohne dem Mann die Brille von der Nase zu schlagen.

«Sie können gehen. Aber rechnen Sie mit einer Anklage wegen unterlassener Hilfeleistung und der Gefährdung des Lebens Dritter.»

Gomes schlich förmlich aus dem Raum.

37

«Guck dir das an, Paulo.»

Samanta Soares saß in der Wohnung von José Nunes am Esstisch. Das Apartment fiel in die Kategorie T0: ein Raum mit Kochnische, dazu ein winziges Bad. Ein Schlafsofa war ausgezogen, die Bettwäsche zerwühlt. Schweißränder auf dem schmuddeligen hellgrauen Kissenbezug zeugten vielleicht von unruhigem Schlaf. Die ganze Wohnung roch nach altem Schweiß. Soares hatte als Erstes ein Fenster aufgerissen, nachdem der Hausverwalter ihnen aufgeschlossen hatte.

Sie saß auf dem einzig vorhandenen Stuhl. Das Wort *einsam* sprang Soares förmlich an. Doch ihr Wissen um den Grund für dieses einsame Leben nahm ihr jegliches Mitgefühl. In der Wohnung gab es auf den ersten Blick nur zwei Dinge von Wert: den Laptop auf dem Esstisch und einen überdimensionalen Flachbildfernseher an der Wand gegenüber dem Sofa. Beides weder neu noch von hoher Qualität.

Pinto war mit dem Bad fertig. Neben dem Laptop lag ein Plastikbeutel mit einem Rasierapparat und einer Zahnbürste. Gerade hatte er mit der Durchforschung des Einbauschranks begonnen. Nun kam er zu Soares an den Tisch. «Was hast du gefunden?»

«Sieh selbst.» Sie drehte den Bildschirm. Nachdem sie in dem ungesicherten Computer nur einige wenige Dokumente gefunden hatte – vornehmlich Anwalts- und Gerichtsschreiben –, hatte sie einen Ordner mit Fotos geöffnet.

Pinto blickte in das Gesicht eines kleinen Jungen mit ernsten großen Augen. Soares klickte die nächsten Bilder an. Immer wieder der Junge, mal allein, mal mit einer Frau, die offensichtlich seine Mutter war. Beide hatten denselben hohen Haaransatz. Die Fotos zeigten Mutter und Sohn Hand in Hand, dann die Frau allein mit Einkaufstüten, den Sohn auf einem Spielplatz, beide am Strand. Auf dem ersten Foto stieg Nunes' Frau gerade aus einem Wagen. Am Steuer war, wenn auch undeutlich, eine zweite Frau zu erkennen.

«Die sind mit Teleobjektiv gemacht, oder?»

Soares nickte.

«Dieses Schwein. Kannst du sehen, von wann die sind?»

Soares drückte zwei Tasten. «Ich kann sehen, wann er sie auf den Rechner geladen hat. Das erste Bild am 26. Oktober, das letzte am Abend vor Binders Tod.»

Sie wechselten einen Blick.

«Er hat sie tagelang observiert. Also weiß er, wo sie sind», sagte Soares. «Im Gegensatz zu uns.» Sie sah sich zwei der Bilder noch einmal genauer an, auf denen eine Häuserreihe zu sehen war. «Das könnte in fast jedem größeren Ort sein. Oder erkennst du was?»

Pinto schüttelte den Kopf. «Keine Chance. Zieh mal das Kennzeichen von dem Wagen größer. Vielleicht hilft uns das weiter.»

Sie folgte seinem Vorschlag und notierte das Kennzeichen. «Ich lass die Halterin ermitteln.»

«Okay, ich nehm mir noch den Schrank vor, dann sind wir hier durch.»

«Wir vermuten, dass er kein Gepäck dabei hat», berichtete Pinto eineinhalb Stunden später, als sie sich zu dritt im Besprechungsraum einfanden. «Auf seinem Schrank waren zwei leere Koffer und ein Rucksack. Die Kamera, mit der er die Bilder gemacht hat, war übrigens nicht da. Die hat er vermutlich in seinem Auto.»

Soares hatte die Bilder vom Laptop auf ihr Handy geladen, in ihrem Büro ausgedruckt und an der mittlerweile gut gefüllten Notizwand befestigt. «Angenommen, es ist unser Täter. Dann stell ich mir das so vor, dass er nach dem Mord sofort abgehauen ist und sich von unterwegs krankgemeldet hat, um Zeit zu gewinnen und unterzutauchen», überlegte sie laut.

Bisher war die Fahndung nach José Nunes erfolglos verlaufen. Almeida hatte sich vor der Besprechung noch einmal vergewissert. «Wo steckt der Mann, verdammt noch mal?» Sein Handy war geortet und gefunden worden – in einem Mülleimer nicht weit vom Golfresort. Der Chefinspektor stand auf und ging zum Fenster, zu angespannt zum Sitzen.

«Der kann in einer Pension sein oder in seinem Auto pennen und den Tag zwischen den Touristen am Strand verbringen. Wenn er nicht doch bei seiner Frau ist», meinte Paulo.

«Das glaube ich nicht», sagte Soares. «Offensichtlich stand er ja in keinem direkten Kontakt zu ihr.»

«Und nach dem, was mir Anabela heute erzählt hat», ergänzte Almeida, «wird sie ihn kaum in ihre Nähe lassen.»

«Wieso Anabela? Was weiß die denn darüber?», fragte Pinto.

Jetzt war es an Almeida zu berichten.

«Wann war dieser Notartermin?», fragte Samanta.

Almeida überlegte. «Das muss an dem Tag nach unserem ersten Gespräch mit der Schwester von Leitner in Alcoutim gewesen sein.»

«Moment.» Soares ging zu einem Rechner, der auf einem Tisch in der Ecke des Raums stand, und rief die Fallakte auf. «Das war der 26. Oktober. Das Datum des ersten Bildes. Also können wir wohl davon ausgehen, dass Nunes seiner Frau nach dem Termin gefolgt ist und den Wohnort so gefunden hat.»

«Gut möglich. Aber das hilft uns auch nicht weiter. Die Frage ist, wie wir den Mann finden können.»

«Schon klar, João. War nur der Vollständigkeit halber.» Sie machte eine Notiz auf der Wandtafel, setzte sich wieder an den Tisch und schob eine Wasserflasche von links nach rechts und wieder zurück, offenbar, ohne sich dessen bewusst zu sein. «Wenn ihr mich fragt, ist der längst weg. Warum sollte er auch hierbleiben? Das wäre doch mehr als dumm. Ich an seiner Stelle wäre sofort nach Lissabon abgehauen. Oder nach Spanien.»

«Warum nicht nach Frankreich, Deutschland oder in die Schweiz?», fragte Almeida. «Er hat ein Auto und ist seit drei Tagen unterwegs. Wenn Binders Tresor gut gefüllt war, hat er jetzt die Taschen voller Bargeld.»

«Geld hat er selbst dann, wenn er im Tresor keins gefunden hat», sagte Soares. «Er hat kürzlich die Summe von zwanzigtausend Euro auf sein Konto eingezahlt und sich das Geld zwei Tage später auszahlen lassen. Das geht aus seinen Kontoauszügen hervor. In seiner Wohnung war kein Cent.»

«Sein Erbe.» Almeida nickte vor sich hin. «Bevor wir keine Übereinstimmung bei den Spuren haben, kriegen wir keinen Haftbefehl und können nicht viel machen. Formal ist er nach wie vor nur ein Zeuge. Wenn Lourenço sich sofort an die Arbeit macht, haben wir das Ergebnis der DNA-Analyse vielleicht heute am späten Abend. Was hat er gesagt, als ihr ihm das Vergleichsmaterial gebracht habt?»

«Dass er sich nichts Schöneres vorstellen kann, als ein paar Überstunden für uns zu schieben.» Wieder war es Soares, die antwortete. Paulo Pinto war aufgestanden und starrte schweigend auf die neuen Fotos.

«Paulo, was geht dir durch den Kopf?»

«Ich weiß nicht, Leute. Der Mann ist offenbar besessen von seiner Frau und seinem Kind. Vielleicht hält ihn das hier. Wir sollten auf jeden Fall mit der Ehefrau reden. Ich finde, zu diesem Zeitpunkt dürfen wir nichts ausschließen.»

«Wenn wir sie denn auftreiben. Im Gegensatz zu Nunes haben wir nach wie vor keine Ahnung, wo sie wohnt.» Almeida seufzte.

«Ich habe den Namen und die Adresse von der Frau, aus deren Auto sie gestiegen ist. Ich kann gleich zu ihr fahren, wenn ihr wollt», schlug Soares vor.

«Ja, mach das.» Almeida gab ihr einen Zettel. «Aber vorher versuch die Notarin zu erreichen, die mir Anabela genannt hat. Die müsste die Adresse kennen. Ich habe sie noch nicht erreicht.»

Almeida ging zur Tür. «Pronto. Mehr können wir im Moment nicht tun.» Er schaute auf seine Uhr. «Es ist jetzt halb zwei. Ich fahre mit Anabela noch einmal ins Resort und rede mit Marianne Kallmeyer. Wir treffen uns um sechs wieder hier.»

Keine Stunde später reichte ein Anruf, und alle Pläne waren vergessen.

38

Bernardo glühte. So konnte sie ihn unmöglich in den Kindergarten bringen. Fast neununddreißig Grad Fieber.

«Machen Sie ihm Wadenwickel. Und sorgen Sie dafür, dass er viel trinkt. Wenn das Fieber über neununddreißig Grad steigt und morgen noch nicht gesunken ist, kommen Sie vorbei.»

Die Krankenschwester am Telefon im Centro de Saúde hatte gut reden. Wie sollte sie gleichzeitig arbeiten und ihrem Sohn Wadenwickel machen? Der nächste Anruf galt ihrem Chef.

«Wir haben heute um zwölf Uhr dreißig eine Geburtstagsgesellschaft mit fünfundvierzig Personen zusätzlich zum normalen Betrieb. Ich brauche Sie hier. Sie kommen, wenigstens für die Stoßzeit, oder Sie haben keinen Job mehr.»

Sie klopfte an die Tür ihrer Nachbarin, hoffte, dass Olga zu Hause war und sich um Bernardo kümmern konnte. Aber alles schien sich gegen sie verschworen zu haben. Außer Olga und ihren Kollegen im Restaurant kannte sie niemanden in dieser Stadt.

«Hör zu, mein Spatz. Mama muss zur Arbeit. Du wirst ganz brav im Bett bleiben und dich gesund schlafen. Und immer, wenn du wach wirst, trinkst du einen Schluck Wasser. Versprochen?»

Der Kleine nickte ernst. «Ich bin doch schon groß, Mãe.»

«Ja, das bist du. Groß und tapfer.» Sie strich ihm über das heiße Gesicht, machte noch einmal frische Wadenwickel. Dann nahm sie ihre Tasche. «Ich komme, so schnell ich kann, zurück. Ich hab dich lieb, mein Großer. Und ruf an, wenn es dir schlechter geht.» Auf dem Nachttisch lag ein altes Handy, in dem ihre Nummer eingespeichert war.

«Hab dich auch lieb», flüsterte Bernardo. Ihm fielen die Augen zu und sie schloss leise die Tür zu seinem Zimmer.

Fünf Minuten später verließ sie die Wohnung und hetzte zum Bus. Es war kurz vor zwölf. Sie war schon spät dran und würde nur so lange im Restaurant bleiben, wie es unbedingt sein musste.

Den Mann, der im Café schräg gegenüber der Bushaltestelle saß und sie durch die Scheibe beobachtete, bemerkte sie nicht.

39

Zé Nunes wartete mehr als eine Stunde. Sie kam tatsächlich nicht zurück. Und der Kleine war weder bei ihr noch im Kindergarten. Das war sie, die Gelegenheit, auf die er gehofft und an die er schon fast nicht mehr geglaubt hatte. Seit sieben Uhr früh war er in der Nähe, hatte den Eingang zu ihrem Wohnblock nicht aus den Augen gelassen. Wie am Tag vorher. Und an dem davor. Mit jeder Stunde, die verging, war er nervöser geworden. Er musste weg, raus aus Portugal. Bald. Er fühlte nach dem dicken Bündel Geld in seiner Jackentasche, seinem Fahrschein in die Freiheit. In ein neues Leben. Wenn er es klug anstellte. Einhundertzwanzigtausend Euro in großen Scheinen. Er lachte leise. Letztlich hatte der Estrangeiro sein Versprechen gehalten und ihn reich gemacht. Wenn auch anders als gedacht.

Südafrika wäre perfekt. Da lebten viele Portugiesen. Er hatte es im Fernsehen gesehen. Und der Euro war da viel mehr wert als hier. Er erinnerte sich gut an Bilder von einem Strand mit Pinguinen, Tausenden von Pinguinen. Das würde Bernardo gefallen. Er hatte lange darüber nachgedacht und den Gedanken dann verworfen. Wie sollte er dahinkommen? Für Südafrika brauchte man ein Visum. Und mit dem vielen Geld in ein Flugzeug? So, wie die das am Flughafen heutzutage alles kontrollierten? Nein, Fliegen war keine gute Idee. Ein Schiff dagegen wäre ideal. Vielleicht erst mal auf die Azoren. Auf den Inseln suchte ihn bestimmt so bald keiner. Mit dem Auto nach Lissabon, von dort weiter mit einem Kreuzfahrtschiff. Das Ticket bar bezahlen. Ein Schiff fand Bernardo mit Sicherheit auch toll. Ja, zu den Azoren.

Jetzt musste er nur noch in die Wohnung und das Kind holen. Kein Problem. Die Tür zu dem Haus war nie abgeschlossen und ließ sich einfach aufdrücken. Das wusste er längst. Genauso wie er wusste, dass ihre Wohnung im zweiten Stockwerk lag. Und dass sie nicht vor fünf Uhr zurückkommen würde, wenn ihre Schicht zu Ende war.

Mit der Hand fuhr er sich über seinen kratzenden Bart, warf ein paar Münzen auf den Tisch und ging zu den Toiletten. Im Vorraum hing ein Spiegel. Seine Augen lagen nach den Tagen und Nächten, die er im Auto und in Cafés verbracht hatte, tief in den Höhlen. Daran konnte er nichts ändern, so wenig wie am Bart. Dann roch er an seinen Achselhöhlen und verzog das Gesicht. Er wollte nicht stinken, wenn er seinen Sohn zum ersten Mal seit Monaten in die Arme nahm. Zé Nunes vergewisserte sich, dass niemand ihn beobachtete, nahm ein paar Papierhandtücher aus dem Spender, machte sie nass und drückte Seife darauf. Noch ein Blick zur Tür. Er zog Jacke und Hemd aus, wusch sich, so gut es ging. Schon besser.

Los jetzt. Hol dir deinen Sohn zurück.

Hass wallte in ihm auf.

Zu schade, dass er keine Gelegenheit haben würde, Gabriela zu bestrafen.

40

Diesmal bot uns die Dame des Hauses keinen Kaffee an. Marianne Kallmeyer trug auch kein Leinenkleid, sondern ein weißes Shirt mit schwarz-gestreiften Bündchen an Ausschnitt, Ärmeln und Saum. Knochige Knie ragten aus weißen Bermudashorts und die Füße steckten in feinen weißen Sportschuhen mit schwarzen Akzenten, die aussahen, als hätten sie vor zehn Minuten noch originalverpackt im Karton gelegen. Und noch etwas war anders: Sie wirkte nervös, sah alle paar Augenblicke zur Terrassentür. Ihr Atem roch nach Alkohol und Zigaretten.

«Also, was sind das für neue Erkenntnisse, die Sie noch einmal zu mir führen? Und fassen Sie sich bitte kurz, ich spiel heute noch ein Turnier.»

«Tennis oder Golf?», fragte João.

Dafür bedurfte es keiner Übersetzung.

«Golf. Aber ich wüsste nicht, was das zur Sache tut.»

«Sie haben bei Ihrer ersten Aussage deutlich gemacht, dass Sie mit Matthias Fischer – wir werden der Einfachheit halber bei diesem Namen bleiben – lediglich ein freundschaftliches Verhältnis hatten. Ist das richtig?»

«Natürlich ist das richtig.»

«Wie erklären Sie sich dann, dass die Polizei im Bett dieses Herrn ein Kondom mit Ihren Fingerabdrücken gefunden hat?»

Die Frau hatte sich gut im Griff, das muss ich sagen. Ich hatte erwartet, dass sie feuerrot anlaufen würde. Aber das tat sie nicht. Nur ihre Augen weiteten sich für eine Schrecksekunde und einer ihrer Füße wippte plötzlich auf und ab.

«Nun ...» Wieder ein Blick zur Tür. «Wenn ich mich recht entsinne, hatten Sie danach gefragt, was in diesem Haus zwischen uns passiert ist. Und nicht nach dem, was in seinem Haus geschehen ist.»

João wirkte nicht glücklich, als ich ihm diese Spitzfindigkeit übersetzte, ich sah es in seinem Gesicht. Vermutlich versuchte er, sich an den Wortlaut seiner beziehungsweise meiner Frage vor ein paar Tagen zu erinnern – genau wie ich. Hoffentlich war nicht meine Übersetzung schuld daran, dass sie sich jetzt herausreden konnte.

«Sie hat genau gewusst, was wir wissen wollten. Sag das dieser arroganten Kuh.»

«Sie haben sehr genau gewusst, was der Chefinspektor wissen wollte.»

«Mag sein. Aber ich habe nicht gelogen.»

«Also hatten Sie ein Verhältnis mit Matthias Fischer?»

«Ich wüsste zwar nicht, was das die Polizei angeht, aber die Antwort ist Ja. Und ich wäre Ihnen sehr verbunden, wenn diese Information diesen Raum nicht verließe. Übrigens ist *Verhältnis* ein großes Wort für eine kleine Affäre.» Wieder huschte ihr Blick zur Tür. «War's das jetzt?»

«Frag sie, wann sie zuletzt mit ihm im Bett war. Und wann sie ihn zuletzt gesehen hat.» Aus Joãos Stimme sprach kalte Wut.

«Himmelherrgott. Das dürfte am Abend vor seinem Tod gewesen sein. Beides.»

«Am Vormittag des 29. Oktober waren Sie demnach nicht bei ihm.»

«Nicht, dass ich mich erinnern könnte.»

Die sollte bloß nicht glauben, dass ich mir noch einmal eine vage Formulierung von ihr gefallen lassen würde.

«Ja oder Nein?»

«Nein.»

João lächelte sein kleines Lächeln, als ich ihre Antwort übersetzte. Und ich wusste, welche Frage ich als nächste stellen musste. Bevor wir hierhergekommen waren, hatte er mich über alle neuen Erkenntnisse informiert. Zum Glück. Es macht schließlich keinen guten Eindruck, wenn die Dolmetscherin mitten im Gespräch mit offenem Mund dasitzt.

«Wo waren Sie dann an diesem Tag in der Zeit zwischen zehn Uhr dreißig und elf Uhr dreißig?»

«Sie wissen doch bereits, dass ich den Tag mit meiner Bekannten Corinna Seidel verbracht habe. Soweit ich weiß, hat Corinna das auch bestätigt.»

«Richtig. Doch inzwischen wissen wir, dass Frau Seidel in dieser Zeit tatsächlich eine kosmetische Behandlung hatte.» Ich machte eine dramatische Pause «Sie nicht. Sie, Frau Kallmeyer, sind zu Ihrem Termin nicht erschienen.»

João hatte sich bitter über seine eigene Schlampigkeit beklagt, weil er nicht auf die Idee gekommen war, diesen Teil ihres Alibis gleich zu prüfen.

«Wo also waren Sie?»

Endlich bröckelte ihre Selbstsicherheit. Sie suchte nach Worten.

«Ich … Ich … mir war nicht ganz wohl an dem Morgen und … Ich habe deshalb lieber frische Luft geschnappt. Einen Spaziergang gemacht.»

João zog hörbar die Luft ein. «Zeugen?»

Sie verstand ihn auch ohne Übersetzung. «Nein, keine Zeugen. Hören Sie, was soll das alles?»

«Sag ihr, wir brauchen eine DNA-Probe.»

Ich tat wie geheißen und hatte den Satz kaum ausgesprochen, als zwei Dinge passierten. Eine Männerstimme rief: «Das kommt nicht in Frage!» Und auf dem Glastisch fing Joãos Telefon an zu tanzen.

41

«Pai! Pai!» Der Junge riss die Tür auf und flog in seine Arme. «Du bist gekommen!»

Die Freude in Bernardos Stimme zu hören, war fast mehr, als er aushalten konnte. Das Glücksgefühl trieb ihm Tränen in die Augen und er musste schlucken.

«Aber natürlich bin ich gekommen, mein Junge, es hat nur etwas länger gedauert. Und jetzt machen wir zusammen eine große Reise. Mit einem Schiff!» Vorsichtig setzte er den Kleinen ab, dessen Wangen vor Begeisterung glühten.

«Au ja!»

«Hast du einen Rucksack? Dann packen wir ein paar Sachen für dich ein. Na los, wo ist dein Zimmer?»

Bernardo zog ihn durch den Flur und das anschließende Wohnzimmer. «Hier, Pai.» Er stürzte auf sein Bett zu, suchte darin herum: «Kann Dino auch mit?» Er hielt einen giftgrünen Stoffdinosaurier in der Hand.

«Ja klar.» Er ging zum Kleiderschrank, fand den Rucksack, stopfte wahllos T-Shirts, Hosen und Unterwäsche hinein. Erst jetzt wurde ihm bewusst, dass der Junge noch im Schlafanzug war. «Zieh dich an, Bernardo, wir müssen uns beeilen.»

Es war keine gute Idee, länger als nötig in der Wohnung

zu bleiben. In dieser großen schönen Wohnung. Nicht so ein Loch wie sein Apartment. Aber das war jetzt sowieso nur noch ein Stück Vergangenheit. «Und nicht die Zahnbürste vergessen.»

Zehn Minuten später war der Junge fertig, stand mit seinem Dino im Arm im Wohnzimmer und sagte: «Aber wir müssen doch noch auf Mãe warten. Und du darfst ihr nicht mehr weh tun!»

Zé erstarrte.

In diesem Moment hörte er, wie sich ein Schlüssel im Schloss drehte und dann ihre Stimme: «Bernardo, Mãe ist wieder da!»

42

«Um momento.» João nahm das Telefon vom Tisch, sah auf das Display und runzelte die Stirn. Derweil trat der Mann, dem die Stimme gehörte, zu uns an den Tisch. Er war nicht besonders groß, dafür drahtig, und er trug Golfkleidung wie seine Frau. Ein paar Jahre älter als sie, vielleicht Anfang fünfzig.

«Darf ich erfahren, was hier vor sich geht?»

Seine Frage klang wie ein Befehl.

João ignorierte ihn, sah mich an und sagte: «Ich muss sofort Paulo anrufen.» Er stand auf und ging Richtung Terrassentür.

Ich streckte dem Mann meine Hand entgegen. «Gernot Kallmeyer, nehme ich an?» Gut, dass mir der Name eingefallen war. «Anabela Silva, ich bin Dolmetscherin bei der Kriminalpolizei und das ist» – ich zeigte in Joãos Richtung – «Chefinspektor João Almeida. Er wird Ihnen gleich erklären, warum wir hier sind.» Genauso gut hätte ich mit der nächsten Wand sprechen können. Dann eben nicht. Ich zog meine Hand zurück. Vielleicht redete der Herr *Geschäftsführer eines großen Unternehmens in Stuttgart* nicht mit niederen Bediensteten. Er sprach seine Frau an.

«Marianne, was ist hier los?»

«Es geht noch mal um den Tod von Matthias.»

«Und was hast du damit zu tun?»

«Nichts natürlich. Ich verstehe ja selbst nicht, warum die Polizei schon wieder da ist.»

Die glaubte doch nicht im Ernst, dass sie damit durchkam?

In diesem Moment hatte João sein Telefonat beendet und kam mit besorgter Miene zurück. «Wir müssen sofort los, Bela, ich erkläre es dir draußen.» Er wies mit dem Kopf auf Marianne Kallmeyer. «Sag ihr, dass wir zurückkommen. Sie kann die Probe auch im Präsidium abgeben.» Er legte seine Visitenkarte auf den Tisch.

«Meine Frau wird ganz sicher keine DNA-Probe abgeben. Ich werde umgehend unseren Anwalt einschalten.»

Nachdem ich auch das übersetzt hatte, bedachte João Gernot Kallmeyer mit einem kalten Blick und meinte zu mir: «Das soll er ruhig tun.» Dann zeigte er ein böses kleines Lächeln. «Ach, und sag ihm doch bitte, dass seine Frau uns angelogen und für die Zeit des Mordes an ihrem Geliebten Matthias Fischer alias Sven Binder, seines Zeichens Anlagebetrüger, kein Alibi hat. Wenn ich wiederkomme, bringe ich eine richterliche Anordnung für die Probe mit.»

Damit drehte er sich auf dem Absatz um und ging zur Haustür. Auch ich lächelte, als ich seine Worte weitergab. Und zwar besonders süß.

Kurz darauf verließ ich mit João zusammen das Haus, den Anblick zweier geschockter Gesichter noch auf der Netzhaut. Zu schade, dass ich die nächsten Minuten im Hause Kallmeyer nicht mehr miterleben durfte.

43

Sie starrten einander an. Eine Sekunde, zwei. Wie schockgefroren standen sie sich gegenüber. Bis der Junge mit dünner Stimme sagte: «Mãe, wir fahren mit einem Schiff!»

Erst da fing sie an zu schreien wie ein verwundetes Tier. Mit drei Schritten war er bei ihr im Flur, holte aus und knallte ihr seine Faust ins Gesicht. Ihr Hinterkopf donnerte gegen die Tür, die Handtasche fiel zu Boden. Gabriela sackte zusammen, der Schrei zerrann zu einem Wimmern.

«Steh auf! Weg von der Tür! Da rein! MACH SCHON!» Er deutete zum Wohnzimmer, wo der Junge stand, die Augen weit aufgerissen, still. Sie rappelte sich auf, versuchte zu lächeln. Für Bernardo. Für ihren Sohn. Formte mit den Lippen: «Nicht so schlimm.»

Ihr war schwindelig, sie sackte auf dem Sofa zusammen. Zé stand vor ihr, groß und wütend. «Verdammte Scheiße! Bernardo, in dein Zimmer!»

Gabriela nickte dem Kleinen zu, bat ihn mit den Augen zu gehorchen. Wie hatte Zé sie gefunden? Es war egal. Wichtig war nur: Wie kamen sie hier raus, Bernardo und sie?

«Möchtest du etwas trinken, Zé? Du siehst müde aus.» Sie zwang sich zu einem entspannten Ton. «Entschuldige, dass ich geschrien habe.» Sich kleinmachen, sich entschuldigen, möglichst unterwürfig sein. Die alten Tricks, die manchmal halfen. Vielleicht konnte sie ihn dazu bringen, mit ihr ins Bett zu gehen. Und wenn er danach schlief … er wirkte tatsächlich so erschöpft, als könnte er sich kaum noch auf den Beinen halten.

Der nächste Schlag riss ihren Kopf zur Seite. «Sei still. Ich muss nachdenken.»

Ein Klopfen an der Tür, die Stimme von Olga.

«Gabriela, was ist los? Ist alles in Ordnung? Warst du das, die geschrien hat? Gabriela?»

Zé fuhr herum, stierte in den Flur, als stünde Olga schon in der Wohnung. Dann drehte er sich wieder zu ihr um. «Sag ihr, dass es dir gut geht.»

Sie wollte aufstehen, zur Tür gehen.

«Nicht aufmachen, rufen reicht. Lass dir was einfallen.»

Gabriela überlegte fieberhaft. Wie konnte sie Olga vermitteln, dass nichts in Ordnung war? Dass ER hier war? Olga kannte ihre Geschichte, hatte sie zur Notarin gefahren. Wusste alles. Auch dass sie, Gabriela, hier sonst niemanden kannte. Und niemals Besuch bekam. Sie ging in den Flur und rief durch die Tür.

«Alles gut, Olga. Ich hab lieben Besuch und mir in den Finger geschnitten. Nachher bring ich dir auch ein Stück Kuchen rüber. Gerade frisch gebacken!»

«Sicher?», hörte sie die skeptische Stimme der Freundin.

«Ganz sicher.»

«Okay, dann bis später.»

Sie hörten, wie nebenan die Wohnungstür zuschlug.

Bitte, lieber Gott, lass Olga verstanden haben. Lass sie

Hilfe holen … Zé packte sie an der Schulter, schubste sie zurück ins Wohnzimmer, schien zufrieden.

«Bitte, tu dem Jungen nichts.»

«Red keinen Unsinn, sonst fängst du dir noch eine. Hast du Bier da?»

Sie schüttelte den Kopf. «Nur eine Flasche Brandy.»

«Wo?»

«Da, in dem Schrank.» Erneut wollte sie aufstehen.

«Sitzen bleiben. Gläser?»

«Die stehen daneben.»

Er goss sich einen großen Brandy ein, nahm einen tiefen Schluck, baute sich wieder vor ihr auf.

«Handy, Hausschlüssel?»

«In meiner Tasche.»

«Rühr dich bloß nicht.»

Während er ihre Tasche aus dem Flur holte, sah sie sich hektisch im Zimmer um. Gab es denn gar nichts, mit dem sie sich zur Wehr setzen konnte? Ihr Blick streifte eine schwere Bodenvase. Zu spät. Er war zurück, schüttete den Inhalt ihrer Tasche auf den Tisch. Setzte sich auf den Sessel gegenüber dem Sofa, schien zu überlegen.

«Du würdest die Bullen rufen, sobald ich aus der Tür bin.»

«Nein! Nein, ich … ich sage niemandem ein Wort. Du kannst einfach wieder gehen.»

Er lachte und steckte ihren Wohnungsschlüssel, das Handy und ihr Portemonnaie ein.

«Bernardo! Komm her, wir müssen los.»

«Zé, nein! Bitte, nicht den Jungen! Lass mir den Jungen!»

«Ich bin nur hier, um ihn zu holen. Er ist *mein* Sohn!»

Das Kind erschien zögernd in der Tür zum Wohnzimmer.

«Nimm deinen Rucksack, wir gehen.»

«Und Mãe?» Nur ein Flüstern.

«Mãe kommt später nach. Geh schon mal in den Flur und zieh die Tür hinter dir zu, ich bin gleich bei dir.»

Der dritte Schlag raubte ihr das Bewusstsein. Dass er wenig später die Wohnungstür von außen abschloss, hörte sie nicht mehr.

44

Kaum hatten wir das Haus der Kallmeyers verlassen, da hatte João schon wieder sein Telefon am Ohr. Mit der freien Hand zog er seinen Autoschlüssel aus der Tasche und lief zum Wagen. Ich kam kaum hinterher.

«Das ganze Gebäude muss beobachtet werden», hörte ich ihn mit scharfer Stimme sagen. «Jeder einzelne Ausgang. Es ist mir scheißegal, ob das sechs oder zehn oder hundert sind. Ich bin in spätestens zwanzig Minuten vor Ort. Vorher geht keiner rein. Die Kollegen sollen warten und sich nicht blicken lassen. Und keine Uniformen. Du koordinierst den Einsatz.»

Er hörte wieder zu, gleichzeitig stiegen wir ein.

«Okay, dann soll sie bei der Nachbarin bleiben. – Ja, ist mir bewusst, Paulo. Das Risiko nehme ich in Kauf. Schick mir den Mitschnitt des Anrufs auf mein Handy.» Er zog die Autotür zu, drückte den Startknopf seines Audis, legte das Telefon in ein Fach in der Mittelkonsole und fuhr los. Oberhalb der Konsole glitt ein Bildschirm aus den Tiefen der Verkleidung und zeigte an, dass sein Handy sich mit dem Soundsystem verbunden hatte. Ich staunte jedes Mal.

«Willst du mir nicht sagen, was los ist?», fragte ich.

«Nunes.»

«Geht das auch etwas ausführlicher?»

Er setzte zu einer Antwort an, als ein lauter Piep ertönte. Auf dem Bildschirm erschien das Symbol für eine neue Nachricht. João tippte zweimal und im nächsten Moment hörten wir eine weiche, weibliche Stimme.

«Polizei-Notruf. Ja bitte?»

Eine zweite Frau sprudelte los, sie sprach Portugiesisch mit Akzent. «Sie müssen kommen. Bitte! In die Wohnung von meine Freundin!»

«Wie heißen Sie?», fragte die Beamtin betont ruhig.

«Olga. Olga Konopka.»

«Gut. Was genau ist passiert, was haben Sie beobachtet?»

«Nix beobachtet, nur gehört. Gabriela hat geschrien. Und da war so ein Poltern. Ich glaube, er ist da. Ihr Mann. Er darf nicht da sein! Gericht hat verboten. Sie müssen kommen, er tut ihr was.»

Mir stockte der Atem.

«Wo ist die Wohnung?» Die Stimme der Polizistin war unverändert ruhig, als erkundigte sie sich nach der Wettervorhersage für die nächsten Tage.

«In Olhão. Rua Ângela Pacheca, Nummer 9, zweiter Stock rechts. Ich habe Wohnung links.»

«Und der Name Ihrer Freundin?»

«Gabriela. Gabriela Sousa Guerreiro. Und Sohn heißt Bernardo.»

«Kennen Sie den Namen des Mannes, von dem Sie glauben, dass er bei Ihrer Nachbarin ist?»

«Zé. Zé Nunes. Kommt jetzt Polizei?»

«Einen Augenblick.»

Aus den Lautsprechern drang das Klackern einer Tastatur.

«Die Kollegin hat wegen der laufenden Fahndung sofort geschaltet, Hochachtung», murmelte João neben mir.

Wir hörten weiter der Beamtin zu.

«Ja, wir schicken jemanden vorbei. Hören Sie noch etwas aus der Wohnung?»

«Jetzt ist ruhig. Aber Gabriela hat gerufen. Hat Besuch. Hat nie Besuch. Und es riecht nicht nach Kuchen. Hat nicht gebacken. Riecht sonst in ganze Treppenhaus.»

«Sind Sie jetzt in Ihrer Wohnung?»

«Ja.»

«Gut. Bleiben Sie bitte dort, bis wir vor Ort sind.»

Ich schaute zu João, der scheinbar ungerührt auf die Straße sah. «Oh Gott, was willst du jetzt tun?»

«Falls er noch dort ist, werde ich versuchen, mit ihm zu reden.»

«Aber muss nicht sofort jemand ...?»

«Wenn er mitkriegt, dass wir da sind, wird er nervös und für die Frau wird es noch viel gefährlicher. Ich will versuchen, eine Geiselsituation zu vermeiden.»

«Was ist mit dem Kind? Sie hat nicht gesagt, ob das Kind in der Wohnung ist.»

«Ich hoffe, dass der Junge dort ist. Das würde das Risiko einer Eskalation vermindern.»

Was saß da neben mir? Ein Eisschrank? Aber dann dachte ich: Sei nicht so naiv, Anabela. Neben dir sitzt ein erfahrener Polizist, der weiß, was er tut. Wahrscheinlich waren Sachlichkeit und Ruhe in dieser Situation genau richtig.

«Vielleicht weiß Soares mehr», sagte er im gleichen sachlichen Ton. «Sie war schon auf dem Weg zu der Nachbarin, als der Notruf kam, und müsste sich gleich melden. Gib mal bitte die Adresse ins Navi ein.»

Das rote Symbol im Navi erschien in einer schmalen Gasse inmitten der Altstadt.

João verzog das Gesicht. «Mist, da kann man nirgends parken.»

45

Von wegen ruhiger João. Der João, der in Olhão unweit der ersten Markthalle aus seinem völlig verkehrswidrig und schief vor einer Reihe von Mülltonnen geparkten Wagen sprang, war ein einziges Bündel Anspannung. Links von uns lag die Ria Formosa, rechts die Altstadt mit ihrem Wirrwarr aus engen Gassen und Einbahnstraßen. Olhão ist ein alter, von Fischerei geprägter Ort, der mit seinem immer noch etwas schmuddeligen Charme inzwischen auch viele Touristen anzieht. Und mit seinen beiden alten Markthallen aus rotem Backstein.

João lief schon auf die erste schmale Durchfahrt zwischen zwei Geschäften zu, drehte sich noch einmal halb um, verriegelte mit dem Funkschlüssel den Wagen und schien erst dann zu realisieren, dass ich auch noch da war.

«Bleib hier!»

Kam ja gar nicht in Frage.

Ich folgte seinen flatternden Jackettschößen, so schnell ich konnte. Er lief von einer Gasse in die nächste, bog zielsicher um Ecken, schien sich bestens auszukennen. Nach ein paar Minuten hörte ich sein Handy klingeln. Er zog es aus der Tasche, hielt es ans Ohr und blieb plötzlich stehen. Ich schloss zu ihm auf, atmete schwer und hörte zu.

«Weg, wie weg? Wie kann er weg sein? Seit wann? Ist das nun sicher oder nicht?»

Verdammt, war das heiß hier. Dabei schrieben wir bereits den 1. November. Während João telefonierte, sah ich mich um. Wir standen in einem kurzen Gässchen, so schmal, dass ich mit ausgestreckten Armen die Wände der Häuser zu beiden Seiten hätte berühren können. Dank der eng stehenden Altbauten lag die Hälfte des Gässchens trotz der späten Mittagssonne im Schatten. Der Boden war mit schwarzen Basalt- und weißen Kalksteinen gepflastert, der Calçada portuguesa. Vor einer dunkelrot lackierten alten Holztür mit einem Messing-Türklopfer in Form eines Löwenkopfes stand ein großer Blumentopf, aus dem eine lilafarbene Bougainvillea wuchs und die halbe Wand berankte. An jedem anderen Tag hätte ich ein Foto gemacht.

«Okay, bin in ein paar Minuten da. Soares soll einen Beamten mitnehmen und versuchen, in die Wohnung zu kommen. Wir brauchen Sicherheit. Die Nachbarin hat einen Schlüssel? Umso besser. Ich bleibe am Telefon.»

João setzte sich wieder in Bewegung. Ich war ziemlich sicher, dass er mich hinter sich wusste, hielt aber wohlweislich den Mund. Auf keinen Fall wollte ich wieder zurückgewiesen werden. Die Gasse führte auf eine schmale Straße, in der Autos so dicht an den Hauswänden parkten, dass die Fahrer eigentlich nur über die Beifahrerseite ausgestiegen sein konnten.

«Merda», sagte João. «Ist der Rettungswagen unterwegs, Paulo? Gut, wir sehen uns gleich.»

Die Straße öffnete sich auf einen menschenleeren kleinen Platz. Erst jetzt wurde mir bewusst, dass uns bisher kaum jemand begegnet war. Später Mittag, die Leute saßen beim Essen und es war Nachsaison. Deshalb fiel mir der Mann, der aus einer anderen Gasse auf den Platz kam und einen kleinen Jungen an der Hand hielt, auch sofort auf. Er wirkte gestresst, blickte sich suchend um, als wüsste er nicht, wohin. Moment mal. Das war doch? Ach du Scheiße. Das war Nunes, ohne jeden Zweifel. Trotz seiner Bartstoppeln erkannte ich ihn sofort.

«João!»

Haben Sie mal versucht, laut zu flüstern? Ich zog an seinem Jackett.

«Bela, jetzt nicht. Du solltest gar nicht hier sein!»

«João, der Mann da vorn, der mit dem Jungen. Das ist er. Das ist Zé Nunes.»

In der nächsten Sekunde fand ich mich in Joãos linkem Arm wieder. Was sollte das denn jetzt? Er zog mich mit sich, dem Mann und dem Jungen hinterher. Im Schlendertempo, aber ohne den Blick von den beiden zu lösen.

«Sicher, Bela?»

«Ganz sicher. Vergiss nicht, ich habe ihm zweieinhalb Stunden gegenübergesessen.»

Joãos Rechte hielt schon wieder das Telefon. «Paulo», sagte er leise. «Er ist noch in der Altstadt, das Kind ist bei ihm. Er geht Richtung Rua de São José. Sieht so aus, als hätte er sich verlaufen. Wahrscheinlich steht hier irgendwo sein Wagen. Nein, er hat uns nicht bemerkt und das soll auch so bleiben. Pass auf, du machst jetzt Folgendes …»

Ich hörte zu, wie er die Absperrung des gesamten Altstadtteils anordnete, in dem wir uns befanden.

«Äußerste Vorsicht, das gilt für alle! Nein, ich denke

nicht, dass er bewaffnet ist. Aber ich will den Jungen auf keinen Fall gefährden. Zugriff nur auf mein Kommando. Wir beobachten ihn, bis ich von dir höre, dass alles dicht ist. Und keine Sirenen.»

Nunes und der Junge waren vielleicht fünfzig Meter von uns entfernt. Plötzlich drehte der Mann sich um. João reagierte im Bruchteil einer Sekunde, zog mich in eine Umarmung. Wir hörten seine Schritte, als er weiterging, lösten uns voneinander, liefen weiter. Die nächste Ecke, die nächste Straße.

Und dann – flackerndes Blaulicht. Nunes musste es im selben Augenblick gesehen haben wie wir. Ein Streifenwagen schob sich vor den Ausgang der Gasse. Abrupt blieben wir stehen. «Verdammt, verdammt, verdammt!», fluchte João kaum hörbar.

Auch Nunes blieb stehen, blickte hektisch um sich. Der Kleine an seiner Hand war ruhig. Unnatürlich ruhig, fand ich. Mir wurde bewusst, dass er während der ganzen Zeit, in der wir den beiden gefolgt waren, nicht ein Wort gesagt hatte. Kein helles Plappern der Kinderstimme war zu hören gewesen, rein gar nichts.

«Bleib zurück, Bela.»

Diesmal rührte ich mich tatsächlich nicht von der Stelle.

João schlenderte langsam und scheinbar entspannt auf das Ende der Gasse zu, schien Mann und Kind gar nicht zu beachten. Ich glaube nicht, dass Nunes ihn als bedrohlich empfand. Aus seiner Sicht kam irgendein Mann im hellgrauen Anzug mit lockerer Körperhaltung auf ihn zu, den er eben noch mit einer Frau hatte schmusen sehen. Was Nunes sichtlich in Panik versetzte, war der Streifenwagen, obwohl niemand ausstieg. Plötzlich nahm er den Kleinen hoch, presste ihn an sich und rannte los, weg von dem blinkenden Streifenwagen und auf João zu, wollte an ihm vorbei.

Starr vor Schreck sah ich, wie Joãos Arm vorschoss und den freien Arm des Mannes mit eisernem Griff packte.

«Bela, das Kind! BELA!»

Was? Endlich begriff ich, was er von mir wollte. Ich stürzte los, riss den Jungen aus dem Arm seines Vaters, der seinerseits versuchte, sich aus Joãos Griff zu winden, und lief mit dem Kind ein Stück zurück. Die Stiefel zweier Uniformierter knallten auf dem Pflaster, als sie in die Gasse stürmten. Dann kurze Stille, ehe ich hörte, wie sie ihre Waffen entsicherten. Ich nahm den Kleinen in meine Arme und drückte ihn an mich.

«José Nunes», erklang Joãos dunkle Stimme. «Sie sind vorläufig festgenommen.»

Sekunden später führten die beiden Polizisten den Mann zu ihrem Einsatzwagen. Und das Kind in meinen Armen weinte leise.

46

«José Ferreira Nunes, 36 Jahre alt, Beruf Elektroinstallateur, Angestellter. Wohnhaft in Cabanas de Tavira, Tavira, Rua Dom Jerónimo Osório, Nummer 11. Verheiratet, ein Kind. Ehefrau Gabriela Sousa Guerreiro, 28. Sohn Bernardo Guerreiro Nunes, 5. Ist das so richtig?», fragte Samanta Soares.

Aufnahmegerät und Kamera liefen.

«Bitte sprechen Sie laut.»

«Ja.»

Der fensterlose Verhörraum war klein und schon jetzt am Vormittag stickig, obwohl die Klimaanlage lief. Die drei Menschen im Raum schwitzten. Almeida hatte sein Jackett ausgezogen und über die Stuhllehne gehängt. Er bedeutete Soares fortzufahren. Pinto verfolgte die Vernehmung in einem anderen Raum am Bildschirm.

«José Nunes, Sie werden beschuldigt, am 29. Oktober den Österreicher Sven Binder, den Sie unter dem Namen Matthias Fischer kannten, erschlagen und beraubt zu haben. Des Weiteren müssen Sie sich wegen schwerer Körperverletzung in Tateinheit mit Kindesentführung verantworten. Wollen Sie aussagen? Sie müssen nicht. Falls Sie sprechen wollen, haben Sie das Recht, einen Anwalt hinzuzuziehen. Haben Sie das verstanden?»

«Ich bring doch niemanden um!»

«Haben Sie verstanden, dass Sie nicht aussagen müssen?»

«Ja, verdammt. Ich brauch keinen Scheißanwalt. Ich hab keinen erschlagen und mein Kind hab ich auch nicht entführt, sondern abgeholt.»

«Eins nach dem anderen. Erzählen Sie am besten zuerst, was am 29. Oktober, also vor vier Tagen, im Haus von Matthias Fischer passiert ist. Fürs Protokoll: Im Folgenden bezeichnen wir Sven Binder als Matthias Fischer.»

Nunes schaute erst verwirrt, dann sagte er: «Der lag da und war tot.»

«Wann war das?»

«So gegen Mittag.»

«Wie sind Sie ins Haus gekommen? Hatten Sie einen Schlüssel?»

«Brauchte ich nicht. Die Tür war offen.»

«Welche Tür?»

«Die Haustür natürlich, was denn sonst?»

«Und weiter?»

«Ich hab gerufen, dass ich da bin. Wegen der Klimaanlage. Hat aber keiner geantwortet. Also bin ich hoch, ich wusste ja, wohin. Und da lag er mit 'nem Loch im Kopf. Mausetot.»

«Sind Sie Arzt?»

«Nee, bin ich nicht. Aber auch nicht blind.»

«Was haben Sie dann getan?»

«Mich gewundert.»

«Darüber, dass Sie vor einer Leiche standen? Das kann ich verstehen.»

João Almeida konnte an Soares' Stimme hören, wie schwer es ihr fiel, ihre Rolle als verständnisvoll-sachliche Vernehmerin zu spielen. Er selbst musste an sich halten, um ruhig zu bleiben und den Mann nicht anzubrüllen. Genau deshalb war Pinto nicht dabei, sondern saß – vermutlich immer noch stinkwütend – im Nebenraum.

Sein Protest war im halben Präsidium zu hören gewesen, als Almeida ihm mitteilte, dass Soares das Verhör führen würde. «Das kannst du nicht machen, João! Den Kerl will ich mir selbst vornehmen. Und wenn ich alles aus ihm rausprügeln muss!»

«Genau, Paulo, und aus diesem Grund habe ich entschieden, dass Soares das Verhör führt. Ich bin hier immer noch der Chef.»

Almeida konzentrierte sich wieder auf das Gespräch. Soares machte ihre Sache gut.

«War es das, worüber Sie sich gewundert haben?», hakte sie nach.

«Na ja, klar, darüber natürlich auch. Und weil überall gepackte Koffer waren. Und Ausweise. Verschiedene Ausweise mit seinem Bild drauf. Der war ein falscher Fuffziger, der wollte abhauen, garantiert.»

«Und wo waren diese Ausweise?»

Zum ersten Mal zeigte José Nunes Unsicherheit. Sein Blick wurde unstet, er sah keinen von ihnen an.

«Okay, dafür könnt ihr mich wohl drankriegen.»

«Sie sprechen jetzt von dem Geld, das wir bei Ihnen gefunden haben?»

«Zwanzigtausend davon gehörten sowieso mir! Der Mistkerl hatte versprochen …»

«Wovon reden Sie? Wollen Sie uns weismachen, Sie hätten mit Matthias Fischer Geschäfte gemacht?»

«Und wieso nicht? Meinen Sie, meine Kohle ist schlechter als die von den Geldsäcken?»

«Ich nehme an, es handelt sich um die Summe, die Sie geerbt haben.»

«Genau. Ich wusste, dass der Typ eine Finanzgröße war, so einer von denen, die aus Geld noch mehr Geld machen können. Er hat gesagt, in drei Monaten wär's schon doppelt so viel und wenn ich ein bisschen mehr Geduld hätte und das Doppelte dann auch wieder bei ihm investierte, dann säh die Welt für mich bald ganz anders aus. In einem Jahr oder so hätte ich meiner Familie etwas bieten können! Verstehen Sie?»

Almeida fragte sich, wie ein erwachsener Mann die Wirklichkeit derart verzerrt wahrnehmen konnte.

Als keiner auf seine Frage einging, sprach Nunes weiter: «Und dann will das Schwein abhauen. Mit meinem Geld! Das war so was von klar. Wenn der nicht schon tot gewesen wäre, dann …»

«Was dann?», hakte Soares nach. «Dann hätten Sie ihn totgeschlagen?»

«Quatsch. Aber ich hätte ihm eine verpasst. Ich hab den Stapel Geld genommen, der da ganz offen im Safe lag, und bin weg. Hören Sie, ich bin vielleicht gelegentlich etwas unbeherrscht. Aber ich bin kein Mörder!»

Gelegentlich etwas unbeherrscht, dachte Almeida und hätte kotzen können. Gabriela Sousa Guerreiro lag mit einer schweren Gehirnerschütterung und einem gebrochenen Kiefer im Krankenhaus.

«Das ist ja eine sehr schöne Geschichte, die Sie uns da erzählen», schaltete er sich ein. «Dann müssen Sie uns jetzt nur noch erklären, wie Ihre Spuren auf die Tatwaffe gekommen sind.»

47

«Das schreit doch zum Himmel, was der uns für eine Scheiße auftischt!»

«Kein Grund zu brüllen, Paulo, wir verstehen dich auch so. Nebenbei bemerkt, wird es wohl auch der Himmlische sein müssen, der ihn für den Mord an Binder abstraft, wenn wir seine Geschichte nicht widerlegen können.»

«Blödsinn, João. Bei den Indizien und bei seiner Neigung zur Gewalt verurteilt den jeder Richter.» Pinto äffte José Nunes nach: «Fischer hat gesagt, ich soll schon mal ein paar Probeschwünge machen für die Zeit, in der ich eine Villa habe und den Tag mit Golfen verbringe. Kann schon sein, dass Spuren von mir an diesem dämlichen Schläger sind.» Dann sprach er mit normaler Stimme, aber noch immer scharfem Ton weiter. «Ich bitte dich, wer soll diesen Schwachsinn glauben?»

José Nunes saß inzwischen wieder in seiner Zelle in Untersuchungshaft. Er würde im Gefängnis bleiben, so oder so. Die Frage war nur, ob wegen Mordes an Sven Binder für viele Jahre oder wegen des Angriffs auf seine Frau, Kindesmitnahme und Diebstahls für kürzere Zeit.

«Ich, Paulo. Zumindest bin ich geneigt, auch von der Annahme auszugehen, dass er nicht lügt.»

«Was? Hast du sie noch alle? Du weißt, was er mit seiner Frau angestellt hat!»

Auch Almeida schlug jetzt einen scharfen Ton an. «Ja, das weiß ich, Paulo. Genauso, wie ich weiß, dass deine Urteilsfähigkeit eingeschränkt ist, sobald es um dieses Thema geht.»

Pinto sprang von seinem Stuhl im Besprechungsraum auf.

«Vielen Dank, Chef, dann geh ich ja wohl besser!» Wenn möglich, war sein Gesicht noch röter geworden.

«Komm mal wieder runter und werde sachlich!»

«Gute Idee», war Soares zu vernehmen.

«Halt dich da raus, Küken!»

«Es reicht, Paulo. Setz dich schon hin. Wir müssen uns *ohne Vorbehalte* ansehen, was wir haben. Und was nicht. Ich werde zumindest der Möglichkeit nachgehen, dass Nunes die Wahrheit sagt. Die Geschichte mit den Golfschlägern ist nach meinem Geschmack fast zu verrückt, um ausgedacht zu sein. So viel Phantasie traue ich dem Mann kaum zu. Außerdem haben wir noch eine Person im Spiel, die nachweislich gelogen hat und deren Spuren möglicherweise ebenfalls auf dem Schlägergriff sind.»

Almeida hatte seinen beiden Kollegen zuvor eine kurze Zusammenfassung des Gesprächs mit dem Ehepaar Kallmeyer gegeben.

Pinto funkelte ihn böse an, ließ sich aber wieder auf seinen Stuhl fallen. Soares spielte derweil mit ihrem Kugelschreiber.

«Ohne DNA-Probe von der Kallmeyer sehe ich, ehrlich gesagt, nicht, wie wir weiterkommen sollen», sagte sie nach einer Pause. «Dann wird es so sein, wie Paulo sagt: Nunes fährt nach einem Indizienprozess wegen Mordes ein. Ob er es nun war oder nicht.»

«Es sei denn, er hat einen guten Verteidiger und der setzt die Probe zur Entlastung seines Mandanten doch noch durch, falls unser Herr Staatsanwalt nicht mitspielt.» Almeida hatte so eine Ahnung, dass es darauf hinauslaufen könnte. «Ich rede gleich morgen früh mit ihm. Wie auch immer. Geht alles noch mal durch. Detail für Detail. Ich lasse euch wissen, was der Mönch entschieden hat, sobald ich es weiß.»

48

«Gute Arbeit, Almeida, ich freue mich schon darauf, die Anklage zu vertreten.»

«Freuen Sie sich nicht zu früh, Doutor Fernandes. Nunes hat nicht gestanden.»

«Gestanden, gestanden – wen interessiert das? Wir haben alles, was wir brauchen. Die Öffentlichkeit wird uns lieben! Ein Frauenmisshandler erschlägt den international gesuchten Betrüger unmittelbar vor der geplanten Festnahme. Wunderbar! Ein hundertprozentiger Erfolg! Ich habe für sechzehn Uhr eine Pressekonferenz angesetzt.»

Da der Staatsanwalt aufgeräumter Stimmung war, mangelte es an einer pochenden Ader, auf die Almeida seinen Blick hätte richten können. Als Alternative blieb nur die Krawatte, von deren Anblick er allerdings akute Augenschmerzen bekam. Ein ausgesucht hässliches Ding mit einem Paisleymuster in grellem Hellgrün und knalligem Lila.

«Was schauen Sie denn so? Keine Sorge, Sie müssen nicht dabei sein.»

«Für mich ist der Fall erst abgeschlossen, wenn wir Marianne Kallmeyer als Täterin ausschließen können. Dafür brauche ich ihre DNA, die sie uns freiwillig nicht geben wird, wie Sie wissen.»

«Was haben Sie denn immer mit dieser Deutschen? Sie hatte eine Affäre mit dem Kerl und wollte das verbergen, na und? Millionen Frauen haben Affären, aber sie bringen ihre Liebhaber nicht um. Sie hat doch gar kein Motiv.»

Die Frage nach dem Motiv beschäftigte auch Almeida, aber er hatte nicht vor, mit dem Mönch darüber zu diskutieren.

«Und kein Alibi.»

«Sie glauben doch nicht im Ernst, Chefinspektor, dass ich respektable Gäste unseres Landes brüskiere, weil ein Typ wie dieser Nunes ‹Ich war's nicht› schreit? Kommt gar nicht in Frage. Schließen Sie die Akte. Keine weitere Diskussion.»

Almeidas Ahnung hatte ihn nicht getrogen. Und er wusste: Falls es die Kallmeyer war, würde sie davonkommen. Ohne DNA war nichts zu machen. Bevor er zur Staatsanwaltschaft gegangen war, hatte er die Fallakte Binder noch einmal von Anfang bis Ende gelesen. Es gab keinen anderen Ansatzpunkt als die winzigen Hautabriebspuren auf der Tatwaffe. Die Putzfrau von Binder konnte sie nicht hinterlassen haben, sie trug bei der Arbeit Handschuhe. Zudem war sie bereit, eine DNA-Probe abzugeben. «Aber natürlich», hatte sie gesagt, «wenn es der Wahrheit dient.» Und genau deshalb brauchte er ihre Probe nicht.

Doutor César Fernandes Frade, dieser Idiot, nickte ihm gönnerhaft zu. «Nun kommen Sie schon, Almeida. Sie können mit Ihrer Arbeit zufrieden sein. Und so oft sage ich das ja nicht, haha.»

Das Klingeln seines Telefons bewahrte Almeida vor einer Antwort. Er sah kurz auf das Display. Paulo Pinto.

«Sie entschuldigen?»

«Sicher, sicher. Und vergessen Sie nicht, heute Nachmittag den Fernseher einzuschalten.»

Almeida nickte und verließ das Büro, das Handy am Ohr. «Was ist, Paulo?»

«Du wirst nicht glauben, wer hier in deinem Büro auf dich wartet.»

«Spuck's aus. Mir ist gerade nicht nach Scherzen zumute.»

«Gernot Kallmeyer. Er sagt, er hat was für dich.»

49

«Anabela? Kannst du bitte schnell ins Präsidium kommen. Ich brauche dich hier.»

Ich stand gerade in Joãos Badezimmer und tuschte mir die Wimpern, als er anrief. Und, ehrlich gesagt, stand mir der Sinn überhaupt nicht danach, jetzt auf die Schnelle loszufahren. In der vergangenen Nacht hatte ich kaum ein Auge zugemacht, hatte ständig an den verschreckten kleinen Jungen denken müssen. Und an Gabriela.

Nach langem Hin und Her mit der zuständigen Assistência Social hatten wir Bernardo gestern Nachmittag zu der Nachbarin seiner Mutter gebracht, die sich um ihn kümmern würde, bis Gabriela aus dem Krankenhaus entlassen wurde. Zunächst hatte es geheißen, der Junge müsse zu leiblichen Verwandten oder in ein Heim. João hatte schließlich irgendwelche Beziehungen spielen lassen, damit der Kleine in der Nähe seiner Mutter und bei einer Vertrauten bleiben konnte. Erst im Morgengrauen war ich eingeschlafen und vor einer knappen Stunde aufgewacht. Da war João längst bei der Arbeit. Ich hatte nicht einmal gehört, als er aufgestanden war.

«Jetzt sofort? Aber was ist denn los?»

«Gernot Kallmeyer will eine Aussage machen. Er spricht

zwar Englisch, aber mir wäre lieber, wenn ich dich dabei hätte.»

«Der Mann? Was kann der schon aussagen?»

«Anabela, bitte. Beeil dich einfach.»

«Ist ja schon gut.»

Diesem arroganten Kerl aus Stuttgart noch einmal zu begegnen, stand auf meiner persönlichen Wunschliste so ziemlich an unterster Stelle. Und ausgerechnet für den sollte ich mich beeilen? Aber nun. Ich brauchte fünfundzwanzig Minuten – eine Rekordzeit, wie ich bemerken möchte. Immerhin sind es gut zwölf Kilometer von Estói bis ins alte Zentrum von Faro.

«Das wurde auch Zeit», sagte Gernot Kallmeyer, als mich ein Beamter in den Besprechungsraum führte, in dem er mit João und Paulo Pinto saß.

«Ihnen auch einen Guten Tag. Olá, Paulo.»

Ich setzte mich neben João an den runden Tisch, auf dem neben einigen Wasserflaschen und leeren Kaffeetassen ein Aufnahmegerät stand. In einer Ecke des Raumes blinkte eine Videokamera.

«Gut, dann können wir ja anfangen.»

Nachdem die Formalien erledigt waren, sagte João: «Senhor Kallmeyer. Sie haben mir heute eine DNA-Probe Ihrer Frau Marianne übergeben.» Die Tüte mit zwei Zigarettenkippen war schon im Labor. «Noch gestern haben Sie im Namen Ihrer Frau eine solche Probe verweigert. Woher der Sinneswandel?»

«Können Sie sich das nicht denken?»

«Wir möchten es von Ihnen hören.»

Kallmeyer, der nicht in Freizeitkleidung, sondern in

einem edel schimmernden Business-Anzug erschienen war, rückte seine Krawatte zurecht und räusperte sich, ehe er schließlich antwortete: «Gestern musste ich von Ihnen erfahren, dass meine Frau mich betrogen hat. Mit Matthias Fischer. Oder sollte ich eher Sven Binder sagen? Wie auch immer. Nachdem Sie gegangen waren, kam es zu einem hässlichen Streit.»

Er machte eine Pause, damit ich übersetzen konnte. Wahrscheinlich war er gewohnt, mit Dolmetschern zu arbeiten.

«Und weiter?»

«Nun, wie ich erfahren musste, hatte sie vor, mich zu verlassen. Mit ihm natürlich. Offenbar wollte sie ihr *neues Leben*, wie sie es nannte, mit einem nicht geringen Teil unseres Vermögens beginnen. Ich habe unsere Konten geprüft. Und das», er runzelte die Stirn, «das geht nun wirklich zu weit!»

Als ich übersetzt hatte, tauschten João und Paulo Pinto einen Blick. Wahrscheinlich dachten sie dasselbe wie ich: Gernot Kallmeyer ging Geld über alles. Wieder ein Griff an die Krawatte. «Doch entscheidend für meine Entscheidung hierherzukommen, war, was sie zuletzt sagte.»

Er entdeckte eine Fluse auf dem Ärmel seines Jacketts und strich in aller Ruhe daran herum. Nun rede schon, Mann, dachte ich und hätte ihn am liebsten angeschubst.

Auch João war ungeduldig. «Senhor Kallmeyer?»

Der Herr Geschäftsführer schaute in die Runde. Wollte er sich vergewissern, dass wir ihm auch alle zuhörten?

Schließlich sprach er weiter: «Nun, Sie sagte wörtlich: ‹Dabei war er genauso ein Arsch wie du. Aber dafür hat er bezahlt.›» Kallmeyer räusperte sich. «Entschuldigen Sie bitte die Wortwahl, aber ich sollte das wohl genau wiedergeben. Ach ja. Und sie hat gelacht. Hysterisch gelacht.»

Für einen Augenblick verschlug es mir die Sprache. Genauso wie João, nachdem ich übersetzt hatte. Es dauerte eine ganze Weile, bis er sagte: «Mit dieser Aussage belasten Sie Ihre Frau schwer. Das ist Ihnen doch bewusst?»

Gernot Kallmeyer lächelte. Kalt und boshaft.

«Nun, meine Frau hat sich ein neues Leben gewünscht. Ich denke, das soll sie haben. Sie sollten sich übrigens besser beeilen. Sie hat für heute Abend einen Flug nach Deutschland gebucht.»

«Ich nehme an, Ihre Frau weiß nicht, dass Sie hier sind?»

«Das sehen Sie richtig.»

50

Mich fröstelte noch, nachdem ich die Aussage verschriftlicht hatte und danach mit João in seinem Büro saß. Als wäre Kallmeyers Kälte in meine Blutbahn eingedrungen.

«Und jetzt?», fragte ich. «Was passiert nun mit Marianne Kallmeyer?» Über den Mann mochte ich nicht reden. Dann schon lieber über seine mörderische Frau. Die hatte wenigstens Gefühle, wie es schien.

«Jetzt nehmen Pinto und Soares sie erst einmal vorläufig fest. Die Dame wird zwar garantiert kein Wort sagen, jedenfalls nicht ohne Anwalt, aber das ist im Moment nicht wichtig. Wir führen sie einem Richter vor, falls die DNA-Probe positiv ausfällt.» Er seufzte. «Ich sollte wohl den Staatsanwalt informieren. Der will heute Nachmittag eine Pressekonferenz geben. Dass wir die Kallmeyer festsetzen, wird ihm überhaupt nicht schmecken.»

«Wieso? Er muss doch ein Interesse daran haben, dass der Tod von Binder geklärt wird.»

«Die Hauptinteressen von Doutor César Fernandes Frade, meine liebe Bela, sind einfache Lösungen und eine gute Figur in den Medien.»

Wenig später drang eine empörte Männerstimme aus Joãos Telefonhörer.

«Nein, Doutor Fernandes, ich verbeiße mich nicht, ich ermittle.» João verdrehte die Augen. «Das ist richtig, wir müssen das Ergebnis der Analyse abwarten. Frühestens in …» Er sah auf seine Armbanduhr. «… in etwa sieben Stunden.»

Ich verstand zwar nichts von dem, was der Staatsanwalt sagte, aber das Mienenspiel meines Lieblingskommissars ließ mich leise lachen und vertrieb das Frösteln.

«Wir haben immerhin die Aussage ihres Mannes, der sie belastet und der ihr mögliches Motiv genannt hat … Wie meinen Sie? Ja, nur Hörensagen, das ist mir bewusst. Ich lasse sie dennoch vorläufig festnehmen, weil Marianne Kallmeyer sonst heute Abend im Flugzeug sitzt … Ja, selbstverständlich. Sobald ich mehr habe … Das ist Ihre Entscheidung. Bom dia.» João legte auf.

«Und?»

«Keine Ahnung. Vielleicht verschiebt er die PK oder bläst sie ganz ab, vielleicht auch nicht. Ist mir herzlich egal. Komm, lass uns was essen gehen und frische Luft atmen.»

«Musst du Marianne Kallmeyer nicht verhören, wenn Pinto und Soares sie bringen?»

«Das hat Zeit. Sie bringen sie ins Untersuchungsgefängnis, da ist sie erst mal gut aufgehoben. Genau wie Nunes. Die Vorstellung gefällt mir.» Er grinste.

«Mir auch. Aber ich frage mich die ganze Zeit, warum sie sich nicht längst abgesetzt hat, wenn sie Binder tatsächlich auf dem Gewissen hat.»

«Ich vermute, das hat zwei Gründe: Erstens hätte ihr Mann sich sicher gewundert, wenn sie plötzlich nach

Deutschland zurückgewollt hätte. Du erinnerst dich? Bei unserem ersten Gespräch hatte sie erwähnt, dass er am nächsten Tag kommen würde.»

Ich nickte. «Und zweitens?»

«Zweitens hat sie sich wahrscheinlich sicher gefühlt, für unantastbar gehalten. Aber, wie gesagt, das ist nur meine Einschätzung.»

Paulo Pinto meldete sich, als wir auf der Esplanade eines Restaurants nahe der Kathedrale Sé de Faro bei der Vorspeise saßen. Sapateira recheada, gefüllter Taschenkrebs. Ich kämpfte eben mit einer der Krebsscheren. Obwohl auch dieser Novembertag sonnig war, hatten wir die Terrasse für uns allein. João stellte das Telefon auf laut.

«Das war schon fast unheimlich», erzählte Pinto. «Eine ganz ähnliche Szene wie im Haus von Binder. Nur ohne Leiche und ohne Fliegen. Gepackte Koffer, ein offener Safe. Allerdings stand ihr Gepäck schon im Wohnzimmer. Bei den Kallmeyers ist der Safe nicht im Wandschrank des Schlafzimmers, sondern in der Wohnzimmerwand. Ganz klassisch hinter einem Bild.»

«Und wie hat sie reagiert?»

Pinto lachte. «Farblich hat sie sich Binder angepasst. Sie wurde leichenblass. Und natürlich sagt sie kein Wort ohne ihren Anwalt. Aber vor morgen Mittag kann der nicht hier sein.»

«Gut, Paulo. Lourenço meldet sich, sobald er das Ergebnis der Analyse hat. Macht jetzt auch Mittag. Wir sehen uns nachher.» João beendete das Gespräch und nahm sich ebenfalls eine Krebsschere.

«Dann brauchst du mich morgen?»

«Ich brauche dich immer.»

«Schmeichler.»

Er warf mir einen Blick zu, der meine Knie weich werden ließ, dann konzentrierte er sich wieder auf den Krebs und die Kallmeyer: «Aber ja, falls es morgen zur Vernehmung kommt, brauche ich dich. Auch wenn ich nicht glaube, dass sie den Mund aufmachen wird. Die ist ein anderes Kaliber als Nunes und wird höchstwahrscheinlich von ihrem Schweigerecht Gebrauch machen. Vielleicht kann ich sie trotzdem knacken, vamos ver.»

Eine Weile aßen wir schweigend, dann fragte João: «Willst du heute noch nach Hause fahren und morgen Mittag wiederkommen?»

«Das hängt davon ab, wie es Pai geht. Und Mãe natürlich. Ich rufe sie nach dem Mittagessen an.»

Während wir eine Dreiviertelstunde später auf unseren Verdauungskaffee warteten, zog ich mein Handy aus der Handtasche. Vor dem Gespräch mit Gernot Kallmeyer hatte ich es ausgemacht und dann vergessen, es wieder einzuschalten. Fünf verpasste Anrufe. Alle von Mãe.

Mein Herz fing prompt an zu rasen. Ein Gedanke nach dem nächsten blitzte durch meinen Kopf und einer war schlimmer als der andere. Ein weiterer Schlaganfall? Wieder eine Lungenentzündung? Oder war Mãe etwas passiert? Sie ging nach dem zweiten Klingeln dran.

«Filha, Gott sei Dank!»

Ich zwang meine Stimme zur Ruhe. «Was ist denn los, Mãe?»

«Du musst sofort kommen!»

Ich griff schon zu meiner Tasche und stand auf. «Wohin? Ins Krankenhaus?»

Bitte, bitte nicht.

«Krankenhaus? Wieso Krankenhaus? Ins Heim.»

Sie brach in Tränen aus. Und ich verstand überhaupt nichts mehr.

«Dein Vater hat eine andere!»

51

Der Anwalt hieß Volker Vetter, sprach mit schwäbischem Einschlag und strahlte mit randloser Brille, kurzgeschnittenem grauem Resthaar und seinem ganzen Auftreten Gelassenheit aus. Als ginge es hier um eine nette kleine Geschäftsverhandlung. Marianne Kallmeyer dagegen wirkte nach einer Nacht im Gefängnis angeschlagen und hatte einiges von der kühlen Haltung verloren, die wir von ihr kannten. Kein Make-up verbarg ihre Blässe und sie hatte tiefe Ringe unter den Augen. Aber sie saß kerzengrade auf ihrem Stuhl und bedachte João und mich mit trotzigen Blicken. Außer der Bestätigung ihrer Personalien hatte sie noch kein Wort von sich gegeben. João hatte mir auf meine Frage nach Soares und Pinto kurz angebunden erklärt, er glaube, es sei besser, wenn er Marianne Kallmeyer allein befrage.

«Frau Kallmeyer, Sie werden beschuldigt, den Österreicher Sven Binder alias Matthias Fischer am Vormittag des 29. Oktober in seinem Haus niedergeschlagen zu haben.»

Ein kaum wahrnehmbares Muskelzucken unter ihrem rechten Auge, sonst nichts.

Niedergeschlagen? Nicht erschlagen oder ermordet? Sicherheitshalber fragte ich nach, ehe ich übersetzte. Ich war ziemlich aufgeregt und wollte nichts falsch machen. Immerhin dolmetschte ich zum ersten Mal bei der Vernehmung einer Mordverdächtigen.

«Niedergeschlagen. Einfach übersetzen, was ich sage, Bela, Wort für Wort.»

«Ja, natürlich. Entschuldige.»

«Meine Mandantin wird in der Sache nicht aussagen», verkündete Volker Vetter.

João gab sich unbeeindruckt, sah den Anwalt nicht einmal an, sondern richtete seinen Blick weiterhin direkt auf Marianne Kallmeyer. «Sie hatten das nicht geplant, nicht wahr? Wissen Sie, ich habe eine ziemlich deutliche Vorstellung von dem, was an dem Tag passiert ist.»

«Muss das sein, Chefinspektor?», unterbrach der Anwalt. «Ich habe doch bereits erklärt, dass Frau Kallmeyer nicht aussagen wird.»

João ignorierte den Mann weiter, hielt den Blick auf die Frau geheftet. Sie starrte zurück. Hörte zu.

«Was mir bis gestern nicht klar war: Warum haben Sie an jenem Vormittag Ihren Kosmetiktermin nicht wahrgenommen, sondern sind zu Ihrem Liebhaber gegangen? Obwohl Sie mit ihm sonst ja wohl eher die Nächte verbracht haben? Aber» – João machte eine Pause und lächelte –, «aber dann habe ich ein interessantes Gespräch geführt.»

Er gab mir ein Handzeichen, ich übersetzte. João fuhr fort. «Gestern Nachmittag habe ich noch einmal mit dem Manager des Golfresorts telefoniert. Das war eine wirklich aufschlussreiche Unterhaltung.»

Aha? Ich fragte mich, was als Nächstes kommen würde. João hatte mir vorab kaum Informationen gegeben, die Zeit hatte nicht gereicht. Ich war erst unmittelbar vor der Vernehmung in Faro angekommen. Den gestrigen Nachmittag hatte ich damit verbracht, meine Mutter zu beruhigen, ihr den Kopf zurechtzurücken und Pai zu besuchen. Und eben war ich aus dem Krankenhaus gekommen, in dem Gabriela Sousa Guerreiro lag. Das Einzige, was ich wusste, war, dass es neue Beweise gab und deshalb die Vernehmung stattfand.

«Sven Binder alias Matthias Fischer hat den Manager am frühen Morgen seines Todes persönlich darüber informiert, dass er Portugal verlassen werde, und ihn gebeten, sein Haus auf die Liste der im Resort zu verkaufenden Immobilien zu setzen.»

Worauf lief das hier hinaus? Beinah hätte ich zu übersetzen vergessen.

«Das Interessante daran ist: Der Manager erinnert sich genau, dass auch Sie an diesem Morgen an der Rezeption waren, also dort, wo er mit ihm gesprochen hat. Es gab ein Problem mit der Gegenstromanlage in Ihrem Pool, richtig? Jedenfalls ist sich der Manager sicher, dass Sie zumindest den Anfang seines Gespräches mithören konnten, Herr Fischer – wir bleiben jetzt der Einfachheit halber bei diesem Namen – Sie aber nicht bemerkt hat.»

Der Anwalt holte Luft, João gebot ihm jedoch mit entschiedener Geste zu schweigen. Unter Marianne Kallmeyers Auge zuckte der Muskel jetzt gut sichtbar.

«Ihm sei aufgefallen, so erzählte der Manager, dass Sie zunächst hinter Fischer gestanden hätten, sich dann aber umgedreht hätten, um in die Golfboutique im Empfangsbereich zu gehen. Erst als Fischer weg war, seien Sie an die Rezeption zurückgekommen und hätten ihn auf Ihren Pool angesprochen. Sie erschienen ihm im Verhältnis zu einem kleinen technischen Problem übermäßig aufgeregt. Er wird das übrigens auch vor Gericht aussagen.»

Marianne Kallmeyer schwieg.

«Sie mussten also erfahren, dass Ihr Geliebter das Land verlassen wollte. Und zwar ohne Sie. Sie hatten nicht die geringste Ahnung. Bitter, nicht wahr? All seine Versprechungen – nichts als Lügen, Zurückweisung, Verrat. Das war sicher sehr schmerzhaft.»

Grün-braune Augen füllten sich mit Tränen.

«Marianne, lass dich nicht provozieren.»

Doch es war, als wäre der Anwalt gar nicht mehr im Raum. Da waren nur João, Marianne Kallmeyer und ich.

«Sie sind zu ihm gegangen. Durch die offene Terrassentür. Und haben ihn im Schlafzimmer gefunden, inmitten seiner Koffer. Hat er Sie verhöhnt?»

Ein winziges Nicken.

«Womit?»

«Marianne!»

«Lass mich, Volker! Wissen Sie, was es heißt, an der Seite eines Mannes wie Gernot zu leben? Nein.» Sie stieß eine Mischung aus Stöhnen und Schnauben aus. «Woher sollten Sie auch? Es ist, als wäre man in einem Kühlraum eingesperrt. Selbst unter portugiesischer Sonne. Kälte, immer nur Kälte. Matthias gab mir dagegen die Zuwendung, nach der ich mich so dringend sehnte. Er war so … so anders. Alles schien möglich mit ihm, alles! Und dann … an diesem Morgen …»

Ihr Blick wurde ganz leer. Ich glaube, sie sah sich wieder im Schlafzimmer ihres Liebhabers.

«Da waren die Koffer. Und auf dem Bett ein Ausweis mit seinem Bild, aber einem anderen Namen. Er … Er hat mich ausgelacht. Mich eine naive Kuh genannt. ‹So naiv wie all die anderen›, hat er gesagt. Und dann hat er einfach weitergepackt. Seinen Nachttisch ausgeräumt. Als wäre ich nicht mehr als ein lästiges Insekt.»

Sie schlug die Hände vors Gesicht. Ihre nächsten Worte waren kaum zu verstehen.

«Ich … Ich habe das nicht gewollt … es ist einfach passiert …»

Für ein paar Augenblicke hing Stille im Raum. Der Anwalt hatte die Augen geschlossen und schüttelte wie ein Wackeldackel den Kopf.

«Und dann», sagte João trocken in das Schweigen, «haben Sie den Schläger abgewischt, sind zu Ihrer Freundin gegangen und haben sich mit ihr einen schönen Tag gemacht. Nicht schlecht, so viel Selbstbeherrschung nach einer Tat im Affekt. Übrigens hat Ihr Geliebter noch gelebt, als Sie sein Haus verlassen haben.»

Der Anwalt machte die Augen wieder auf.

«Aber das zu bewerten, obliegt nicht mir, sondern einem Gericht. Senhor Vetter, vielleicht sollten Sie Ihrer Mandantin jetzt erklären, was auf sie zukommt.»

52

Auf einer halbrunden weißen Wand prangte gleich mehrfach das blau-goldene Wappen der PJ in unterschiedlichen Größen. Ein dunkelblauer Streifen darunter trug den weißen Schriftzug *Polícia Judiciária*. Doch der blasse schmale Mann, der vor der Wand an einem blankpolierten Holztisch mit Mikrophonen saß, war kein Polizist.

«*Das* ist der Mönch?» João hatte mir schon viel über den Staatsanwalt erzählt, aber gesehen hatte ich ihn noch nie. «Den sollte mal jemand zur Typberatung schicken. Dieser senfgelbe Schlips ist ja furchtbar.»

«Anabela, komm lass uns ans Wasser gehen.»

«Gleich, João, das muss dich doch auch interessieren.»

«Ich weiß, wie er aussieht.» Ich stieß ihm meinen Ellbogen in die Seite. «Sei nicht so blöd. Ich will das hören. Könnten Sie das bitte etwas lauter stellen?», fragte ich die Frau hinter der Theke der Snackbar, in der wir gegessen hatten. Der Fernseher hing über ihrem Kopf. Sie gab João sein Wechselgeld und griff zur Fernbedienung.

João seufzte.

«… kann ich Ihnen versichern, dass die von mir geleiteten Ermittlungen im Falle des getöteten Sven Binder alias Matthias Fischer mit größter Sorgfalt und ohne Ansehen der Person geführt wurden. Aufgrund sorgfältigster Spurensuche konnte als mutmaßliche Täterin eine siebenundvierzigjährige Deutsche festgenommen werden. Die Frau hat gestanden und wurde bereits dem Haftrichter vorgeführt. Des Weiteren ...»

«Ich warte am Strand auf dich.» João verschwand nach draußen.

«... möchte ich darauf hinweisen, dass es sich bei dem Getöteten um einen von Interpol gesuchten Betrüger aus Österreich handelt, dessen Festnahme aufgrund unserer Ermittlungen unmittelbar bevorstand, als er zu Tode kam. Ich habe selbstverständlich die österreichischen Kollegen hinzugezogen und kann von einer hervorragenden Zusammenarbeit berichten.» Außer seiner festen und klaren Stimme, die nicht so recht zu dem Staatsanwalt passen wollte, war das Klicken von Fotokameras zu hören. «Dieser Mann hat zudem vor seinem Tod nach den mir vorliegenden Beweisen hier auf portugiesischem Boden zwei Morde begangen. Die Opfer waren ebenfalls Österreicher.» Im Saal, von dem nichts zu sehen war – die Fernsehkamera blieb auf Doutor Fernandes gerichtet –, wurden Stimmen laut. «Ich werde Ihre Fragen jetzt beantworten, meine Damen und Herren.»

«Gab es nicht einen zweiten Verdächtigen, bei dem Geld aus dem Haus des Toten gefunden wurde? Was ist mit dem?», kam die erste Frage aus dem Off.

Da musste jemand eine verdammt gute Quelle haben, dachte ich, vielleicht sogar in den Reihen der PJ.

Der Staatsanwalt wirkte kurz irritiert, fing sich aber schnell. «Das ist richtig. Auch dieser Mann ist in Untersuchungshaft und wird wegen verschiedener Vergehen angeklagt; darunter Diebstahl und schwere Körperverletzung. Weitere Fragen?»

Mehr musste ich nicht hören. Was für ein aufgeblasener Egomane. João hatte nicht übertrieben, als er ihn beschrieb. Ich folgte ihm an den Strand. Er saß mit nackten Füßen im Sand, eine flache Düne im Rücken. Vor uns lag endlos blau der Atlantik. Flache Wellen rollten heran, brachen, zogen sich zurück und hinterließen eine Kette aus Algen. Ich zog mir ebenfalls die Schuhe aus, setzte mich neben meinen Kommissar und sah zwei schreienden Möwen zu, die sich um einen Fisch stritten, den eine von ihnen im Schnabel hatte. Eine kräftige Brise blies Sandkörner über unsere Füße. Wir saßen an der Praia do Barril. Rechts und links von uns erstreckte sich kilometerweit weißer Strand.

«Macht es dir nichts aus, wenn dieser Mensch dir erst das Leben schwer macht und fast die Aufklärung des Falles verhindert, um dann die Lorbeeren einzustreichen?», fragte ich nach einer Weile.

«Die Lorbeeren kann er gern haben. Es reicht, wenn einer von uns eitel ist.»

«Ein Journalist hat eben nach Nunes gefragt. Fernandes meinte, dass er unter anderem wegen Diebstahl und Körperverletzung angeklagt wird. Was denkst du, für wie lange wird er weggesperrt?»

«Schwer zu sagen, aber ich denke mindestens für drei bis fünf Jahre. Wie geht es seiner Frau, du wolltest doch heute zu ihr ins Krankenhaus? Warum eigentlich? Du kennst sie doch kaum.»

«Ich weiß auch nicht. Wahrscheinlich ist es vor allem wegen des Kleinen.» Ich musste immer wieder daran denken, wie ich das weinende Kind an mich gedrückt hatte. «Gabriela ist mit Schmerzmitteln vollgepumpt, kann nicht sprechen, weil ihr Kiefer geschient ist, und benutzt ihr Handy für ein Mindestmaß an Kommunikation. Die PSP-Leute haben es ihr gebracht, Nunes hatte es ihr wohl weggenommen. Olga und Bernardo waren bei ihr. Und jemand von einer Opferschutzorganisation.»

«Wird sie operiert?»

«Morgen. Und Olga hat erzählt, dass Gabriela noch einmal in Therapie geht, sobald der Kiefer verheilt ist. Es wird ihr bestimmt helfen, dass sie auf Jahre keine Angst vor Zé haben muss.»

João nickte. «Und was war jetzt bei deinen Eltern los?»

Ich lachte. «Das ist eine ganz verrückte Geschichte. In Pais Altersheim gibt es eine alte Dame, die ihn anscheinend für ihren verstorbenen Mann hält und ihm kaum von der Seite weicht. In seinen guten Momenten sagt er ihr, dass sie sich täuscht. Aber eben nicht immer. Wenn er nicht gut beieinander ist, scheint er selbst zu glauben, er wäre mit ihr verheiratet. Eine der Altenpflegerinnen hat gehört, wie er sie Rita genannt hat. Mãe leider auch. Und sie findet das natürlich überhaupt nicht witzig.»

«Was hast du getan?»

«Was kann ich schon tun? Ich habe Mãe erklärt, dass er nichts dafür kann und sie seine Rita ist und bleibt, auch wenn er das zwischendurch mal vergisst. Dass sie Verständnis haben muss. Die Altenpflegerin habe ich gebeten, diese andere Dame auf Abstand zu halten, zumindest wenn Mãe auftaucht. Keine Ahnung, ob das klappt. Sie und ihre Kolleginnen wollen es zumindest versuchen.»

João legte seinen Arm um mich. Es tat so gut, ihn zu fühlen. Zu wissen, was für ein Glück ich mit diesem Mann hatte. Lange saßen wir am Wasser, schwiegen, fuhren mit den Füßen durch den feinen Sand und ließen unsere Zehen miteinander spielen.

«Ich würde dich gern etwas fragen, Anabela. Etwas, das nur uns betrifft.»

Oha, dachte ich und mein Herz klopfte ein bisschen schneller. Er griff in seine Jackentasche.

Viel schneller.

«Würdest du …»

Oh Gott.

Er zog einen Prospekt aus der Tasche.

Einen Prospekt?

«Könntest du dir vorstellen, hier mit mir ein Wochenende zu verbringen?»

Leicht verdattert sah ich mir die Hochglanz-Broschüre an. Vilalara Thalassa Resort. Fünf Sterne. Privatstrand an der Felsküste, beheizter Pool, Wellnessbereich. Zimmer mit alleredelstem Mobiliar. Sauteuer.

«Hm.»

«Hm? Das ist alles?» Meinem armen João stand die Enttäuschung ins Gesicht geschrieben. Ich gab ihm einen Kuss.

«Das ist total süß von dir, João, aber ich glaube, von Luxusresorts bin ich fürs Erste kuriert. Und außerdem … meinst du nicht, das viele Geld könnten wir für etwas anderes ausgeben?»

«Wofür denn zum Beispiel?»

«Na ja, wenn ich bei dir einziehen soll, müssten sich in der Wohnung schon ein paar Dinge ändern.»

«Du meinst, du willst …?» Er zog mich in seine Arme und lachte glücklich in mein Haar. Ich löste mich von ihm.

«Nur unter der Woche. Mein Haus gebe ich nicht auf.»

«Natürlich nicht.»

«Und wenn sich zu Hause die Dinge ändern, werde ich dort sein müssen. Mãe wird auch langsam tüdeliger.»

«Ja, sicher, das ist doch klar.»

«Und ich bräuchte dein Gästezimmer als Arbeitszimmer.»

«Okay.»

«Und auf dein schwarzes Sofa müssen ein paar bunte Kissen.»

«Jetzt gehst du zu weit.» Er grinste. «Na gut. Aber die Küche bleibt, wie sie ist. Da will ich keinen Schnickschnack.»

«Ein bisschen Farbe würde da auch …»

«Nein.»

«Also schön.» Ich atmete tief durch. «Du, João, da ist noch was.»

«Ja?»

«Bitte frag mich nie, ob ich dich heirate. Damit bin ich für immer durch.»

«Du sitzt neben einem glücklichen Mann.»

Tudo é bom quando termina bem, dachte ich erleichtert und schmiegte mich an ihn. Ende gut, alles gut.

EINE NACHBEMERKUNG

In diesem Roman spielt die Pandemie, die unser aller Leben schon so lange im Griff hat, keine Rolle. Warum? Weil ich gerne wollte, dass meine Leserinnen und Leser an der Seite von Anabela Silva und João Almeida durch die Algarve reisen, wie wir sie hoffentlich in absehbarer Zeit wieder erleben können: ohne Maske auf dem Weg zum Strand, ohne Einschränkungen. Und hoffentlich mit vielen Restaurants, Cafés, Hotels, die diese furchtbare Zeit überstanden haben.

«Wenn ich wieder arbeitslos werde, gehe ich lieber ins Ausland, als noch mal *bedürftig* zu sein. Oder ich bring mich um.»

Diesen Satz sagt Octávio im Roman und berichtet von seinem Gefühl der Scham, als er während der Wirtschaftskrise um Unterstützung bitten musste. Als ich den Satz schrieb, habe ich natürlich an die Menschen gedacht, die durch die Pandemie erneut oder zum ersten Mal unverschuldet in Not geraten sind. Einer aktuellen Studie zufolge (https://www.algarve-entdecker.com/2021/06/algarve-news-21-bis-27-juni-2021/) sind rund vierhunderttausend unter die Armutsgrenze gefallen; die Kluft zwischen Arm und Reich in Portugal hat sich vergrößert. Viele Arbeitsplätze sind bereits vernichtet, gerade an der so sehr vom Tourismus abhängigen Algarve. Mehr Menschen als je zuvor – auch aus der sogenannten Mittelschicht – sind auf Lebensmittel-, Geld- und Sachspenden angewiesen. Organisationen wie Banco Alimentar und viele andere haben sich zu einem Netz der Hilfe zusammengetan; Portugiesen und auch ausländische Residenten versuchen zu helfen.

Man muss davon ausgehen, dass sich auch in einem anderen Bereich, der in meiner Geschichte eine zentrale Rolle spielt, die Probleme verschärft haben. Zu Beginn der Pandemie, im ersten Lockdown, gab es bereits einen Anstieg der Fälle von häuslicher Gewalt – mit 75,4 Prozent ohnehin der größte Teil der angezeigten «Verbrechen gegen Menschen» in Portugal (Zahlen von 2020, Quelle: Estatísticas APAV). Mehr als siebzig Prozent der Opfer sind weiblich, mit einem Durchschnittsalter von vierzig Jahren.

Den größten Teil des Buches habe ich geschrieben, als Portugal wegen der enorm hohen Zahl der Covid-19-Infizierten mit dem zweiten strengen Lockdown reagierte. Wir durften unseren Bezirk nur aus nachweisbar geschäftlichen oder wichtigen Gründen wie Arztterminen verlassen, Restaurants und Cafés waren geschlossen. Es hieß: Fique em casa. Bleiben Sie zu Hause.

Ich konnte also nicht wie sonst mit einem Ohr am Nebentisch im Café sitzen, um zu erfahren, was die Menschen bewegt. Das, was ich als portugiesisches Lebensgefühl kenne und liebe, gab es nicht. Lange Zeit konnte ich nicht wie sonst an die Schauplätze der Geschichte fahren, musste viel aus der Erinnerung schöpfen. Aber, wie Anabela sagen würde: Mal ehrlich, es gibt Schlimmeres.

Carolina Conrad, im Juni 2021

OBRIGADA

Vielen Dank zuallererst meinen Leserinnen und Lesern. Beim Schreiben sind Sie immer in meinem Kopf. Viele von Ihnen haben nach dem dritten Band gefragt, ob es mit der Reihe weitergeht, haben mir geschrieben, wie sehr Sie sich darüber freuen würden. Einer dieser wundervollen Briefe hängt über meinem Schreibtisch und war – ebenso wie die Unterstützung durch die Abonnenten meines Newsletters – eine phantastische Motivation.

Mein sehr herzlicher Dank geht außerdem an Ditta Friedrich vom Rowohlt Taschenbuch Verlag und Joachim Jessen von der Agentur Schlück sowie an meine hervorragende Lektorin Heike Brillmann-Ede. Ohne sie alle wäre dieses Buch nun nicht im Handel – und schon gar nicht so, wie es jetzt ist.

Und natürlich bedanke ich mich bei meinem persönlichen Netzwerk. Ihr alle unterstützt mich während des Entstehungsprozesses mit Rat, Tat und Ideen, mit Hilfe bei der Recherche und kritischem Lesen.

Diesmal waren dabei: Henrietta Bilawer, Sérgio Estreitinho, Ulrike Gussmann, Annegret Heinold, Christoph Höver, Meike Janzen, Dr. Peter Koj, Pedro Leal Concalves, Cornelia Lillelund, Gunda Rachut, «Ernesto» Schreinert,

Nina Utermöhlen, Verena von Hoyningen-Hüne und Birgit Wehage.

Por último, mas não menos importante … Nicht zuletzt bedanke ich mich bei meinem Mann und kriminalistischen Berater Detlef, der auch meine Launen aushalten muss. Danke auch für den Satz: «Du hast diesmal gar nicht geheult.»

LISTE DER VERWENDETEN REDEWENDUNGEN UND AUSDRÜCKE

A pensar morreu um burro.
Beim Denken ist ein Esel gestorben.

Até breve
Bis bald

Chatice!
Mist!

Com licença
Mit Verlaub (Höflichkeitsformel am Ende eines Telefonats, oder wenn man z. B. an jemandem vorbeigehen möchte, der im Weg steht)

De boas intenções está o inferno cheio.
Von guten Absichten ist die Hölle voll.

Deus ajuda a quem muito madruga.
Gott hilft dem Frühaufsteher.
Oder auch: Morgenstund hat Gold im Mund.

Deus me dê paciência e um pano para a embrulhar.
Gott gebe mir Geduld und ein Tuch, um sie einzuwickeln.

Estrangeiro
Ausländer

Tou. Eigentlich: Estou.
Ich bin (hier).

Nem tudo o que vem à rede é peixe.
Nicht alles, was ins Netz geht, ist Fisch.

Nenhum pardal cai à terra sem a vontade de Deus.
Kein Sperling fällt auf die Erde ohne Gottes Willen.

Por fora bela viola, por dentro pão bolorento.
Außen eine schöne Gitarre, innen schimmeliges Brot.
Oder auch: Außen hui, innen pfui.

Por último, mas não menos importante
Zu guter Letzt

Porra
Verdammt

Pronto
Fertig, einsatzbereit

Puta de merda
Verdammte Scheiße

Sonhos cor de rosa
Rosarote Träume

Quem tem esperança sempre alcança.
Wer Hoffnung hat, erreicht immer etwas.

Vamos ver.
Wir werden sehen.

Carolina Conrad

Mord an der Algarve

Anabela Silva ermittelt

288 Seiten

Sieben Tote in vier Monaten. Allein drei aus einer Familie. Alles alte Menschen. Dennoch glaubt niemand im verträumten Hinterland der Algarve an einen Todesengel. Niemand, bis auf Anabela Silva, die gerade für eine Auszeit ins Land ihrer Eltern zurückgekehrt ist. Die Journalistin stellt Nachforschungen an – und stößt auf eine Mauer des Schweigens. Dann geschieht ein Mord, an dem es keinen Zweifel gibt. Und Anabela wünscht sich, sie hätte nie eine Frage gestellt ...

Noch mehr Morde unter der Sonne Portugals: Anabela Silva ermittelt

Band 2: Letzte Spur Algarve

Band 3: Tödliche Algarve

Band 4: Stürmische Algarve

«Authentisch und spannend: Carolina Conrad schreibt mit Herz und Hirn ... Ein echtes Lesevergnügen.» (Für Sie)

Weitere Informationen finden Sie unter **rowohlt.de**